# Jag är huset
*Min egen historia*

**Per-Martin Hedström**

# Jag är huset
*Min egen historia*

Tidigare utgivna böcker:

*En norrlänning i Hong Kong 2015*
*Vykortstavlan 2017*
*Algoritmen 2019*
*Tillväxtraketen 2020*
*Inkvisitionen 2022*

© *2024 Per-Martin Hedström*
*Omslag: Per-Martin Hedström*
*Förlag: BoD · Books on Demand, Stockholm, Sverige*
*Tryck: Libri Plureos GmbH, Hamburg, Tyskland*
*ISBN: 978-91-8080-081-5*

# Inledning

Den här boken handlar om mig, huset, och min historia, från min skapelse fram tills idag. Samt om de personer som bott hos mig eller bara hälsat på. Historien återberättas av de som besökt eller vistats i huset och även till viss del av mig själv. Vän av ordning kan undra hur ett hus har något att berätta. Ett hus saknar både ögon, öron och näsa. Det skulle väl räcka med historier från de som besökt mig. Det kan man givetvis tycka, men som ni kommer att upptäcka gör det inte det, låt mig förklara. Visserligen har jag varken syn, hörsel eller lukt. Vilket i sig är ett problem. Allt det jag berättar är förnimmelser som jag tagit emot från personer som vistats eller besök mig eller varit i dess närhet. Tyvärr är de mänskliga berättarna inte alltid ärliga med vad de återger. De väljer bort insikter och fakta både avsiktligt och oavsiktligt. Innerst inne har de ofta delvis andra känslor och funderingar än vad de uttrycker i sina berättelser. Jag tar emot dessa känsloyttringar, vare sig personen i fråga vill eller inte. På så sätt kommer mina berättelser att komplettera deras historier.

Givetvis undrar ni säkert hur jag fört över dessa förnimmelser till författaren. Men det är och förblir vår hemlighet, min och författarens.

Låt historien börja.

# 1

# Huset
# 1938

Det här är begynnelsen. Min skapelse eller födelse om vi så uttrycker oss. Gustav och Henning är mina två byggare som troget arbetar med att skapa det hus jag kommer att bli. Att definiera starten på mitt byggande har varit knepigt. Först röjde man tomten från träd, buskar och stenar. Sedan göt man källarvåningen. Nu har man börjat resa trästommen till mina två våningar. Det är i samband med det arbetet som de för första gången pratar om mig som det hus de håller på att skapa. Det är därför som jag sätter den här tidpunkten till min skapelse. Alltså när Gustav och Henning för första gången berättar om mig som ett blivande hus. Givetvis kan min definition ifrågasättas. Men nu har jag bestämt mig, det här är min begynnelse.

Tomten ligger en bit utanför samhället, eller byn som killarna säger. Bägge mina byggare har kommenterat detta och undrat varför man inte valt en tomt närmare centrum. Å andra sidan ligger platsen vackert på en liten höjd med en fin utsikt ner mot samhället från ena sidan och en intagande jordbruksmark åt andra hållet. Sedan är ju alltid begreppet utanför inte helt entydigt. Vad jag förstår kan man gå längs landvägen ner till byn på mindre än tjugo minuter. Om det ska betraktas som besvärligt eller inte är helt upp till de som ska bo och verka i huset. En buss trafikerar vägen mellan samhället och staden och kommer att stanna för på och avstigning, hoppas man i alla fall.

Samhället mår bra, trots de oroliga tiderna. Ett pappersbruk som etablerades i samband med att ett tidigare järnbruk lades ner vid sekelskiftet har utvecklats bra och antalet anställda ökar stadigt och orten växer. Dessutom har den nya finmekaniska verkstaden skapat rubriker för sin framgångsrika export till Europa och blommar upp som en ny expansiv arbetsgivare. Det är direktören till den verkstaden som beställt huset. Men han har inte varit ute på besök ännu.

Det är främst två personer som kommer hit, basen och arkitekten. Jag vet inte vad de heter för Gustav och Henning använder bara deras titlar när de pratar om dem. Arbetsbasen är en butter storväxt man som oftast dyker upp tidigt på morgonen. Precis som Gustav och Henning cyklar han från byn ut till byggarbetsplatsen. I början klagade han över den branta backen upp till tomten men det verkar som hans kondition sakta blivit bättre under tiden som bygget pågått. Han skäller alltid på mina byggare. Jag får intryck av att han gör så för att han tror att det är så man ska göra, mer än av egen övertygelse. Jag upplever att de tillsammans har en bra relation även om basen hela tiden månar om att markera sin ställning. Han går igenom dagens arbete och avviker sedan. Både Gustav och Henning skrattar när han inte ser, åt hans försök att visa sig märkvärdig.

Arkitekten kommer ut mer sällan, oftast inte mer än en gång i veckan. Han är en elegant man i kostym med ett förnämt lite överlägset sätt. Han kommer från staden och inte från samhället. Jag har inte lyckats reda ut vad dessa heter eftersom alla bara pratar om byn eller samhället och staden. Mina byggare är bägge väldigt imponerade över hans blanka svarta bil när den svänger upp på infarten. I samhället finns bara två bilar, bägge hör till direktionen på pappersbruket. Men ingen av de bilarna kan mäta sig med denna amerikanska Hudson, dessutom helt ny har jag förstått. Bilen har en lång motorhuv och en imponerade kromad grill längst fram. Den är en statussymbol som arkitekten gärna visar upp och är mäkta stolt över. Besöken skapar en trevlig paus och mina byggare kan inte låta bli att beundra bilen när han kommer på besök. Varje gång går de ner till uppfarten och traskar runt och granskar den på nära håll. Enligt ett rykte har direktören också beställt en bil, men det är som sagt bara ett rykte. I mitt källarplan har man byggt ett garage. Vi får väl se om där hamnar en bil eller om det blir ett allmänt förråd.

Trästommen är nu klar och några murare har varit ute och murat upp murstocken i mitten av huset. Taket är på plats och alla kan nu sitta under tak vid de fåtal regnskurar som ibland stör bygget. I nästa vecka kommer fönster och dörrar som är beställda från ett finsnickeri. De kommer att vara av ett ädelt trä, teak, ett rödbrunt träslag med en vacker lyster. Här har man inte sparat på något utan allt andas kvalitet och lyx.

Under eftermiddagen var direktören äntligen ute på sitt första besök. Han kom tillsammans med arkitekten som hämtat upp honom nere i samhället. Direktören var även han en högrest och förnäm man. Det kändes som en tuppfäktning mellan de bägge. Arkitektens bil väger dock över till hans fördel, tyckte i alla fall mina byggare. Inne under taket hade man ställt upp ett enkelt bord och några stolar och till allas förvåning bjöds mina byggare med på kaffe tillsammans med de höga herrarna. Det var uppenbart att arkitekten inte var bekväm med detta men direktören stod på sig. Gustav och Henning kände sig inte heller bekväma i sällskapet. De avvek ganska snart tillbaka till sina sysslor när de var klara med kaffet och fikabrödet. De tackade förläget med mössan i hand när de backade ut från bordet och gick åter till sitt arbete.

Man avhandlade ganska snart ett antal frågor kring husets interiör och sedan gick samtalet över till situationen ute i Europa. Den senaste perioden hade präglats av ekonomiska svårigheter och arbetslösheten är stor både i och utanför Sverige. Direktören var dock optimistisk och hans finmekaniska fabrik hade nått stora framgångar med sina produkter både inom och utanför rikets gränser. Bägge uttalade sig beundrande för Hitlers framgångar i Tyskland. Tyskland behövde återupprättas som en stormakt som balans mot Storbritannien. Hitler var den som skulle låta det ske. Kommunismen måste bekämpas och endast ett starkt Tyskland kunde säkerställa det. Däremot uttalade de sig kritiskt till nazismens framgångar och dess antisemitism även om jag uppfattade att arkitekten innerst inne stödde idéerna. Nu var ju direktören hans kund så då var det väl bäst att dölja de åsikterna och spela med.

Efter att dörrar och fönster monterats så vitrappades väggarna och husets exteriör var i det närmaste klart. Jag gladde mig åt att de flesta som kom förbi uttryckte sitt gillande över mitt utseende, modernt och stilfullt.

Några trädgårdsmästare dök upp för att finslipa på trädgården dock uppfattade jag aldrig något från dem, de rörde sig hela tiden för långt ifrån mig och mina byggare kommenterade aldrig vad de gjorde. Självklart var trädgården en del av helhetsintrycket. Tids nog skulle jag få veta hur det arbetet artade sig.

Gustav och Henning gick nu över till att göra klart interiören. De tyckte det var skönt att komma inomhus, hösten hade gjort det kyligt och husets väggar skyddade från både vind och fukt. Framför allt på mornarna var det bitigt i luften. Det fanns gott om tid att göra allt klart, inflyttning skulle ske först efter årsskiftet.

Under nästa vecka skulle direktörens hela familj komma på besök och inspektera vad jag blivit. Det såg jag fram emot. Jag hade levt med Gustav och Henning många veckor nu, basen då och då och bara som hastigast träffat direktören. Jag såg fram emot att få träffa de som skulle flytta in och bli min egen familj.

Gustav och Henning hade beordrats att klä upp sig inför besöket. Helt bekväma var de inte med det men när de kom på morgonen var de tillsnyggade nästan till den grad att de inte kunde arbeta i kläderna. Basen sa att det var okej, de skulle få ta resten av dagen ledigt efter besöket och de bägge sken upp. Det var en positiv överraskning.

Strax för lunch kom så min familj. Arkitekten hade hämtat upp de nere i byn och skjutsat dem upp till huset. De bestod av direktören och hans hustru, två pojkar som var ganska nära i ålder och en flicka som var ett par år yngre. Direktören var mäkta stolt över sitt hus och förevisade det som om han byggt det själv. Arkitekten och byggarna hade utväxlat blickar som tydligt visade vad de ansåg om detta. De kände att de inte fick den uppskattning som de förtjänade för sitt arbete. Det var nog första gången som arkitekten, basen och byggarna känt en samhörighet kring det här projektet.

Hustrun var undergiven och gav intryck av att vara hunsad av sin make. Hon hade inga kommentarer, nickade bara instämmande när alla finesser förevisades.

På övervåningen fanns tre sovrum. Ett för direktören och hans fru, ett gemensamt för pojkarna och ett för lillflickan. Den äldste av pojkarna var stursk och kaxig och mutade snabbt in sitt hörn med utsikt över landsvägen bort mot staden, av deras gemensamma rum. Hans lillebror gav ett ängsligt och precis som sin mor ett undergivet intryck och godtog utan att kommentera, det hörn som hans storebror pekade ut. I rummet fanns en garderob som man kunde gå in i, där de skulle förvara sina kläder och grejor.

Det tredje rummet skulle systern få dela med sin mamma. Hustrun skulle ha sin symaskin och sitt sybord i rummet. Rummet var stort och det var gott om plats både för mammans pyssel och flickans säng.

Det var uppenbart att barnen aldrig tidigare haft egna rum på det här sättet och de var märkbart förtjusta. Den äldste brodern hade utsett sig själv till härskare över pojkrummet och det var uppenbart att direktören uppskattade hans framfusighet. Han vände sig till den yngre brodern och uppmanade honom att inte vara så vek. Han borde ta för sig lite mer, tyckte han. Men som det såg ut fanns inget sådant utrymmet i samspelet mellan bröderna. I alla fall inte idag.

Lillflickan var alltför liten för att ha formats ännu och var bekymmerslös om allt, både i nuet och framtiden. Hon var överlycklig över sitt nya rum och tittade storögd ut genom fönstret som visade en vacker vy ner mot byn. Att hon skulle dela rummet med sin mamma var nog mera ett plus i den här unga åldern.

När de kom ner hade ytterligare en person anslutit. Det var hushållerskan som skulle bo i pigkammaren och hon fick en snabb genomgång av köket och sitt kommande rum. Resten av huset fick hon se vid ett senare tillfälle.

En dominant direktör, en undergiven hustru, en kaxig ung pojke, en hunsad yngre bror och ett yrväder till lillasyster var den familj som skulle flytta in. Samt en hushållerska.

# 2

# Anna
# 1939

Idag skulle vi ha inflyttningsfest. Det hade varit ett fasligt stök under hela dagen. I finrummet hade massor av mat och dryck dukats upp. Här fanns mängder av gott och efterrätter som såg jättegoda ut. Jag hade sprungit runt och tittat med stora ögon på allt överflöd samtidigt som jag såg till att inte vara i vägen för mamma och alla andra som hjälpte till. På eftermiddagen hade jag beordrats upp till mitt rum för att klä om.

Man kommer upp till övervåningen från en bred trappa från mitten av biblioteket med sin stora öppna spis. Trappan gick i en böj upp till hallen på övervåningen. Precis i böjen av trappan fanns en bra plats att sitta och titta ner på alla som kom in eller gick runt i biblioteket. Om ingen tittade upp skulle jag inte bli upptäckt. Så fort som jag fått på mig min klänning satte jag mig på min lilla utkikspost. Jag hann precis sätta mig ner när de första gästerna dök upp. Men där fick jag inte sitta länge innan mamma upptäckte mig.

"Sitt inte där och skäm ut oss. Gå upp på ditt rum, nu genast" sa hon i skarp ton.

Jag gick trumpen till mina bröders rum. Vi var alla tre uppklädda. Mina bröder i mörka kostymer och jag hade fått en ny fin klänning. Mammas syster var uppe hos oss och gjorde de sista justeringarna av våra kläder. Mina bröder hade mäkta svårt med slipsarna som hörde till.

"Moster, mamma sa åt mig att gå upp på mitt rum. Får inte vi vara med på festen" undrade jag med darr på rösten.

"Du är med på festen, fast häruppe. Ni måste hålla er undan och inte störa gästerna, mor och far. Kom inte ner om inte mamma eller pappa säger till."

"Jag har en ny fin klänning och Bengt och Sven har nya kostymer. Varför ska vi vara uppklädda om vi inte får vara med?" sa jag med gråten i halsen.

"Var inte ledsen, jag ska se till att ni får det mysigt häruppe, jag kommer upp med mat och några smarriga efterrätter. Det kanske kommer upp några gäster och tittar runt. Då får ni vara snälla och hälsa fint. Nu ska jag gå ner och hjälpa till. Jag kommer sedan."

När vi var ensamma kvar undrade jag på nytt varför vi var uppklädda om vi inte fick vara med. Det kändes onödigt på något sätt. Bengt som är min äldste bror försvarade dock tilltaget. Självklart skulle vi hålla oss undan och inte störa och lika självklart skulle vi vara finklädda om nu någon av gästerna skulle komma upp och titta på övervåningen. Jag och Sven höll inte med men nu var det som det var. Bengt försvarade alltid mamma och pappa i alla lägen och tog på sig en aningen överlägsen storebrorsattityd gentemot mig och sin yngre bror.

Vi hade flyttat in i huset för tre veckor sedan. Två stora lastbilar hade tömt vår lägenhet nere i byn, lastat våra pinaler och kört upp dessa till vårt nya hem. Det hade varit en hetsig och rörig tid med alla möbler som skulle flyttas, nya som köpts in och alla flyttkartonger som skulle packas upp. Mina bröder hade fått hjälpa till men jag var för liten, sa man. Många dagar hade jag fått vara hos min bästa vän nere i byn för att som mamma sa 'vara ur vägen'. Trots att jag inte fick vara med såg jag fram emot att flytta. Kanske mer än mina bröder som var oroliga att de kom längre ifrån sina kamrater. Jag tyckte det skulle bli jättespännande. Huset var mycket större än vår gamla lägenhet och trädgården var jättestor. Jag längtade redan till våren när vi skulle kunna var ute i den och leka. Just nu låg ett tunt snötäcke över den och vi fick inte springa på gräsmattan. Den skulle bli förstörd. På framsidan av huset låg landsvägen mellan stan och byn och bakom huset fanns en stor och spännande skog. Vi hade inga grannar men enligt pappa skulle det byggas flera hus ner mot byn, kanske även på andra sidan vägen. Men ingen av dessa hade börjat byggas ännu. Vårt hus låg ensamt längst upp på kullen.

På övervåningen fanns tre rum och ett badrum. Jag hade fått ett rum som jag delade med mamma. Inte så att hon sov där, hon hade sin syhörna och lite pyssel i ena hörnet av rummet. Jag hade fått en ny säng som stod i hörnet in till vänster om dörren och på samma vägg mot fönstret stod en bänk med mina leksaker på. Fönstret vätte ner mot samhället och man kunde se ljusen från husen nere i byn när det blev mörkt. På den andra väggen hade mamma ett sybord och en symaskin. Där fanns en garderob som man kunde gå in i, vilket var jättespännande. Där hade vi våra kläder och det fanns en mängd hyllor som vi kunde förvara diverse saker på. Utanför rummet fanns en korridor. Direkt till vänster låg mamma och pappas sovrum, längst ner till vänster låg pojkarnas rum och nere till höger ett badrum. Trappan ner till biblioteket var strax utanför min dörr till höger. Utanför pojkarnas sovrum fanns en smal balkong som jag var väldigt avundsjuk på. Mina bröder hade lovat mig att jag kunde använda den om jag var snäll, vad nu det kunde innebära. Jag såg inga problem med det, för jag var ju alltid snäll.

Ingen av mina vänner hade varit på besök ännu. Inte heller Bengt och Sven hade fått ta hit några. Allt fokus var på att packa upp, komma i ordning inför inflyttningsfesten. Mamma hade lovat att jag skulle få ta hit mina kamrater om några veckor.

"Vad ska vi göra här uppe. Det är jättetråkigt?" sa jag och stampade otåligt med foten.

"Vi kan väl rita lite" sa Sven vände sig mot mig och tog ner några stora vita pappersark.

"Du vet att direktören inte gillar att du ritar. Han vill vi ska fokusera på sport och studier, vet du väl" påpekade Bengt irriterat. Mina bröder sa alltid direktören och inte pappa, vilket min mamma inte tyckte om. Jag hade även själv börja tänka på honom som direktören, mest för att mina bröder alltid sa så. På något sätt passade det bättre än pappa. Han visade oss aldrig speciellt mycket kärlek utan satte mer upp regler och rutiner som skulle följas. Det var sådant som direktörer gjorde hade mina bröder berättat.

"Jag vet det, men det han inte ser störs han inte av. Jag tänker teckna, Anna vill säkert vara med hon också." sa Sven och bredde ut papperet på golvet.

"Se bara till att få undan det fort om direktören kommer upp. Du vet att det blir bråk annars."

Mina bröder var väldigt olika. Bengt var storvuxen och stark, duktig i sport. Sven var klenare och inte speciellt intresserad av fysiska aktiviteter. Han gillade att rita vilket han var jätteduktig på.

Direktören hade bestämt att bägge pojkarna skulle utöva sport, fotboll och friidrott. Han hade sett till att de var med i byns fotbollsförening och att de tränade friidrott på idrottsplatsen. Bengt var duktig och trivdes bra med de fysiska lekarna medan Sven visserligen hängde med, men hade svårt och uppenbarligen inte alls trivdes med dessa aktiviteter. Han var mer intresserad av konst, sa han själv. Han tyckte om att måla och rita och han hade dessutom visat intresse för sömnad. Direktören hade blivit alldeles tokig. Att måla, rita och sy var för kvinnor och mesar och det tänkte han inte tillåta att hans son skulle ägna sig åt. Trots att de var väldigt olika var de nära vänner. Bengt försvarade och skyddade Sven trots att deras intressen skiljde sig åt. Hans kommentar om att de inte borde rita hade inget med att han ogillade det Sven tyckte om, utan att han ville hålla sin lillebror borta från bråk med direktören.

De skulle bägge utbilda sig till ingenjörer, det var också förutbestämt. Direktören var ingenjör och det skulle hans söner också bli. Jag visste inte vad det var för något, men uppenbarligen något fint. Vad jag själv skulle få ägna mig åt när jag blev större visste jag inte. Som femåring brydde jag mig inte. Jag ville leka och ha roligt, det verkade jobbigt att bli större och få en massa krav på sig.

Bengt hade tagit fram en bok för att läsa och jag satte mig på golvet med Sven. Jag tyckte om hans teckningar och han hade lovat mig att visa hur man gjorde.

När vi hörde steg i trappan stuvade vi snabbt undan ritpapperet under Svens säng. Moster kom in med en stor bricka fylld med mat och framför allt efterrätter. Hon var jätteduktig på att plocka ut sådant som vi alla tyckte om. Moster hade själv inga barn och var bättre med oss än vad vår egen mor var. Hon var själv lite barnslig och kunde leka med oss medan mamma var mera sträng och som mina bröder sa, hela tiden ville hon vara direktören till lags. Vad nu det innebar. Jag tyckte mycket om min moster. Givetvis min mamma också förstås.

Moster upptäckte genast pappersarket som vi tecknat på och drog fram det.

"Jättefint, men du måste gömma det för pappa, du vet att han inte gillar det" sa hon och klappade Sven på huvudet. Sven blev både stolt och ledsen. Stolt att moster tyckte om det han ritat, samtidigt ledsen att han aldrig skulle kunna visa vad han kunde för direktören och mamma. Jag var för liten för att förstå men jag uppfattade ändå Svens både glädje och sorg, vilket förbryllade mig. Jag kramade om Sven, för det visste jag att man skulle göra när någon var ledsen.

"Vi ska gå ner och hälsa på gästerna när ni har ätit upp. Jag kommer upp och hämtar er om en stund. Se till att snygga till er till dess."

Vi åt upp maten och försökte sedan snygga till oss så gott vi kunde. Pojkarnas slipsar hade tappat formen och moster fick rätta till dessa när hon kom upp. Sedan gick vi i samlad tropp ner till nedervåningen. Trappan kom ner i biblioteket framför den öppna spisen. Gick vi rakt fram kom vi in i det kombinerade finrummet och matsalen via en vitmålad dubbeldörr.

Vi stannade strax innanför dörren och tittade upp mot alla gäster som satt vi borden som var uppställda i rummet. Moster presenterade oss och mina bröder bugade djupt och jag neg precis som vi var tillsagda att göra. Gästerna applåderade vilket kändes konstigt, men samtidigt bra på något sätt. Mamma strålade stolt men direktören såg jag inte till. Moster motade tillbaka oss mot trappan upp till övervåningen där vi möttes av en rasande direktör. Han hade Svens teckning i handen.

"Vad är det här, har jag inte sagt åt dig att du inte får hålla på med det här tramset. Nu måste det här ta slut" skrek han samtidigt som han gick fram till Sven och gav honom en örfil inför alla gäster. Sedan kramade han ihop teckningarna och slängde in de i brasan som brann i biblioteket.

På något sätt avslutade händelsen inflyttningsfesten även om många av gästerna stannade kvar en stund till.

# 3

# Margit
# 1940

Vilken härlig maj. Solen värmde gott och träden hade börjat få sina tidiga små löv. Det här skulle bli den andra sommaren. Trädgården hade tagit sig först under slutet av sommaren 1939. Det här skulle bli den första med en riktig trädgård, så att säga. Den var uppdelad i två etage. En övre gräsmatta norr om huset ner mot byn och en lägre etage med en gräsmatta ut mot stora vägen. En liten trappa ledde från den övre trädgården ner till den nedre och vidare ut till landsvägen. På den övre etagen hade vi planterat två äppelträd, ett plommonträd och ett körsbärsträd. På den nedre ytterligare ett körsbärsträd. Dock var fruktträden ännu små och skulle inte kunna ge någon frukt förrän som tidigast nästa år. På den övre sidan om huset hade vi en liten odlingsbänk där jag skulle odla grönsaker. En bit upp i skogen hade vi byggt en liten jordkällare som vi skulle kunna förvara diverse matvaror i. Ovanför den fanns en skog som ledde upp till ett litet krön och sedan en sluttning ner mot en vacker sjö. Sjön sträckte ut sig sedan ända in mot byn och hade en populär badplats som frekventerades flitigt under sommarhalvåret.

Det hade varit ett omvälvande år. Minnet från inflyttningsfesten satt fortfarande som en tagg i mitt hjärta. En jättetrevlig fest som fått ett så otrevligt slut. Missnöjet mellan Sven och hans far var uppenbart. Jag hade till min fasa fått reda på att barnen kallade honom direktören och inte pappa. Jag hade försökt prata med pojkarna om detta men direktören hade blivit inarbetat. Tyvärr hade även Anna börjat använda det. Jag hoppades bara att Helmer skulle slippa höra. Å andra sidan var jag inte helt säker på att han skulle tycka illa vara, han kanske skulle föredra direktören istället för pappa. Jag var inte helt säker. Vilket i sig sa en hel del om min make, tyvärr. Jag kom stundtals på mig själv med att referera till honom som direktören jag med.

Efter incidenten under inflyttningsfesten blev det allt mer uppenbart att Bengt var min makes favorit. Han var allt som Helmer önskade sig. Duktig i skolan och duktig i sport. Storväxt och kraftig. Sven lyckades inte alls lika bra i skolan och var uppenbart inte lika intresserad av de tekniska ämnen som var förutbestämda för de bägge. Han var också klenare och inte alls lika atletisk som sin bror. Sven hade under året på något sätt krympt ihop som människa. Han hade blivit allt tystare och vek undan både fysiskt och även med blicken när man pratade. Jag misstänkte att han fortsatte att teckna, men han gjorde det i smyg. Han ville inte utmana herrn i huset. Han var min stora sorg, jag ville så gärna hjälpa honom men min man hade tydligt sagt ifrån. Pojkar ska uppfostras av män och inte klemas bort av kvinnfolk. Det var det jag hade blivit i hans ögon. Från att ha varit hans käresta var jag nu en av alla dessa kvinnfolk som han så uppenbart såg ner på.

Den andra stora händelsen var givetvis kriget som brutit ut i Europa. Både Finland, Danmark och Norge hade blivit indragna i konflikten. Vi hade på något magiskt sätt klarat oss undan, i alla fall än så länge. Fortfarande var det många i Sverige som talade varmt om Hitlers framgångar och att det nu skulle bli ordning i Europa, men det började också föras fram allt mer kritiska röster mot Nazisternas framfart.

För oss uppe på kullen hade det också inneburit förändringar. Alla tomter som skulle bebyggas mellan oss och byn hade stannat upp. Ingen ville fortsätta investera i nya hus när alla tidningsrubriker bara pratade om krig och ökad arbetslöshet. Det hade dock inte drabbat byn. Byns industrier gick för högtryck.

Min mans finmekaniska verkstad hade fått ställa om för tillverkning av krigsmaterial och hade till och med behövt utöka arbetsstyrkan på grund av den stora efterfrågan. För min egen del hade jag blivit alltmer isolerad. Min man arbetade mer för varje dag och var sällan hemma med familjen. Umgänget med mina väninnor hade minskat delvis på grund av incidenten på inflyttningsfesten men framför allt på grund av avståndet mellan huset och byn. Det var oftast upp till mig om jag skulle kunna umgås med någon alls. Var det detta jag drömt om när jag som ung flicka blev uppvaktad av Helmer. Jag var väldigt smickrad, han var mycket äldre och mer mogen. Dessutom var han framgångsrik och alla pratade om vilket fynd han var. Jag var både smickrad och kände samtidigt att jag inte kunde säga nej, jag hade blivit fångad av hans uppvaktning. Alla mina vänner, inklusive mina föräldrar skapade en förväntan och ett tryck mot mig som jag inte kunde säga nej till. Så jag hade tackat ja till hans frieri, även om jag innerst inne känt mig tveksam. Jag hade yppat min oro för min bästa väninna. Hon hade tyckt jag var dum i huvudet om jag inte tackade ja. Ett bättre kap än så här skulle jag aldrig få. Det hade blivit ett stort bröllop när jag bara var arton år, knappt vuxen. Visste jag vad jag sa ja till, jo kanske eller kanske inte.

Så tillbaka till min fråga, var det detta jag önskat mig? Jag hade kommit in i byns societet, om det nu fanns en sådan. Jag hade en framgångsrik man som var vd för ett stort växande företag i byn. Jag hade tre välartade barn och jag bodde i ett fantastiskt hus. Men lycklig var jag inte. Det hade jag insett med full kraft det senaste året. Den första himlastormande förälskelsen hade snabbt gått över och jag kände mig allt mer som en, ja vadå? som hörde till huset och familjen som Helmer kunde visa upp för sina affärsbekanta.

Jag tyckte mycket om huset, faktiskt alltmer ju mer tiden gick. Våra sällskapsutrymmen bestod av två, eller tre, stora rum. Biblioteket med anslutning till en liten hall och husets finentré. Där fanns en stor härlig öppen spis, samt en vacker trappa upp till övervåningen. En dubbeldörr ledde in till vardagsrummet. Ett stort fönster ut mot uppfarten på huset släppte in massor av ljus och skapade en luftig och ljus atmosfär. På bägge sidor om trappan hade vi låtit måla två väggmålningar direkt på väggen. Motiven var landskap i en varm gul ton. En lokal konstnär hade gjort det väldigt bra. Han hade också målat två väggmålningar upp till ovanvåningen, i samma stil men i en grön ton. Vi hade möblerat rummet med ett stort skrivbord i ek, en bokhylla som täckte hela väggen in mot vardagsrummet och två stora läderfåtöljer med ett drinkbord med glasskiva emellan. Rummet var egentligen tänkt som ett arbetsrum för min man. Men när han inte var hemma var det en av mina favoritplatser. Jag tyckte om att sitta i en av fåtöljerna och handarbeta och njuta av den vackra öppna spisen och alla vackra böcker som vi hade i bokhyllan. Vardagsrummet bestod av två delar, en matsalsdel och en umgängesdel. Det var endast en liten portal, snarare en liten markering i väggen som skilde de två delarna av rummet åt. Var detta ett eller två rum var inte helt lätt att avgöra. Rummet, jag väljer att fortsättningsvis se det som ett rum, var väldigt ljust med fönster på tre väggar vilket skapade en härlig rymd och luftigt intryck. I matsalsdelen fanns en utgång till en smal balkong som löpte längs hela rummet ut mot vägen ner till byn. Mitt emot utgången till balkongen fanns en lucka in till en serveringsgång som sedan förde vidare in till köket. Serveringsluckan hade en snygg rulljalusi i teak som skapade ett sobert och stiligt intryck. I matsalsdelen hade vi ett stort matsalsbord i ek. Inte riktigt i min smak, jag hade själv föredragit något mer luftigt, men Helmer ville ha något ståtligt och stiligt och som så ofta blev det som han ville. Till vardagsrummet hade vi köpt en ny soffgrupp och en stor radiogrammofon inbyggd i en vacker möbel. Vi hade ett stort antal stenkakor med musik som vi bägge valt ut som vi ofta spelade när vi hade besök. Till vardags lyssnade vi mest på radio. Det var via radion vi fick de senaste nyheterna från Sverige och från allt det ohyggliga som hände och var på väg att hända ute i Europa. Jag hade haft mina väninnor uppe i huset ett antal gånger och alla uttryckte sin förtjusning över de vackra rummen. Träffarna hade tyvärr blivit allt mer sällan hemma hos oss. De blev oftare nere hos någon av damerna nere i byn. Det var för jobbigt att komma upp till vårt hus. Eftersom den tänkta byggnationen upp mot kullen avstannat hade också arbetet med vägen satts på vänt och det var svårt att komma upp till oss under vintern när väglaget var dåligt. Alla hade inte möjlighet att få skjuts upp och bussen gick alltför sällan. Så det blev oftast jag som åkte ner till byn. Helmer hade inte fått sin bil levererad trots att vi beställt den för drygt ett år sedan. Även där hade produktionen ställts om mot krigsmaterial och produkter för privat bruk blev skjutna på framtiden. Men Helmer hade bra kontakt med direktionen på pappersbruket och lyckades alltid ordna skjuts för mig både ner till byn och tillbaka hem på kvällen. Men det kändes tungt, jag hade ju så gärna velat ha mina väninnor hos oss i vårt vackra hus. Samtidigt talades det nu allt mer om behov av mörkläggning på grund av kriget. Skulle det bli av skulle det bli ännu svårare för mig att kunna göra mina utflykter och träffa mina vänner. Min isolering uppe på kullen riskerade att bli värre.

Mitt stora intresse var handarbete och jag var nöjd med mitt arbetsrum på ovanvåningen som jag delade med Anna. Här hade jag en symaskin och ett stort arbetsbord som jag kunde använda för att klippa till tyger. Att sy och sy om kläder var mitt stora intresse och jag hade med åren blivit riktigt duktig. Jag slukade alla tidskrifter som visade senaste mode från Paris och andra större orter i Europa. Jag hade lärt mig att med små medel kunna modifiera befintliga klänningar och göra om dessa så de följde senaste mode. Mina kreationer möttes alltid med stor beundran av mina väninnor och jag hade fått flera förfrågningar om jag inte kunde hjälpa även dem.

En annan stor fördel med arbetsrummet var att jag kom min dotter närmare. Hon satt ofta med och lekte när jag arbetade på mina projekt och visade ett stort intresse för det jag gjorde. Att umgås med sin dotter hade Helmer inget intresse av. Att uppfostra henne var min uppgift, att han skulle uppfostra pojkarna var på samma sätt lika självklart.

Pojkarna skulle enligt Helmer inte leka med Anna alls, de skulle studera och utöva sport, vilket inte passade sig för en flicka. Bengt var allt oftast på sin fars linje, han hade inget intresse av sin lillasyster utan fokuserade på sina studier och sitt sportutövande. Sven däremot tyckte mycket om Anna och jag hade via henne fått höra att han lärde ut sina färdigheter i att teckna, trots att det var förbjudet. Hon hade, trots sin ringa ålder, förstått att det måste vara en hemlighet mellan henne och Sven och hade fått mycket dåligt samvete när hon försa sig till mig. Jag hade lugnat henne och sagt att nu var vi tre om hemligheten och så skulle det förbli.

Senare samma kväll hade jag ett samtal med Anna, Bengt och Sven.

"Jag har förstått att Sven fortsatt teckna och att du Bengt vet om det. Du får gärna fortsätta teckna och jag har inget emot att du lär ut dina färdigheter till Anna. Se bara till att ni gömmer undan ritsakerna så att herrn i huset inte får se vad ni gör. Då gör ni oss alla olyckliga" sa jag och lät blicken vandra mellan mina barn.

Till min förvåning hade Sven och Anna kommit fram och gett mig en stor kram. Kramar var inget vi var duktiga med i vår familj. Bengt hade varit mer reserverad men lovat att inte avslöja hemligheten som vi nu alla hade tillsammans.

# 4

# Birgit
# 1942

Om två månader ska jag fylla arton år. Då blir jag myndig och kan fatta mina egna beslut. I alla fall i teorin, men med ett världskrig som rasade för fullt i Europa och hög arbetslöshet här hemma kanske det inte riktigt är en frihet alls. Jag hade nu arbetat här hos direktören och hans familj i drygt tre år. Det hade varit med ont i magen som jag gått upp till huset på kullen strax före inflyttningsfesten. Jag hade bara varit fjorton år gammal. Dessutom skulle jag bo i huset och hade bara söndagar ledigt. I bästa fall kunde jag då åka hem till mamma och pappa. Mina föräldrar bor en bit utanför byn och skulle jag kunna åka hem var jag beroende av att pappa eller någon av mina bröder kunde hämta mig med häst och kärra. Vilket hade fungerat bra de första åren. Men nu var alla inkallade så just nu var jag mer eller mindre fast i huset. Bara ett fåtal söndagar hade jag kunnat ordna skjuts hem för att besöka mor.

Köket och pigkammaren var min domän. På baksidan av huset fanns en köksentré. Här kommer man in i en liten hall där en brant trappa ledde ner till källaren, en halvtrappa upp till ytterligare en hall med en dörr in till min pigkammare och en dörr in till köket. Pigkammaren var ett trevligt rum, många av mina vänner som tjänstgjorde hos andra familjer nere i byn var hänvisade till betydligt sämre logement. Jag hade plats för en säng och ett litet skrivbord samt en garderob där jag kunde

24

förvara mina kläder och saker. Jag hade ett fönster ut mot baksidan av huset ner mot byn. Från pigkammaren fanns ytterligare en dörr in till köket.

Köket var modernt, här fanns en AGA-spis som satt monterad mot väggen in till biblioteket och dess eldstad. AGA-spisen eldades med koks och var ständigt varm och fungerade både som spis och värmekälla till köket och pigkammaren.

Dessutom fanns ett elektriskt kylskåp, en nymodighet som det fanns få av i byn, kanske till och med den enda.

Mina föräldrar trodde knappt vad jag berättade om, de hade aldrig hört talas om ett elektriskt kylskåp och en AGA-spis likaså.

Mitt emot dörren in till min pigkammare fanns en serveringsgång som sedan anslöt till matsalen i stora rummet. I serveringsgången fanns en serveringslucka med en rulljalusi ut mot matsalen. Så köket och pigkammaren var min del av huset.

Utanför köksdörren en bit upp mot skogen fanns en jordkällare där vi förvarade den mat som inte fick plats i vårt elektriska kylskåp. Inköp av matvaror var även det min uppgift. Jag fick varje vecka en inköpslista av frun. Jag hade fått en liten kärra på fyra hjul som jag kunde ta med mig ner till affären. Ofta blev det en eller två turer per vecka. För mig innebar det också ett avbrott i de dagliga rutinerna och gav mig en möjlighet att få umgås med andra. Det var under dessa utflykter som jag kunde träffa några väninnor som också arbetade som pigor i olika hushåll nere i byn. Alla inköp registrerades i en liggare hos handlaren. En gång i månaden betalade herrn i huset de inköp som var gjorda. Det innebar att jag inte behövde hantera pengar vilket var skönt. Backen upp till huset var tung och speciellt på vintern blev det ibland besvärligt att dra kärran hem, när den var lastad full med varor. Herrn i huset hade beställt en bil som vi hade hoppats kunde användas men den hade ännu inte levererats.

När man gick nerför trappan till källaren kom man till ett stort öppet rum. Vad det skulle användas till visste jag inte och det visste nog inte herrn och frun i huset heller, trots att vi bott här i drygt tre år. Idag användes det mer som ett allmänt förråd och fylldes sakta upp med grejer, precis som alla sådana utrymmen gör. Tomma ytor kunde inte accepteras utan måste fyllas ut, kändes det som. Utrymmet var inte uppvärmt och blev ganska utkylt under vintern. In till vänster om rummet fanns husets panncentral. En lucka ut mot trädgården kunde ta emot koks för eldning. Att hålla pannan igång var också min uppgift, vilket var både tungt och smutsigt. Huset värmdes upp av radiatorer eller element. Det var en stor förbättring som spred värmen i hela huset på ett bra, och behagligt sätt. Det var också en nymodighet som mina föräldrar imponerades över.

Längst in till vänster fanns husets tvättstuga med en tvättmaskin. Den bestod av två trummor, en för tvätt och en för centrifugering. Tvättrumman fick tömmas och fyllas för sköljning manuellt. När tvätten var sköljd fick jag lyfta över tvätten till centrifugen vilket var tungt, men inget jämfört med att tvätta för hand. Ytterligare en av dessa moderniteter som huset utrustats med. Aga-spis, kylskåp och tvättmaskin skapade stort avund när jag berättade för mina väninnor. Det här var utan tvekan ett modernt hus med utrustning som inte hörde till vanligheterna. Jag minns slitet med att tvätta för hand hemma hos mor och förstod att jag borde vara glad för att jag kommit till ett så välutrustat hushåll som detta. Bakom tvättstugan fanns ytterligare ett rum som användes som verkstad. Varken herrn i huset eller någon av hans söner visade något som helst intresse av praktiskt arbete. Rummet användes till och från av Birger, en man från byn som hjälpte till när behov av lite tyngre arbete fanns. Under sommaren hade han ansvar för trädgården även om frun i huset också ofta arbetade där. I alla fall när inte herrn i huset var hemma. Han tyckte inte att hon borde ägna sig åt praktiskt arbete. Hon var direktörsfru och borde inte nedlåta sig till att påta i trädgården som en piga, hade jag hört honom säga aningen tillrättavisande när han kom hem tidigt en dag och fann henne där ute. Men hon gillade att arbeta i trädgården hade hon berättat för mig och tänkte fortsätta göra så trots herrns ogillande. När vi samspråkade ute blev hon mjukare och inte lika strikt. Här var hon mer som en väninna. Men så fort som vi kom inomhus var hon frun i huset och jag var pigan. Det gjorde mig inget. Hon var aldrig otrevlig eller orättvis, levde bara upp till sin roll som just frun i huset.

Lillflickan, Anna, kom ofta in där jag arbetade och var ett stort sällskap för mig. Hon var nyfiken och intresserad av allt jag gjorde. Hon lyssnade och var aldrig i vägen. Jag hade börjat be henne assistera mig med olika sysslor vilket gick bättre än jag väntat mig. Det fick inte bli känt hos herrskapet, det skulle troligen sluta illa. Anna nickade och lovade att inte avslöja att hon hjälpte till.

Sönerna hade jag inte alls lika bra kontakt med. Bengt som var herrns favorit ignorerade mig helt, även om han ibland i smyg tittade beundrande på mig. Det gjorde mig inget, jag tyckte det var smickrande, han var ju tre år yngre. Däremot hade jag fått en viss kontakt med Sven. Jag hade kommit på honom med att sitta och teckna, vilket jag visste att han var förbjuden att göra. Han var jätteduktig, trots att jag inte visste något om konst så förstod jag att han hade stor talang. Han hade blivit förskräckt när jag kommit på honom och hade bönat och bett att jag inte skulle berätta. Jag hade lovat att det skulle förbli en hemlighet och hade hittat ett gömställe åt honom nere i panncentralen där han kunde förvara sina alster, samt pennor och kritor. Med tiden hade vi blivit riktigt goda vänner. Han kom ofta in till mig när herrn var borta och visade sina målningar och teckningar. Jag hade frågat honom om han ville göra en målning av mig och sedan en tid tillbaka arbetade han på ett porträtt. Jag kände mig nästan som en fin dam när jag satt framför honom på stolen nere i pannrummet. För det var väl bara fina damer som fick sina porträtt målade. Nu var det inte en riktig målning, men det kändes lika spännande ändå. Däremot fick jag inte se hur den framskred. Han vill inte visa förrän allt var klart.

Men som sagt, om två månader skulle jag fylla 18 år och bli myndig. Då skulle jag kunna hitta ett annat arbete och flytta. I alla fall hade det varit mina planer. Kriget ute i Europa och den osäkerhet som rådde hemma i Sverige gjorde allt så osäkert. Så länge som kriget pågick skulle det vara svårt för mig att hitta en annan tjänst.

Ett annat problem hade också dykt upp för ett antal månader sedan. Herrn i huset hade kommit ner till mitt rum en kväll och hans avsikter med besöket hade varit tydliga. Jag hade motat bort honom och tydligt talat om att jag inte var intresserad. Han hade indirekt hotat mig och frågat om jag förstod hur svårt det var att hitta ett nytt jobb i dessa tider. Jag hade varit ovanligt tuff och talat om att han borde tänka på att det inte skulle bli lätt att hitta en ny hushållerska om det blev känt vad han gjorde. Vi hade skilts åt i någon form att stilleståndskrig. Jag började blockera dörren in till min kammare med en stol. Jag hade vaknat några gånger av att någon, jag misstänkte herrn, försökt komma in. Det hade varit riktigt otrevligt. Men sedan ett tag tillbaka fick mitt rum vara i fred.

Det var tydligt att herrskapet inte hade ett älskligt äktenskap. För honom var hon den perfekta statusfrun i hans perfekta statushus. Att upprätthålla sitt rykte var det viktigaste av allt för honom. Prat om att han hade en affär med hushållerskan skulle inte vara bra för hans image. Hans agerande var verkligen obehagligt. Det stärkte mig i min plan, jag måste på sikt hitta ett annat arbete. Men jag var tvungen att vänta ut kriget om det nu skulle ta slut någon gång.

Det som dessutom påverkade mig var att jag för varje dag blev alltmer fäst vid lillflickan Anna och brodern Sven. Trots åldersskillnaden hade de bägge blivit mina närmaste vänner och att lämna dem i det här kärlekslösa hemmet kändes inte bra. Jag kom ju sällan ifrån på mina lediga dagar. Pappa och mina bröder var inkallade och jag hade bara några få väninnor nere i byn, som jag hälsade på sporadiskt. Någon pojkvän hade jag inte heller. Visserligen hade Ingemar som var son till Birger följt med honom några gånger. Han var några år äldre och såg bra ut. Dock hade inte något tycke mellan oss utvecklats. Några få gånger hade jag följt med några väninnor på dans nere i byn. Pojkarna var antingen för framfusiga eller för blyga för att göra mig intresserad.

Men det var inte utan att pojkar tog upp allt större del av mina fantasier och funderingar.

Som jag tidigare nämnt var mina inköpsturer ner till byn och min vänskap med Anna och Sven mina andningshål ut från huset, herrn och frun.

# 5

# Direktören
# 1943

Kriget hade ställt allt på sin spets. Min finmekaniska verkstad hade varit på väg att bli en riktig succé. De finkänsliga instrument som vi byggde hade rönt stor uppskattning ute i Europa. Kriget hade ställt till det på två sätt. Produkterna var inte längre lika eftertraktade, samt regeringen hade krävt att nästan all industri skulle ställa om mot tillverkning av krigsmaterial. Trots att jag varit tvungen att pausa våra egna produkter hade det inneburit att verksamheten om möjligt växt sig ännu starkare.

Vad skulle hända när kriget tog slut. Skulle vi kunna ställa om igen och ta upp vår tidigare verksamhet. Det var en fråga som jag ständigt tänkte på. Produkterna hade varit populära, i fredstid skulle de efterfrågas på nytt, det var jag övertygad om. Vi hade tagit beslut om att i smyg vidareutveckla för att behålla vår position på marknaden när allt det fruktansvärda ute i Europa upphörde. En viss begränsad tillverkning hade vi kvar och de kunder vi levererade till var fortsatt nöjda. Att vara förberedd var alltid rätt.

Kriget hade också orsakat problem med mitt husbygge. Inte så att huset inte blev fint. Men kriget hade stoppat alla planerade husbyggen från samhället upp mot vårat. Just nu stod det ensamt och en liten bit utanför, uppe på höjden. Jag var övertygad om att när väl kriget tog slut skulle området mellan vårt fina hus och byn bebyggas och inom ett antal år skulle vi vara en integrerad del av samhället och inte som nu en bit utanför. Huset hade blivit precis som jag önskat. Vackra sällskapsutrymmen med modern uppvärmning och modernt kök. Ett fint bibliotek med ett stort skrivbord som jag tänkt använda när jag arbetade hemifrån. Skrivbordet stod strax intill den stora vackra öppna spisen och från det blickade man ut genom det stora fönsterpartiet ut mot den södra sidan av huset. Skrivbordet hade jag sällan använt, jag åkte nästan alltid ner till byn och kontoret på fabriken. Däremot satt jag gärna i en av fåtöljerna vid fönstret ut mot trädgården. Här hade jag ett pipställ och en tobaksburk stående. Att kratsa ur pipan och stoppa den med tobak för att sedan njutningsfullt röka ett stop var ett nöje som jag ofta tillät mig. Omställningen till krigsmateriel hade dessutom tagit stor kraft att verkställa. Samt kraven ändrades hela tiden i takt med att krigssituationen bestod och förändrades. Arbetsdagarna hade blivit långa och jag kom ofta hem sent på kvällen.

Jag hade låtit bygga ett garage i källarplanet på huset. Ett onödigt överdåd hade många tyckt, men jag hade stått på mig. Bilen som var beställd hade inte levererats som utlovats. Beställningen gällde en Volvomodell PV36. Tyvärr hade jag blivit tvungen att ändra den till den nya PV53. Det hade inte varit helt till min belåtenhet. Min initialt beställda bil var en stor, riktig direktörsbil och den nya var en något mindre bil, dock modernare. Efter en lång väntan hade jag nu hämtat den och kört in den i sitt garage. Den hade inte riktigt blivit den statussymbol som jag hoppats på. Men jag var en av de första med en egen bil i byn. Arkitekten och direktionen på pappersbruket körde omkring i amerikanska stora flotta bilar. Själv tyckte jag att det var viktigt att gynna svensk industri så för mig hade det aldrig varit ett alternativ att köpa något annat än svenskt. Bensinen var dessutom ransonerad under kriget och det var primärt militären och till viss del näringslivet som fick tillgång till bränsle. Modellen jag fått hade utrustats med ett gengasaggregat som var ett måste i dessa orostider. Att hantera det var minst sagt besvärligt, smutsigt och till viss del farligt. Jag hade bekostat en förarutbildning hos en av mina yngre anställda som kom att både hantera och köra fordonet. Bilen gjorde det så mycket enklare för min hustru att umgås med sina väninnor. Nu kunde bekanta hämtas upp och köras upp till vårt hus. Samt skjutsa ner Margit till byn de gånger som hon besökte sina vänner. Jag hade också själv skaffat mig ett förarbevis men körde väldigt sällan, utan den unge Konrad kom att bli både familjens och företagets chaufför. Jag konstaterade roat att den unge mannen allt oftare gjorde visiter hos vår hushållerska som uppenbarligen var väldigt förtjust i dessa besök. Konrad var endast ett fåtal år äldre än Birgit och de hade uppenbarligen fattat tycke för varandra. Jag skattade mig själv lycklig att jag inte gått vidare med mina närmanden mot henne. Visserligen hade jag först känt mig både kränkt och faktiskt förbannad. Sedan förstod jag att det hade varit bra att hon stått på sig och avvisat mina närmanden. Först hade jag tänkt avskeda henne men insåg att i denna lilla by skulle orsaken till detta snabbt skapa ett rykte som inte skulle gynna min position och ställning i samhället, något som för mig var mycket viktigt. Jag hade faktiskt tagit mod till mig och till och med bett henne om ursäkt, vilket hon verkade ha accepterat.

I takt med att det blev allt fler träffar hemma hos oss började jag fundera på att bygga ut huset. De sällskapsutrymmen vi hade var i och för sig stora och luftiga men det skulle inte skada med ännu större ytor. Jag hade tagit upp det med Margit som tyckte det var en bra idé. Men vi var bägge överens om att avvakta. Att göra en sådan utbyggnad under kriget, skulle vara i det närmaste omöjligt. Så det var bara att vänta in att kriget skulle upphöra, om det nu någonsin skulle ta slut.

Det hade skett en tydlig vändning i kriget. Tysklands framgångar byttes ut mot allt fler bakslag. Rapporter om massgasning av judar i koncentrationsläger i Tyskland hade vänt den tidigare supporten för Hitler till ett starkt avståndstagande. De som tidigare uttalat sig beundrande för Hitler visade nu en kraftig avsky mot Nazismen och dess illdåd. Att tvätta bort sin tidigare förtjusning för honom blev allt mer viktig. Mycket talade nu för att krigslyckan hade vänt till de allierades fördel. Tysklands armé hade kapitulerat vid Stalingrad och brandbombningar av Hamburg skördade stora offer. Trots alla hemskheter såg det ut som om vi inom kort skulle få fred i Europa.

Sönerna var mitt stora intresse. De skulle ta realexamen och sedan studentexamen. Om någon av dem visade intresse för vidare utbildning på universitet skulle jag göra allt i min makt för att förverkliga det. Bengt var min stolthet. Han var stor och kraftig, hade ett vinnande sätt, var duktig i skolan och en hejare i idrott. Hans intresse för teknik bådade gott och att han en dag skulle examineras som ingenjör var i det närmaste självklart. Jag såg en arvtagare till min industri i pojken. Med Sven var det en annan saga. Han var vekare, inte alls lika duktig i idrott samt visade också ett svagt intresse för teknik. Jag hade kommit på honom med att teckna vilket jag beivrat flera gånger. Någon mes som målade och tecknade ville jag inte ha i min familj. Jag hade inte kommit på honom med denna abnormitet på sistone även om jag misstänkte att han trots det fortsatte i lönndom. Det som var än mer oroväckande var hans klena resultat i skolan. Skärpte han sig inte skulle han inte ta den realexamen som var ett måste på hans väg mot ingenjörsskapet. Jag visste faktiskt ingen råd om hur jag skulle agera kring Sven. Jag undrade ofta över hur två pojkar med samma bakgrund och samma förutsättningar kunde utvecklas så olika. Jag hade tagit upp det med Margit flera gånger men hon hade viftat bort det hela med att det nog ger sig med tiden. Hon tyckte att jag inte skulle vara så hård mot pojken. Vad skulle hända om jag inte var det? I min värld var det hårt arbete och fokus som skapade resultat. Att vika undan och inte ställa krav förstod jag inte hur det skulle kunna bli annat än en katastrof. Alla mina försök att komma närmare honom hade bara fört honom allt längre bort. Pojken blev allt mer tystlåten och undfallande. Jag visste faktiskt inte hur jag skulle agera.

Lillflickan, Anna, brydde jag mig inte så mycket om. Hennes uppfostran lämnade jag helt och fullt till Margit. Flickan var söt och förde sig väl när hon kom ner och hälsade på våra gäster.

Margit hade föreslagit att vi skulle köpa in ett piano och se till att hon fick lära sig traktera instrumentet. Jag hade tyckt det var en utmärkt idé. Jag hade diskuterat det med några bekanta och till slut hade vi beställt ett piano som skulle levereras om bara några månader. En fru Tillgren skulle komma upp och hålla lektioner så snart som instrumentet fanns på plats. Pianot hade vi beställt av Baumgardt i Linköping, efter en rekommendation från just nämnda Tillgren som var väldigt förtjust i deras instrument. En förtjusande dotter som kom ner och underhöll gästerna med vackert pianospel stämde väl in med min ambition om status och prestige. Rätt hanterat skulle det borga för att hon skulle kunna gifta sig med en skötsam ung man. Det fanns några unga pojkar i samma ålder i bekantskapskretsen som skulle kunna passa. Min hustru hade blivit mäkta irriterad när jag fört det på tal. Tiden då man arrangerade äktenskap för sina döttrar hörde till en svunnen tid hade hon påpekat. Hon skulle ges möjligheten att själv få välja den man hon skulle leva med. Jag hade reflekterat över hennes utbrott i frågan. Margit protesterade nästan aldrig och hennes åsikt i frågan öppnade upp ett tvivel hos mig. Hade hon valt honom för kärleks skull eller hade hon känt sig tvingad till sitt äktenskap. Var det därför som hon var så mån om att Anna skulle få välja sin tillkommande själv. En tanke som kändes både främmande och skrämmande. Hade jag inte varit ett bra parti. Hon hade gift in sig i byn societet och fått en framgångsrik man och ett vackert hem. Men var hon lycklig, det visste jag inte. Jag arbetade väldigt mycket och var ofta frånvarande från hemmet. Jag borde kanske ge henne lite mer uppmärksamhet,

Sammantaget kändes det dock riktigt bra. Ett vackert hus som de nu kunde visa upp enklare, nu när bilen kommit på plats. Bengt utvecklade sig precis som väntat och skulle bli en bra ingenjör. En vacker dotter som skulle spela piano till underhållning för gäster. Det kändes mycket bra. Sorgebarnet var Sven. Jag visste inte hur jag skulle hantera honom. Pojken presterade allt sämre i skolan. Att se honom på en fotbollsplan var nästan skrattretande pinsamt. Han kunde inte springa efter en boll utan att snubbla och ramla. Samt hans skolresultat blev allt sämre. Och nu, mitt nya tvivel. Var min hustru olycklig, älskade hon mig inte. Jag förvånades själv över hur mycket jag brydde mig om det, för det gjorde jag.

# 6

# Bengt
# 1944

I år skulle jag ta realexamen eller realen som den också kallades. Jag hade trivts bra i skolan och visade goda betyg. För att få examen var man tvungen att klara examinationsprovet. Gick det vägen fick man gå ut på framsidan och mötas upp av mor och far och familjen. Kuggades man fick man smita ut med skammen genom bakdörren.

Men jag var inte orolig. Givetvis skulle det gå bra och till hösten skulle jag börja gymnasiet inne i staden. Så ur många aspekter kändes det här som en milstolpe och en viktig period i mitt liv.

Vi hade nu bott i vårt vackra hus i drygt fem år. Jag trivdes bra. Rummet jag delade med Sven var stort. Trädgården var inbjudande både till lek och avkoppling. Min lillasyster var nu en liten dam på tio år. För ett år sedan hade familjen köpt in ett piano och anställt en fru Tillgren som kom hem till oss två gånger i veckan för att lära Anna spela. Hon hade visat sig ha stor talang och blivit riktigt duktig. I början hade det varit mest plågsamt att lyssna till hennes trevande försök. Nu kunde till och med jag tycka att det var rofyllt och trevligt att lyssna på hennes spel. Fru Tillgren hade berömt henne flera gånger och hoppades att hon skulle få fortsätta studera musik vid något högre läroverk men det såg dystert ut. Direktören satsade på oss söner, flickor skulle ju ändå bara gifta sig och flytta ut. Varför skulle han bekosta en utbildning i musik, helt uteslutet hade han sagt. Dock uppskattade han att hon underhöll deras gäster med vackert spel när de hade en av alla sina bjudningar. Det stämde väl in i den profil han ville visa upp för sina bekanta.

Jag hade alltid sett upp till min pappa, eller direktören som vi kallade honom. Med åren hade jag blivit allt mer kritisk till hans ständiga fokus bara på status och det som såg bra ut. Vackert hus, anseende i samhället, pojkar som lyckades i idrott och skola samt en liten flicka som var söt och spelade vackert piano. Det smakade allt mer illa när jag tänkte på min familj. Det fanns ingen kärlek och värme, allt var bara yta.

Men jag hade inte revolterat mot de planer som fanns för min egen framtid. Jag skulle gå vidare till gymnasiet och ta en studentexamen som ingenjör. Därefter skulle jag börja arbeta hos direktörens företag var tanken. Nu började jag allt oftare fundera på att när väl studentexamen var klar gå min egen väg. Men det var inget som jag pratat med någon om, utan det var helt och hållet mina egna funderingar.

Även om jag själv och Sven var väldigt olika tyckte jag mycket om min yngre bror. Jag var medveten om Svens vurm för konst och visste att han ofta målade och tecknade trots att direktören förbjudit det. Att Sven skulle bli en bra ingenjör betvivlade jag allt oftare. Men det fanns inget utrymme att diskutera en annan inriktning för honom. Det som oroade mig allt mer var dock att Sven blev allt mer olycklig. Han drog sig undan och blev dyster och frånvarande. Anna, Sven och Birgit brukade träffas nere i pannrummet när direktören var borta och måla och teckna. Birgit och Anna var trogna elever som gärna tog åt sig av Svens kunskap. Hur han lärt sig visste jag inte. Till stor del var han självlärd men jag hade ibland hittat honom i skolans bibliotek med näsan i litteratur om konst.

När familjens piano anlänt hade Sven visat ett intresse av att lära sig att spela. Han hade frågat om han fick sitta med på fru Tillgrens lektioner. Direktören hade på nytt brusat upp och talat om att piano var precis som konst något för veka kvinnor och inte rejäla karlar, så det var uteslutet. Precis som han lärde ut målandets konst till Anna och Birgit så hjälpte Anna honom med lektioner i piano när de var ensamma hemma. Sven visade sig ha en bra talang för att spela. Det gjorde ont i mitt hjärta att se hur han hela tiden förnekades det han tyckte om och det han bevisligen hade talang för. Även om hans stunder med Anna vid pianot och med henne och Birgit nere i pannrummet fortsatte så vägde det inte upp att han förnekades allt detta av vår far, eller direktören som vi kallade honom. Jag såg hur han sakta blev allt dystrare och vände sig allt oftare in mot sig själv, Men jag hade ingen idé om hur jag skulle kunna hjälpa honom. En gång hade jag försökt ta upp det med direktören och han hade blivit helt vansinnig och sagt ifrån att han aldrig ville höra mig prata om något liknande igen. Mina funderingar om vad jag skulle göra efter studenten fick ny näring vid varje sådant tillfälle.

Vi hade en egen hemlighet, jag och Sven. Det var en koja som vi byggt inne i skogen. Under tre år hade vi sakta byggt upp och förfinat vår trädkoja långt uppe på skogens krön. Vi var bägge förvånade att ingen hittat den. Vi var övertygade om att den var vår egen, alldeles egna koja och hemlighet. Jag visste att Sven allt oftare gick upp till kojan för att komma undan från både direktörens och mammas förmaningar och omsorger. Trädgården var min egen favoritplats vid hemmet. Fruktträden hade nu växt upp och bar frukt. Gräsmattorna var gröna och inbjudande under vår och sommar. Ja, vi hade faktiskt två gräsmattor. En på norra sidan om huset och en till på ett lägre etage som vätte mot sydost. På södra sidan om huset fanns en uppfart som ledde fram till husets garage. Bilen som direktören beställt hade kommit förra året och var stor och fin, tyckte både jag och min bror. Men direktören var inte lika nöjd. Han hade velat ha en bil som signalerade ännu mer status än vad denna Volvo PV gjorde. Bristen på bensin gjorde att den var tvungen att drivas fram via eldning av gengas. Ett aggregat bak på bilen skulle eldas vilket var både smutsigt och lite farligt. Dessutom rysligt fult. Direktören hade anställt en chaufför som hette Konrad. Han kom cyklade upp till huset på morgonen och skjutsade sedan framförallt mamma till hennes träffar nere i byn.

Ibland hämtade han hennes väninnor för träffar hemma hos oss. Konrad var trevlig men bjöd inte in till någon närmare kontakt. Han var många år äldre och ville inte umgås med smågrabbarna som jag hört honom benämna mig och min bror. Dessutom var han väldigt förtjust i Birgit vilket gjorde mig en aning svartsjuk. Löjligt egentligen, Birgit var tre år äldre och definitivt inte intresserad av mig, men jag var i all hemlighet förtjust i henne. Hon hade blivit god vän med Sven och Anna. Var mer avvaktande mot mig vilket också störde mig en aning. Sven var hela fem år yngre vilket kanske gjorde det enklare. Men vad visste jag om det, jag hade ingen erfarenhet av flickor. Visst fanns det en del jämnåriga som tittat beundrade på mig ibland. Själv kände jag mig inte dragen till någon av dem. De var alla så barnsliga.

Nu var det fullt fokus på realexamen. Även om jag som sagt inte var orolig hade jag ändå en liten knut i magen. Skulle jag kuggas och behöva smita ut på baksidan skulle det var mer eller mindre en katastrof. Sven hade lovat att hjälpa mig och vi satt tillsammans varje kväll och gick igenom de ämnen som jag skulle förhöras på. Även om Sven själv inte var så duktig i skolan så var han en utmärkt kamrat för läxförhör. Vi hade vid ett tillfälle diskuterat om det här med att kunna en massa utantill var så vettigt. Sven hade argumenterat för att det väl var viktigare att man visste hur man kunde slå upp de fakta man behövde, när man behövde det. Det jag lärt sig till examen hade jag med all sannolikhet glömt bort om ett år. Visst låg det en del i det Sven sa men nu fungerade inte skolan på det sättet så nu gällde det att lära sig och komma ihåg.

Sven hade svårt att komma ihåg men var väldigt duktig på att leta upp de fakta man behövde. En skola som mer fokuserade på hur man kan hitta kunskap vid behov hade passat honom bättre. Vi var bägge oroliga för hur det skulle gå för Sven när hans realexamen stod för dörren om två år.

En kväll när jag kom hem från fotbollsträningen hade jag kommit på Sven med att sitta och skriva i en bok. Jag hade snabbt sprungit fram och norpat åt mig den från honom. Det visade sig vara en dagbok. Sven hade sett så olycklig ut att jag genast lämnat tillbaka den.

"Att skriva dagbok är inget som direktören skulle gilla. Återigen är väl det något för tjejer och inte riktiga karlar. Eller vad tror du?" hade jag lite spydigt sagt till Sven.

Sven hade stumt nickat till svar.

"Jag lovar att inget berätta, se till att ingen får se att du skriver bara."

Sven hade kramat om mig och så hade vi ytterligare en hemlighet tillsammans.

Givetvis var det inte konstigt att vi hade hemligheter som vi inte delade med våra föräldrar. I Svens fall var det beklämmande att han var tvungen att hålla så mycket av det han gillade hemligt. Man kan fråga sig om vår familj var riktigt sund. Svens pianospel, hans tecknande och målande fick direktören inte veta om, detsamma gällde om att han skrev dagbok.

"Får jag läsa?" undrade jag. Sven skakade bara på huvudet och sa att den var bara hans egen. Varken Anna, Birgit eller mamma kände till att han skrev och jag lovade att så skulle det förbli.

Det var inte utan att jag var väldigt nyfiken. Vid ett tillfälle när han var nere vid pianot tillsammans med Anna hade jag hittat dagboken och olovandes tagit upp den och läst några sidor. Till min förvåning var den mer av en bok än privata noteringar som jag förväntat mig skulle finnas. Men det kändes inte bra att läsa i hemlighet så jag la tillbaka boken utan att läsa vidare. Hans vurm för konst, musik och nu även författande, om man nu skulle kalla det så, kanske trots allt hörde ihop.

Att min lillebror skulle bli tekniker och ingenjör var helt fel. Han hade blivit lyckligare om han fått läsa en estetisk inriktning. Det insåg jag med all tydlighet och jag kunde inte skaka av mig att jag var orolig. Men kanske skulle det bli bra om han klarade examen och fick flytta till staden. Då skulle han komma ifrån direktören och hans märkliga förbud mot allt han tyckte om och var duktig på. Dessutom oroade det mig hur det skulle gå för Sven när jag inte längre bodde kvar här hemma. Just nu var direktören mest av allt fokuserad på min realexamen som låg närmast i tiden. Vilket gav Sven en hel del andrum.

# 7

# Gunnar
# 1945

I förra veckan gjorde jag min första vecka på kommunkontoret i byn. Jag skulle biträda kommunens byggnadsansvarige, Bertil. Om jag skötte mig kunde det på sikt bli en fast anställning. Nu idag, skulle jag få följa med honom, upp till huset uppe på kullen. Jag var överlycklig.

Jag hade varit tio år när huset började byggas. Varje dag efter skolan hade jag cyklat upp och tittat på byggnationen från en liten utkiksplats jag gjort mig på andra sidan av landsvägen. I början hade inte mycket hänt. Efter att de rest stommen på huset hade nästan varje dag varit en ny upplevelse. Huset var av en helt ny stil, annorlunda mot alla byggnader som redan fanns i byn. Stilen hette funkis, eller funktionalism, hade jag förstått när jag frågat runt. Idag visste jag att stilen stod för funktion. Huset var strikt fyrkantigt utan onödiga krusiduller. Det kändes nytt och fräscht, det här var framtiden, det var jag helt övertygad om. Husets väggar hade rappats vita och fönster och dörrar var av ett ädelt träslag som lyste brunrött i solen. Fönsterpartierna var större än på äldre byggnader och konstruktionen andades luft och ljus. Jag kunde inte räkna alla timmar när jag stått och beundrat det. Det bästa av allt. Idag skulle jag få besöka huset och se hur det såg ut från insidan.

Visserligen var jag nästan jämnårig med husets söner, Bengt och Sven. Bengt gick i en klass ovanför och Sven i klassen under. De hade aldrig blivit mina kamrater. I de yngre åldrarna är ett år upp och ett år ner väldigt mycket och de var få som umgicks med äldre eller yngre.

Det var vackert väder och Bertil hade föreslagit att de skulle gå till sitt besök, vilket jag inte hade något emot. Jag tyckte om att promenera, Bertil skulle bara veta hur många gånger jag gått upp för att beundra och titta på huset. Det vågade jag inte berätta, ville inte att han skulle få fel uppfattning om honom. Jag var inte en kuf bara för att jag tyckte så mycket om det. Eller kanske var jag det, min syster, mor och far hade inte förstått minförtjusning. Jag förstod att de uppfattade mig som lite konstig, så jag hade slutat berätta om mina utflykter. Det var bäst att behålla det som en hemlighet.

När huset nästan stod klart hade man börjat röja fler tomter på vägen upp mot kullen. Tyvärr hade arbetet med dessa avstannat när kriget bröt ut. Så huset var lite av en vit lysande solitär uppe på kullen. Vilket gjorde det bara ännu vackrare.

Backen upp till huset var brant och jag märkte att Bertil hade svårt att hänga med i mitt tempo. Han var för stolt för att be mig sakta ner. Men andhämtningen blev allt tyngre och hans ansikte fick en lätt röd färg. Vi stannade till när vi kom upp.

"Vi får ta igen oss en liten stund innan vi går och ringer på" sa Bertil och satte sig ner på en sten vid vägkanten.

"Javisst" svarade jag och ställde mig bredvid och tittade in mot trädgården.

De hade planterat en hög häck ut mot vägen. Den hade vuxit upp till ståtliga buskar och skapade nu en två meter hög, grön mur ut mot vägen. Det skymde huset från insyn vilket var synd, det var så väldigt vackert. En öppning fanns i häcken med en liten grind. Bakom grinden ledde en gång fram till en slänt med ett antal trappsteg som ledde upp till sidan av huset. Det fanns även en bilväg in till husets framsida, som låg på en sidogata till landsvägen. Det var den som vi valde att gå in på. En grusgång, vackert krattad ledde fram till en garageport. På vänster sida om porten fanns en trappa upp till entrén. Precis som fönstren var dörren massiv av samma rödbruna ädelträ som fönsterbågarna.

Enligt ett rykte fanns nu en av samhällets första bilar i garaget. Jag hade sett den nere i byn ett antal gånger. Bilen var en ny Volvo, en ny kompaktare bil än de andra, amerikanska, som fanns i byn. Inte lika flådig. Vad jag förstod vurmade direktören för svensk industri och ville i möjligaste mån undvika produkter från utlandet. Trots att han var känd för att måna om sin status hade svensk industri vunnit över fåfängan, hade jag hört mina kollegor på kommunen säga. Bilen skämdes av det stora gengasaggregatet monterat på bagageluckan men det satt likadana på de andra bilarna i byn. Tillgång till bensin var fortfarande starkt ransonerad.

Bertil gick uppför trappan och ringde på dörren. Jag kände att jag blev svettig i handflatorna. Löjligt kanske, men för mig var det här det häftigaste jag varit med om.

Direktören öppnade dörren och vi klev in.

"Ni kan behålla skorna på. Har du tagit med dig grabben hit idag?" undrade han.

"Tack, nej det här är min praktikant som ska vara med mig och lära, Sköter han sig så får han en fast anställning på kommunen. Det är väl inget problem hoppas jag?"

Direktören viftade avvärjande och bjöd in oss båda.

Vi kom in i en liten hall med en liten gästtoalett. Till höger om hallen öppnade sig ett stort rum med väggfasta bokhyllor, en öppen spis, ett magnifikt skrivbord och två läsfåtöljer vid fönstret ut mot gården. Det såg engelskt ut, det såg ut som ett engelskt bibliotek som jag sett bilder av i böcker om arkitektur. Bokhyllorna var imponerande med böcker ända upp till taket. Så här många vackra böcker hade jag aldrig sett i ett privat hem förut. Jag var osäker på om jag gillade det jag såg. Funktionalismen var något nytt och fräscht. Att komma in i ett rum som förde tankarna mot äldre tiders bibliotek och engelska herresäten kändes inte helt rätt. Direkt till vänster kom en trappa ner från övervåningen. På bägge sidor om trappan fanns två väggmålningar som inramade den på ett stilfullt sätt. Trots att de också andades äldre tider gillade jag målningarna och hur trappans sista tre trappsteg kom ut i rummet.

44

Trappan svängde uppåt åt höger och i trappsvängen fanns ett stort fönster ut mot den västra sidan av huset.

"Ska vi gå in och titta på de förändringar som vi planerar?" sa direktören och visade in till vad som måste vara finrummet via en vid dubbeldörr. Direkt in till höger stod ett vackert piano mot ytterväggen. Rakt fram var en soffgrupp och ett bord samt snett bakom soffgruppen en musikmöbel med radio och grammofon. På väggarna hängde vackra tavlor föreställande olika typer av landskap. Väl inne i finrummet såg jag att rummet fortsatte till vänster via en liten portal in mot en matplats. Här kom huset mer till sin rätt, men jag upplevde att det tunga möblemanget, framförallt vid matplatsen inte riktigt passade. Återigen var möblerna mörka och tunga och verkade höra till en annan tidsepok än det vackra huset. Jag hade hoppats få se moderna möbler, som i de filmer som rullat på biograferna strax innan kriget med vackra män och kvinnor som rökte ur långa cigarettmunstycken. Här hade man inte hängt med, huset var modernt men det var inte möblerat i den stil som passade.

"Ska vi sätta oss och titta på skisserna till ombyggnationen. Berit kommer med kaffe. Du dricker väl kaffe grabben?"

"Javisst" svarade jag och undrade stilla om vi skulle få riktigt kaffe. Kaffet var ransonerat och väldigt dyrt. Själv hade jag bara varit tio år när kriget bröt ut så jag hade aldrig lärt mig tycka om det. Någon gång hade jag fått smaka men eftersom riktigt kaffe var en lyxvara blev det aldrig så att jag lärde mig dricka. När jag nu bjöds jag på riktigt kaffe gick det bara inte att tacka nej.

Hushållerskan, Berit, kom in med kaffet och hälsade förvånat på mig. Hon var fyra år äldre, vi hade träffats hemma hos min kusin några gångar. Jag kom inte ihåg på vilket sätt hon var bekant med honom, så var det bara. Berit var en söt tjej som många killar tittade beundrande på och fantiserade om. Jag kände att jag nästan rodnade där jag satt. Så pinsamt.

Direktören tog fram en stor ritning som visade hur han tänkt sig ombyggnationen. De hade planer på att bredda finrummet ut mot landsvägen. Det skulle bli nästan tolv kvadratmeter större. Vid matsalen skulle man behålla ytterväggen. Istället skapa en överbyggd altan i ungefär samma storlek som det utbyggda finrummet. Dessutom ville man ersätta finrummets två fönster med ett stort panoramafönster ut mot landsvägen. Jag blev stormförtjust, det här skulle göra huset ännu mera funkis och skapa ytterligare karaktär till en redan vacker byggnad.

"Det här ser trevligt ut. Men ni måste väl lägga till en grund under utbyggnaden också?" påpekade Bertil och pekade på ritningen.

"'Ja vi bygger ett förrådsrum längs med garaget och verkstaden och sätter en dörr in till förrådet på höger sida om garageporten, har jag tänkt mig" svarade direktören.

"Jag förstår. Tänker ni påbörja bygget redan nu när kriget fortfarande pågår?" undrade Bertil.

"Nej men allt pekar på att det där eländet snart är över. Jag vill att allt ska vara klart så att vi börja bygga på en gång".

"Jag förstår. Kan vi ta med oss ritningen så ser vi till att vi ordnar ett bygglov så snart som möjligt?"

"Utmärkt, det var det jag precis hade hoppats på. Tror du att byggplanerna på tomterna mellan oss och byn kommer att aktiveras på nytt om vi nu får fred i Europa?"

"Jag vet inte. Man kan ju alltid hoppas. Det gläder mig att direktören tror på fred inom kort. Det har varit så mycket elände så det känns gott att få höra uppmuntrande ord."

"Ursäkta mig. Vad händer på övervåningen i samband med ombyggnationen?" undrade jag aningen blygt och försynt.

"Bra fråga. Vi kommer att lägga ett koppartak över utbyggnaden och eventuellt bygger vi en större balkong ut från sovrummen ut över taket. Det har vi inte tagit ställning till än. Ska vi gå upp och titta? Så får ni bilda er en egen uppfattning. Jag vill gärna höra vad ni tycker."

De reste sig och gick upp mot övervåningen. I trappan fanns ytterligare två väggmålningar som inte varit synliga nerifrån biblioteket. De här bägge var i en grön ton, medan de nere i biblioteket var i en gul. Det var samma stil på motiven och uppenbart samma konstnär.

Två sovrum vätte ut mot landsvägen. Bägge hade en smal balkong. Ytterväggen på sovrummen slutade innan ytterväggen i våningen under. Att kunna bredda balkongerna ut över det nya taket skulle inte vara ett problem var man överens om.

Vi tackade för kaffet och lämnade huset med ritningen i ett papprör för skydd mot väder och vind.

"Du verkar förtjust i huset" sa Bertil och knuffade till mig när vi gick ner mot byn.

"Jo, ett sådant hus skulle jag också vilja ha när jag blir stor" sa jag med eftertryck.

# 8

# Huset
# 1946

Det har nu gått åtta år sedan jag blev färdigbyggd. I ärlighetens namn har det inte hänt så mycket med min byggnation sedan dess. I huvudsak har min insida möblerats och pyntats till ett trevligt hem. De flesta som besöker mig har uttryckt sin beundran över både arkitektur och hur mina brukare möblerat och inrett mig. Vissa har, i tysthet, uttryckt en viss tveksamhet till en del tyngre möblemang som inte passar ihop med min moderna funktionella stil. I stort har intrycken varit överväldigande och positiva. Som jag nämnt tar jag emot personernas innersta intryck och behöver inte förlita mig till vad de utrycker och säger. En enorm tillgång som gör att jag kan vara trygg med de intryck som jag mottagit. Som exempel kan jag nämna matsalsmöblemanget som alla uttalat sin största beundran för, samtidigt som de flesta innerst inne inte varit helt nöjda med. Det gick inte riktigt i samma stil som min byggnad.

Den största utvecklingen under dessa år har varit i trädgården där framförallt frun i huset har lagt ner stor energi. Ett antal vackra rabatter med trevliga blommor har anlagts. Två buskar, en Rododendron och en Azalea, har planterats på norra sidan av huset. Bägge dessa har nu vuxit upp och börja pryda sin plats. Fruktträden som planterades har börjat ge frukt. På norra sidan har man installerat ett antal odlingar där man driver upp grönsaker av olika slag. De skapar en bra helhet tillsammans med blomrabatterna och fruktträden. Så trädgården har utvecklats och börjat växa till sig som ett bra komplement till min enkla byggnad.

Nu har de även börjat prata om en del förändringar som berör min byggnation. Jag återkommer till det senare.

Det som påverkat livet under dessa år allra mest var givetvis kriget ute i Europa. Det pausade den utbyggnad av samhället som var på gång, upp mot min solitära plats uppe på höjden. Jag vet att framförallt frun i huset känt en sorg i detta. Hon hade så sett fram emot att få umgås med sina väninnor och deras familjer i sitt nya fina hus. Trots besvären att komma upp till oss på kullen hade ett antal träffar och middagar ändå blivit av och varit lyckade. Men inte lika många som herrskapet i huset räknat med när jag byggdes.

Nu är det äntligen fred i Europa. Tyskland och Italien hade kapitulerat och feststämningen hade varit överväldigande. Det hade varit fest i tre hela dagar nere i byn och glädjen och framtidstron var påtaglig. Det blev även en stor fest uppe hos mig. Alla gladdes åt den förändring som nu förhoppningsvis var på gång.

Nu nästan ett år efter fredsslutet började vi se resultaten av det nya Sverige som började växa fram. Byggprojekten på tomterna mellan byn och vår plats på höjden hade påbörjats på nytt. Snart är flera av husen klara för inflyttning. En trottoar var anlagd längs landvägen upp till oss och det pratades om att man skulle börja bygga ytterligare hus på andra sidan vägen. Precis som direktören trott och hoppats på var vi snart en integrerad del av byn, om än fortfarande i utkanten.

Bengt gick nu andra året på gymnasiet i stan och bodde inneboende hos en bekant till hans mamma under veckorna. I stort var nu pojkarnas rum helt och hållet Svens, även om de fortsatt delade på rummet när han kom hem över helger och långledigheter. Det gick bra för Bengt i skolan, men jag kunde förnimma att han sakta gled bort från mor och far och tyvärr även från Sven och Anna.

Sven fortsatte teckna och måla i hemlighet. Ja, nu var det en hemlighet som alla utom direktören delade. Han var fortfarande officiellt ovetande om sonens passion för konst. Eller han gav i alla fall sken av att han var ovetande. När Bengt tog realen och kom in på gymnasiet i staden hade direktörens omsorg om pojkarna blivit mer fokuserad på Sven, som fortfarande fanns kvar hemma. Svens tungsinne hade inte gett med sig men de hade hittat ett förhållningssätt som undvek onödiga öppna konflikter. En form av stillestånd för att jämföra med kriget ute i Europa.

Anna var nu tolv år och började sakta utvecklas till en ung kvinna. Hennes vänskap med Birgit och Sven bestod och hon hade nu blivit riktigt duktig på piano. Att hon skulle få fortsätta och studera musik var tyvärr fortfarande uteslutet. Trots upprepade övertalningsförsök från fru Tillgren och hennes mamma. Direktören var fortfarande fast i sin övertygelse om att flickor inte ska studera utan gifta sig och bli hemmafruar. En åsikt som visade sig vara allt mer omodern, i det nya samhälle som växte fram.

Birgit hade börjat sällskapa med Konrad, företagets chaufför, och direktören och frun i huset började bli allt oroligare för att hon skulle flytta och lämna hushållet. Då skulle de behöva hitta en ny husa.

Bilen hade äntligen blivit av med sitt gengasaggregat. Nu blev det möjligt att köpa bensin igen. I och med att det smutsiga och delvis farliga aggregatet togs bort började direktören allt oftare köra bilen själv. En annan konsekvens blev också att Konrad inte kom upp till huset lika ofta. Jag förnam att det påverkade relationen mellan honom och Birgit. Undrade om det skulle fungera på sikt.

Direktören arbetade allt mer intensivt. Nu när kriget var slut skulle hans företag ställa om från krigsmateriel och gå tillbaka till sina finmekaniska instrument som de utvecklat och tillverkat så framgångsrikt dessförinnan. Även om han förberett sig för detta var det inte helt lätt. Den produktion som de hanterat under krigsåren var inte av samma typ av finmekanik som varit deras huvudprodukter. Många av de som anställts under kriget hade inte den kompetens som krävdes nu när de skulle ställa om. Dessutom var hans produkter inte de som prioriterades högst när samhället skulle börja byggas upp igen efter krigsåren. Han hade anställt en ung ingenjör, Arne, som kom att bli hans närmaste i firman. Han hade nya fräscha idéer och tog fram ett antal nya produkter, inom finmekanik, som blev lyckosamma.

Direktören gladde sig mycket åt Bengt som kommit in på gymnasiet i staden. Om några år skulle han vara färdig som ingenjör. Han hade stora förhoppningar på att han skulle ta över efter honom i firman. Med Sven var det fortsatt bekymmersamt. Han hade inte lika lätt i skolan och alla oroade sig för om han skulle klara sin realexamen. De hade inte haft några konflikter kring hans teckningar på länge men han misstänkte att han fortsatt i hemlighet. Letade han inte efter det skulle han inget veta och visste han inte kunde de undvika otrevliga uppträden. Innerst inne hade han flera gånger ifrågasatt sig själv. Borde han varit mer förstående och accepterat Svens intresse och kanske till och med uppmuntrat honom att söka en utbildning inom området. Tvivlen hade uppsökt honom allt oftare. Men att han skulle ändra sig, nej att han skulle tappa sin respekt och sitt anseende både hemma och i byn var uteslutet. Att han skulle ha en son som gick vidare inom konsten hade varit en nesa som han inte kunde acceptera. Sedan gjorde han ju allt det här för pojken. Det fanns ingen framtid i att vara konstnär. Som ingenjör skulle han ha sin utkomst och sitt anseende säkrat. Han hoppades att Sven förstod.

Relationen till hans hustru hade även det gått in i ett typ av stilleståndskrig. Hon hade flera gånger påpekat att de borde ge Sven möjlighet att utveckla sitt intresse för konsten samt att Anna skulle få fortsätta utveckla sin talang för det musikaliska. Han hade varit omedgörlig. Hans ovilja att ens diskutera de yngsta barnen hade skapat en spricka som växt till nästan en avgrund mellan makarna. Margit fokuserade allt mer på sitt umgänge med sina väninnor. Bjudningarna uppe i huset blev allt fler och träffarna nere i byn blev även de mer frekventa. Margit månade om lillflickan och de hade en bra kontakt. Relationen till Sven blev allt mer ansträngd i takt med att han blev allt mer inåtvänd och sluten. Jag visste att han tyst anklagade henne för att inte stå upp mot direktören. När åren gick blev hans avståndstagande mot henne allt större vilket var synd. Innerst inne stod hon faktiskt på hans sida, dock hade hon vikt ner sig för sin man. Att innerst inne måna om Sven men att inte visa det i handling var ju inget värt, vilket jag kunde förstå. Att Sven blev allt med besviken på sin mor och sin far var helt förståeligt.

Sven blev allt dystrare och allt mer isolerad i familjen. Visserligen var han delaktig i alla middagar, han umgicks fortfarande i smyg med Berit och Anna samt övade på piano med lillasyster. Umgänget var alltmer ytligt och han gled sakta ifrån även de som var hans förtrogna i familjen. Han kämpade på med skolan men hade svårt för de flesta tekniska ämnen. Direktören gjorde tafatta försök att hjälpa sin son. Men hans burdusa sätt närmast försämrade, både hans intresse för och kunskap inom det tekniska området. Hans tafatthet inom idrott hade till slut accepterats och han behövde inte längre vara med på alla de fotbollsträningar och andra idrottsevenemang som direktören vurmade för. Vilket i sig var bra men det gjorde också att hans umgänge med jämnåriga blev allt mindre och han blev allt mer ensam och isolerad.

Bengt kom numera hem bara till helgerna. Som jag nämnt gjorde han bra ifrån sig på gymnasiet vilket gladde föräldrarna. Pojkarna hade faktiskt trots att Bengt flyttat fortfarande en bra kontakt, om än inte lika tät som när de bägge bodde hemma. De umgicks ofta uppe i kojan som de byggt i skogen. Jag tyckte det var synd för det begränsade min inblick i pojkarnas umgänge och vad de diskuterade. Jag misstänker att de smidde planer av någon typ, planer som de höll väldigt mycket för sig själva. De var duktiga på att hålla detta hemligt så jag fick inga intryck alls kopplat till detta när de vistades i närheten av mig. Jag kände tydligt att det var något, något som var viktigt för min familj och vår gemensamma framtid.

Nu planerades förändring av huset. En kommunaltjänsteman hade varit på besök och de hade diskuterat en utbyggnad av finrummet. Man hade fått bygglov på utbyggnaden men tvekade en aning. Nu när olja, både för bensin och eldning, blivit på ett annat sätt tillgängligt så diskuterade man om att byta ut koksaggregatet mot en oljepanna. Olja var framtiden. Det skulle underlätta Berits arbete då den inte krävde att den ständigt skulle fyllas på med koks. Just nu lutade det åt att oljepannan prioriterades och utbyggnaden av finrummet skulle troligen få vänta.

# 9

# Sven
# 1946

Jag mådde inte bra och för varje dag blev det bara värre. Under de åtta år som vi bott i huset hade allt gradvis bara blivit allt sämre. Givetvis berodde inte detta på byggnaden som sådan, trots det hade min hjärna kopplat ihop huset med hur jag mådde. Väldigt tragiskt, det var trots allt mitt barndomshem, en plats där jag borde känna mig trygg. Men det gjorde jag inte. Jag hittade på alla möjliga ursäkter för att vara borta ifrån huset så ofta som jag kunde. Var jag inte på ortens bibliotek eller på skolan samlingssal så gick jag gärna till kojan som jag och Bengt byggt uppe i skogen. Mina ljuspunkter hade blivit mina stunder med Berit och Anna där jag fick dela med mig av mitt självlärda intresse för teckning och konst. Samt de få stunder som jag fick tillsammans med Anna för att via henne kunna lära mig spela piano.

När Bengt hade flyttat in till stan för att gå på gymnasiet innebar det ytterligare ett stort kliv i fel riktning. Jag saknade honom mer än vad jag trodde att jag skulle göra. Bengt hade varit mitt ankare och min närmast förtrogna. Under uppväxten hade jag haft svårt med idrott och med pojkarnas lite tuffa lekar och blev tidigt i skolan utsedd till ett mobboffer. Men det han aldrig hunnit växa till sig. Bengt hade med kraft gått in, som storebror, och tydligt markerat att den som bråkade med hans lillebror skulle få svara inför honom personligen. Bengt var stor och kraftig och ingen som man bråkade med, framförallt inte om man var några år yngre. Under min storebrors beskydd undvek jag att bli mobbad, i alla fall fysiskt. Men gliringar och verbala tråkningar uteblev inte och jag blev allt mer ensam bland mina jämnåriga. Det blev inte bättre av att min far, direktören, tryckte på och ställde tuffa krav på den utbildningsbana som var utstakad för mig och min bror. Medan Bengt visat sig vara både duktig i idrott och älskade den utbildning som var utvald för oss bägge levde jag inte alls upp till hans förväntningar. Vi hade haft många diskussioner om detta uppe i kojan eller nere i byn. Min märkliga aversion mot huset gjorde att jag inte kunde tänka klart när jag var hemma. Att diskutera hur jag mådde och vad det fanns för vägar framåt för mig hemma kändes omöjligt. Därav våra allt frekventare träffar uppe i kojan och nere i byn.

Under våra diskussioner hade vi insett att bristen på uppskattning var mitt stora problem. Idrott var inte mitt ämne och att jag skulle röna uppskattning för mitt taffliga agerande på fotbollsplanen eller i friidrott hade varit ett hån mot idrotten, det insåg jag. Tyvärr gick inte mitt skolarbete som planerat heller. Det fanns få ljuspunkter som skulle motivera några lovord. Visst hade jag hoppats på att få beröm för de tentor jag ändå klarat, trots att de just så pass klarade granskningarna. Istället blev de ofta bara ytterligare en anledning till att trycka på om att det krävdes ännu mer enträget arbete. Det enda område jag skulle kunna få en ärlig uppmuntran inom var det område, konsten, som jag var förbjuden att utöva. Visserligen hade jag fått bra återkoppling både från Berit och Anna samt min lärare i skolan. Men det räckte inte, jag ville så gärna få uppskattning från min far och den verkade nästan ouppnåelig.

Tyvärr hade mina möten med Berit och Anna också blivit allt färre. Berit hade på senare tid varit uppvaktad av Konrad som varit familjen chaufför och hon hade valt att umgås med honom allt oftare och undvek de planerade teckningsträffarna. Dock hade direktören börjat köra själv allt mer vilket gjorde att Konrad inte dök upp uppe i huset lika ofta. Det såg ut som om en spricka började uppstå mellan honom och Berit. Synd för jag tyckte om båda två. Så kanske skulle våra hemliga möten återuppstå. Men att det skulle gå tillbaka till de tidigare hyfsat täta teckningsträffarna var inte sannolikt.

Mina lektioner tillsammans med Anna och pianot var dock fortsatt trevliga och jag började bli ganska duktig på att traktera instrumentet. Även detta intresse var förbjudet av direktören som inte ville ha som han sagt en gång 'någon fjolla som tecknade och spelade piano till son'. Som ni förstår, min framtid, i det här huset, var inte munter.

För några år sedan hade jag mått så dåligt att jag funderat på att ta mitt eget liv. Bengt hade skakat om mig och sagt att gjorde jag det så skulle gubben vinna, det fick inte ske. Bengt hade tidigt försvarat direktörens ambitioner och pådrivning. Men sedan han flyttade till staden hade han blivit allt mer kritisk till både mor och far. Han hade avslöjat att han inte alls var intresserad av att ta över firman utan hoppades kunna hitta något annat arbete när han tog studenten. Det skulle bli en rejäl besvikelse för direktören, som när jag fallerade i nästan allt han drömt om, än mer såg fram emot Bengt som sin arvinge och favorit.

Tillsammans med min bror hade vi gjort upp en plan. En plan med två alternativ som bägge skulle garantera att jag kom bort från huset. För mig var det en överlevnadsfråga. Jag måste ta mig bort från direktören. Min mor var troligen på min sida, innerst inne, men vågade inte stå upp mot sin make och försvara mig. Min lillasyster skulle jag komma att sakna. Det var det pris jag var tvungen att betala.

Jag hade i hemlighet börjat ge teckningslektioner till hugade elever i byn, vilket gav mig en liten sparslant som jag kanske skulle komma att behöva. Bengt hade också tagit på sig lite småjobb här och där, klippte gräsmattor och andra mindre sysslor. Alla slantar vi skrapade ihop gick till min plan B ifall plan A skulle misslyckas.

Hur såg då våra planer ut? Bägge planerna gick ut på att jag skulle kunna flytta från huset och komma bort från den destruktiva miljö som den utgjorde. Plan A byggde egentligen på att jag skulle leva upp till direktörens ambition att ta realen och komma in på gymnasiet i stan. Gick det vägen skulle jag kunna flytta ihop med Bengt för det sista året i staden. Väl där skulle jag kunna byta inriktning på mina studier och hitta något som jag passade bättre för än denna trista och tröstlösa teknikutbildning som jag ogillade. Men det fanns ett stort problem. Studierna gick inte alls som planerat och det fanns en stor risk att jag inte skulle klara realen. Det var då som plan B skulle träda i kraft. Det var då jag skulle behöva de hopsparade slantarna som vi lagt undan för mig.

Nu när Bengt flyttat fick jag vårt fina hörnrum för mig själv. Men jag trivdes ju inte i huset och höll ologiskt det ansvarig för min otrivsel. Jag hade inte möblerat om, även om Bengt ofta påpekade att jag borde nu när han bara kom hem på helgerna. I pannrummet hade vi gjort en liten studio som vi kunde sätta upp de gånger vi träffades för att rita och teckna. Jag hade hittat ett hemligt utrymme där vi kunde förvara pennor, kritor, målarfärg och ritark. Man skruvade bort en panel på undersidan av trappan och öppnade ett förvaringsutrymme där jag kunde ha mina förbjudna attiraljer förvarade. Jag hade under en längre tid arbetat med en målning av Berit. Hon tyckte det var roligt och var en bra modell. Men jag blev aldrig riktigt nöjd och hade målat över och målat om porträttet ett otal antal gånger. Vid de senaste sittningarna hade hon börjat tröttna. Blir du aldrig klar så vet jag inte om jag vill fortsätta sitta här medan du målar och målar om, hade hon sagt vid ett antal tillfällen. Som det såg ut just nu visste jag inte när jag skulle få möjlighet att slutföra porträttet.

Jag hade börjat skriva på en dagbok, eller kanske mer en bok om mitt liv här i huset. Till min förskräckelse hade Bengt hittat den och jag hade sagt ifrån att han inte fick läsa i den. Trots det var jag ganska säker på att han ändå tagit fram den och läst några sidor. Här hade jag fått hittat ett nytt gömställe som ingen kände till. Jag skrev i den ganska sporadiskt och orden var bara avsett för mina egna ögon. I trappräcket längst upp på plan två, gick det att ta loss den knopp som satt längst upp på trappräcket. Tog man bort den fanns ett utrymme där jag stoppat undan boken. Jag hade dessutom monterat in en liten sprint som låsanordning så ingen av misstag skulle ta bort trappknoppen och komma åt min hemliga bok. Skulle direktören hitta mina målargrejor hade inte varit bra, men kanske inte så överraskande. Jag var ganska övertygad om att ha nog misstänkte att jag höll på. Letade han inte så visste han inte. Visste han inte så behövde han inte agera. Skulle han hitta min bok vore det en katastrof, här hade jag skrivit ner alla mina mörka tankar om mina år i huset och min relation till direktören och övriga i familjen.

På fredag var det dags för realexamen. Jag hade läst på flitigt men var långt ifrån övertygad om att jag skulle klara mig. Så jag hade förberett för plan B uti fall att.

Bengt kunde tyvärr inte komma. Han hade inte möjlighet att hinna hem i tid till examen. Det var direktören, mamma och lillasyster Anna som skulle vara med. Själv var jag klädd i min bästa kostym och skorna var välputsade. Direktören och mamma var även de klädda i sina finkläder och Anna hade en ny klänning. Av oss fyra var det Anna som mest av allt såg fram emot examensdagen. Direktören och mamma var bägge oroade för att jag inte skulle klara mig, vilket även gällde mig själv. Allt var förberett med både blommor, några få presenter och tårta hemma i huset. Förberedelser som gjorde mig än mer nervös och orolig. Trots allt hoppades jag att min examen skulle gå vägen och att jag till hösten skulle kunna flytta till Bengt i stan för mitt första år på gymnasiet.

När vi kom fram till läroverket fick jag den förväntade kommentaren från direktören.

"Se nu till att inte skämma ut oss" sa han utan antydan till uppmuntrande ord. Som ni förstår var det inte de ord jag i första hand önskade mig. Men jag hade inte förväntat mig något annat. Allt kretsade kring hans renommé och hans rykte. Inget annat var viktigt.

Väl inne i examinationssalen fick vi till att börja med ett skriftligt prov. Därefter följdes de upp med ett muntligt förhör inom de utvalda ämnen som ingick. För min examen hade man valt ut engelska, historia, fysik och matematik. Engelska och historia gick riktigt bra. När det kom till fysik och speciellt inom matematik fick jag det rejält besvärligt. Jag kunde ana att examinatorerna ville att jag skulle klara mig och gav mig ledande frågor för att förenkla under det muntliga förhöret. Jag kunde ana direktörens påverkan i bakgrunden. Trots deras hjälp gick det inte vägen. Jag klarade inte min examen och fick lämna salen och gå ut på baksidan av läroverket.

Jag gick med raska steg bort till det lilla kaféet där jag gömt undan min väska. Jag hade packat med kläder, samt min kriskassa, som jag och Bengt samlat ihop. Tyvärr hade jag inte lyckats få med mig dagboken och mina teckningsgrejor, kanske skulle jag få Bengt att hjälpa mig med det, senare.

Nu var jag framme vid ett nytt kapitel i mitt liv. Jag hade kommit bort från huset, huset som jag förknippat med min olycka.

Visserligen hade jag en stor knut i magen men också en förväntan om en ny framtid där jag skulle få göra det jag själv ville.

# 10

# Margit
## 1947

Det var nu nästan ett år sedan vi förgäves stod och väntade på Sven utanför läroverket. Det var med viss oro vi gjorde oss i ordning för hans realexamen på morgonen. Skulle han klara den eller inte? Det visste vi inte. Sven verkade lugn och tillfreds vilket gjorde mig lugnare. Vi hade alla klätt upp oss, Sven hade en ny kostym, skjorta och slips. Anna hade en ny sommarklänning som hon var mäkta stolt över. Vi hade med oss presenter och blommor. Tårta och fika var uppdukat hemma i huset för de som ville komma med och fira hans examen. Trots hans lugna yttre var jag orolig. Skulle det gå vägen, och vad skulle vi göra om det inte gick. Bengt var kvar i staden, han hade ingen möjlighet att komma hem utan skulle komma senare under helgen.

Det var feststämning vid läroverket. Uppklädda föräldrar med blommor och presenter stod alla och väntade på utsläppet som skulle ske nu på eftermiddagen. Helmer hade skjutsat in Sven på morgonen och han berättade raljant att han hade bra koll på examinatorerna. Vad han menade med det visste jag inte, jag gissade att han med hot och löften tvingat fram en mildare bedömning. Inget jag stod bakom men ibland kunde lite otvivelaktiga metoder vara bra. Bra för Sven och bra för oss. Framförallt bra för Helmers rykte i byn, vilket för honom var det viktigaste.

När portarna öppnades strömmade glada ungdomar ut genom portarna och sprang fram till sina föräldrar och sin släkt. Vädret var varmt och solen välkomnade de unga examensstudenterna tillsammans med alla oss andra. I takt med att allt fler kom ut och strömmen av glada examensstudenter avtog utan att Sven dök upp ökade min ångest. Jag kunde se hur bekanta tittade åt vårt håll med undrade blickar. Hade Sven inte klarat sig? Även om så var fallet varför kom han inte ut till oss?

Jag kunde se hur Helmers besvikelse och irritation ökade. Till slut hade han sprungit in för att en kort stund senare komma ut och tala om att Sven var borta. Han kunde inte hitta honom någonstans.

"Har han klarat sin examen?" undrade jag.

"Nej det gjorde han inte, han fick gå ut på baksidan, jag kan inte hitta honom" skrek Helmer ilsket och skakade på huvudet.

Jag vet inte om min man var ärligt orolig för att Sven inte gick att hitta eller om han var irriterad för att han skämt ut oss. Tyvärr misstänkte jag det senare. Sven var väl besviken och skulle komma hem när han lugnat ner sig, trodde vi. Det var bara att ignorera alla förebrående blickar, svälja stoltheten, åka hem och vänta in sonen.

Men han kom inte hem. Vare sig den kvällen eller senare. Han var borta och jag visste redan att han aldrig skulle komma hem. Det var som en avgrund öppnats inom mig. Vi hade mist en son och jag skulle aldrig förlåta mig själv. Varför hade jag inte stått upp emot min man och krävt att Sven skulle få slippa det där ingenjörskravet som jag visste att han innerst inne inte passade för och föraktade. Varför hade vi aldrig visat uppskattning för det han var duktig på? Det var inte bara mig själv som jag aldrig skulle förlåta. Jag skulle aldrig förlåta min man, som drivit iväg vår yngste son.

Givetvis gav vi inte upp direkt. Vi sökte efter honom vitt och brett men ingen hade sett honom komma ut från läroverket, faktiskt hade ingen sett honom sedan dess i byn överhuvudtaget. Hur var det ens möjligt? Men så var det och för varje vecka som gick blev visheten allt starkare. Han hade lämnat oss.

Förhoppningsvis för att skapa en egen framtid. Att han skulle ha tagit sitt eget liv vägrade jag att tro på. Nej, han hade fått nog, lämnat sin familj där direktörens oförsonliga krav gjorde livet till ett helvete för honom. Han hade lämnat mig som han måste ha föraktat för att jag aldrig stått upp för honom och tagit hans parti. Det blev jag allt mer säker på i takt med att tiden gick. Även Anna var förtvivlad, hon hade tyckt så mycket om sin bror. Hon berättade för mig hur hon i smyg gett honom pianolektioner. Att de träffades och tecknade visste jag redan. Varken Berit eller Bengt hade något att berätta. Dock misstänkte jag starkt att Bengt visste vad som hänt men han vek inte en tum när vi frågade, bönade och bad. Han visste ingenting sa han. Tyvärr kunde jag också hos honom ana ett begynnande avståndstagande till oss. Han kändes allt mer fjär varje gång han kom hem på besök. I mina värsta stunder fruktade jag att vi skulle förlora även honom.

Jag blev helt apatisk och tog mig inte för något alls ute i trädgården eller i hemmet. Mina fina blomrabatter, mina grönsaksland och min omsorg om hur vi höll efter inomhus började sakta försämras, ja till och med förfalla. Förfall är ett starkt ord men det var precis så som det kändes. Jag såg inte längre någon glädje alls i det som tidigare varit min stora hobby. Visserligen höll Berit efter inomhus och vi hade en inhyrd hjälp som klippte gräs och höll efter grovt i trädgården. Men den sista touchen saknades, den som jag stått för. Därför kunde man med rätta beskriva det som ett påbörjat förfall.

Mitt tidigare intresse för att bjuda hem väninnor och bekanta tynade bort. Efter att min man tryckt på ordnade jag en bjudning hemma hos oss, förra hösten. Den blev inte alls lyckad och den blev den sista som vi bjöd in till. Jag upplevde att våra vänner kritiskt granskade den försämring som jag redan nämnt. Det beröm som jag alltid tidigare fått för mina vackra rabatter och vårt vackra hem uteblev eller var uppenbart krystade och inte ärliga. I alla fall så uppfattade jag det så. Dessutom så var alltid elefanten i rummet närvarande. Ingen frågade men jag förstod att alla undrade vad som hänt Sven. Var han verkligen försvunnen? visste vi ingenting? misstänkte man något brott? När tänker ni berätta vad som hänt? Var det verkligen som jag beskriver det ovan, eller var det bara jag som uppfattade det så. Det lär jag väl aldrig få reda på. Resultatet blev detsamma, våra bjudningar upphörde.

Jag blev fortfarande bjuden ner till byn av några av mina närmaste vänner. De träffarna var lättare för mig att hantera. Men den obesvarade frågan om Sven som jag beskrev ovan fanns alltid närvarande även där. Jag blev sakta allt mer deprimerad och tungsint och det bidrog till att jag allt oftare tackade nej till inbjudningar från mina väninnor. Samt, som jag senare insåg, träffar som jag inte ens blev inbjuden till. Mitt umgänge blev allt mer begränsat och min sorg över Sven bidrog till mitt allt mer tilltagande tungsinne.

Under hösten bestämde jag mig för en liten uppryckning. Jag tänkte inte mista Anna och Bengt också. Tyvärr bodde inte Bengt hemma så jag fick lägga allt mitt primära fokus på Anna. Jag aktiverade mig i hennes pianospel och märke att hon visade ett stort intresse för mina sömnadsprojekt. Vi kom överens om att hjälpa varandra. Anna började lära mig spela piano och jag började lära henne allt jag kunde om sömnad. Hon var en läraktig och intresserad elev. Våra stunder kring pianot och symaskinen förde oss närmare. Hade jag inte skapat den djupare relationen till Anna hade jag gått under, förra hösten. Våra stunder vid pianot och symaskinen hade blivit min livlina. Jag hade vid ett antal tillfällen tagit upp möjligheten till fördjupade musikstudier för henne men Helmer var oresonlig i frågan. Det fick räcka med fru Tillgrens besök och hennes lektioner.

Jag försökte flera gånger prata ut om det som hänt med min man. Men känslor är inget man kan prata om, tyckte han. Han undvek mig allt oftare för att slippa de diskussioner som han upplevde som besvärliga. Jag tror att i hans ögon fanns inte Sven längre. Sven hade övergivit sin familj och det tänkte Helmer inte förlåta, inte ens diskutera. Hans omsorger om Bengt blev allt starkare. Nu låg allt fokus på Bengt och den studentexamen han skulle ta senare i vår. Så fort som Bengt kom på besök lade han beslag på sonen för att diskutera studier, den kommande studentexamen och hans förhoppning om en plats för honom i firman. Tyvärr innebar det att jag fick väldigt lite tid tillsammans med Bengt. Som jag tidigare nämnt upplevde jag att han blev allt mer fjär till familjen. Precis som med Sven var det här något som min man inte ville se och därför inte kunde se. Hans förhoppning om Bengt som arvinge till företaget var så stark att han inte noterade det allt större ointresse som jag anade hos honom. Återigen så vet jag inte om detta var fallet eller om jag bara inbillade mig. Som ni förstått hade jag börjat se spöken i det mesta. Jag var djupt olycklig över förlusten av Sven och kunde inte ens tänka mig vad en förlust av även Bengt skulle innebära.

Mitt tungsinne hade tilltagit nu när vi närmade oss årsdagen av Svens försvinnande. Jag hade inte längre någon aptit och jag hade tappat många kilon och började bli mager. När jag tittade mig själv i spegeln kunde jag notera insjunkna kinder som med all rätta inte var klädsamma. Jag orkade inte sminka mig och göra mig fin, vilket jag alltid satt en stolthet i tidigare. Många av mina kläder började hänga löst. Det var tur att jag var duktig på sömnad så många av mina projekt gick ut på att sy in och anpassa min garderob till en allt tunnare uppenbarelse. Tyvärr kunde jag se ett sönderfall kring min egen kropp, precis som med huset, när jag tittade mig i spegeln. Förutom tungsinnet drabbades jag av svår huvudvärk och tvingades bli sängliggande många dagar. Vår läkare som kom på besök ordinerade lugnande medicin och sa åt mig att vila mig frisk. Jag visste att medicin och vila inte skulle hjälpa. Jag visste faktiskt inte vad som skulle bota mig. Även om Sven kom tillbaka tror jag att det avgrundsdjup jag kände inom mig inte skulle gå att läka. Jag blev allt sämre och till min fasa märkte jag att jag fick allt sämre ork med mina piano- och sömnadsstunder tillsammans med Anna. Skulle jag förlora henne också?

Som jag tidigare nämnt förföll huset sakta. Den fina trädgård och det välkomnande hem som jag varit så stolt över fanns inte kvar. Det var inte bara min egen inbillning. Berit hade flera gånger frågat om hon skulle ta över en del av de uppgifter jag tidigare haft. Det ville jag inte, det skulle vara att kapitulera. Min stolthet i att hålla fast vid dessa trivselsysslor som jag uppenbart nu misskötte accelererade husets begynnande förfall.

Nu skulle vi åka ner till staden och Bengts studentexamen. Vi kände ingen oro för att det inte skulle gå vägen. Men minnet av Svens katastrofala examen förra året gjorde att jag gruvade mig. Mest för minnet av när vi förlorade Sven.

# 11

# Bengt
# 1949

Det hade varit tre omtumlande år sedan Svens realexamen. Givetvis var jag helt införstådd med vad som hänt. Sven hade fått lift med en kompis till mig in till stan direkt efter hans missade examen. Han hade bott hos mig några veckor och jobbat på ett kondis för att spara ihop till en liten reskassa. Sedan hade han tagit tåget ner till Köpenhamn och ett konstnärskollektiv där han tänkte skapa sig sin nya framtid. Vi var fortsatt överens om att jag inte skulle berätta något hemma. Ett beslut som var tungt för mig. Ett beslut som jag ändå accepterade. Däremot lovade vi varandra att hålla kontakten via brev. Ett löfte som än så länge fungerade.

Hemmavid var inget sig likt. Det var inte längre lika välkomnande. Uppenbart var att mamma sörjde Sven svårt, mer än vad vi anat. Hon verkade också ha tappat sitt intresse för att hålla huset i trim. Huset var fortfarande välstädat men både trädgård och blommor inomhus hade tappat sin spänst. Vad jag förstod bjöd man inte längre in till middagar och fester vilket säkert bidrog till försämringen. Nej, det var inte som förr. Det var sämre, även om jag inte riktigt i detalj kunde beskriva hur.

Direktören verkade inte sörja Sven, i alla fall inte påtagligt. Innerst inne tror jag att han hemsöktes av tvivel och sorg. Det borde han, att Sven kände sig tvungen att rymma hemifrån var hans fel, utan tvekan. Gjorde han inte det var det allvarligt. Nu

66

när han inte längre kunde fokusera på Svens realexamen hamnade jag på nytt i fokus för hans omsorger. Personligen hade jag velat spendera mer tid med mamma och min lillasyster när jag kom på besök. Men direktören lade beslag på mig så fort jag kom hem. Han var uppriktigt intresserad av mina studier och pratade ivrigt för vilken position jag skulle få i hans företag. Jag hade blivit allt mer övertygad om att jag inte ville gå vidare i det spåret och hade försökt ta upp det med honom vid flera tillfällen. Men han lyssnade inte, eller ville inte lyssna. Jag misstänkte att han inte ens ville fundera över vad som skulle hända om jag inte gick vidare i företaget. För varje besök fick jag allt sämre samvete för att jag inte berättade om vad jag funderade på istället. Det blev aldrig något tillfälle att ta upp mina funderingar, Att det fanns ett alternativ till att gå vidare i hans fotspår fanns inte enligt honom.

Både Anna och Birgit hade bägge varit väldigt upprörda över Svens försvinnande den första tiden. I takt med att veckorna gick slutade de bägge fråga vad som hänt och verkade anpassa sig till att Sven var borta. Jag misstänkte att Anna sörjde honom i tysthet. Deras teckningslektioner och pianolektioner hade fört syskonen nära varandra. Till min glädje hade mamma och Anna kommit varandra närmare. Mamma lärde ut sina sömnandskonster och Anna delade med sig av sina pianotalanger. För Anna hade Svens teckningslektioner och pianospel ersatts av mammas sömnadslektion och pianospel. Så för henne kunde man nästan säga att Sven hade bytts ut mot mamma. Ett byte som var bra för Anna. Hade Sven inte rymt sin väg skulle han ändå försvunnit till gymnasiet i stan om han klarat sin examen. Vid en av de få stunder jag fick med min mor berättade hon att hon hoppades att sömnadskunskaperna som hon delade med sig av skulle kunna skapa en möjlig utkomst för Anna nu när direktören förvägrade henne vidare studier. Jag förvånades över hennes insikt och omsorg med Anna. Jag misstänkte att mamma innerst inne ville ge henne ett liv där hon inte skulle blir helt beroende av en framtida man. Ett beroende som mamma fastnat i. Kanske var sömnad en möjlighet för det.

67

Uppenbarligen var Anna enligt mamma både duktig och läraktig. Som sagt, jag fick inte mycket tid tillsammans med de bägge så jag kunde inte riktigt veta om hennes plan för min lillasyster gick som hon ville. För ett år sedan var vi framme vid min studentexamen. Direktören, mamma och Anna skulle alla tre komma ner till staden för min ceremoni. Jag var trygg med att jag skulle gå ut med bra betyg och skulle inte behöva smita ut bakvägen, som Sven gjorde. Det innebar också att vi med stormsteg närmade oss sanningens minut. Jag måste berätta för direktören att jag inte skulle gå vidare i hans älskade företag. Jag hade redan gjort upp med ett arbete i Göteborg som jag skulle kunna påbörja direkt efter militärtjänsten.

Det hade varit en strålade vårdag när vi sprang ut från läroverket. Massor av föräldrar och släktingar stod förväntansfullt och väntade på oss i det vackra vädret. Direktören och mamma riktigt strålade när de tog emot mig med blommor ute på gården. Anna tittade upp på mig och min fina studentmössa med en beundrande blick. Vi hade kommit ifrån varandra under mina år i staden. Hon var stolt över mig där jag stod med blommor runt halsen. Det kändes bra, både med mina föräldrars stora uppskattning samt jag gladdes över min lillasysters beundran. Något jag inte hade räknat med.

Efter avsked från studentkamraterna åkte vi vidare i vår bil hemåt till huset uppe på kullen. När vi kom in på uppfarten hade entrén pyntats med björkkvistar och ballonger var knutna längst upp. Väl inne var direktören och mammas släkt samt ett antal kollegor från direktörens arbete på plats. Det bjöds på kaffe och tårta och gratulationerna strömmade in från alla. Det kändes bra, det kändes mycket bra.

"När kommer du ner till firman?" undrade Arne som nu var direktörens närmaste man.

"Det dröjer nog. Jag ska in i militärtjänsten redan om två veckor nere i staden. Jag hoppas kunna få vara ledig fram till att jag ska rycka in. Så det får nog vänta ett år" svarade jag.

"Spännande, ska du rycka in så tidigt.? Jag hade hoppats att du skulle kunna arbeta hos oss över sommaren" svarande Arne. "Tyvärr får vi vänta, men sedan ska vi köra hårt tillsammans" sa direktören och klappade mig förtroligt på axeln. Jag våndades invärtes. Det här var inte bästa tillfället att berätta om jobbet i Göteborg. Det skulle bli besvärligt att berätta bara för direktören. Att göra det inför hans arbetskamrater och skämma ut honom var inte att tänka på. Jag var tvungen att vänta in ett bättre tillfälle.

"Är du inte glad över jobberbjudandet?" undrade direktören.

"Jo givetvis är jag det, tack så mycket" svarade jag och det kändes som om jag sjönk igenom golvet där jag stod. Varför hade jag inte tagit upp detta tidigare. Efter idag blev det inte lättare. Var det verkligen så att det inte gått eller hade jag bara varit feg och skjutit problemet på framtiden. Innerst inne insåg jag att jag undvikit det. För varje dag som jag undvek ämnet blev det hela bara allt besvärligare.

När alla gäster gått så tog jag mig i kragen.

"Jag har något att berätta" sa jag och min allvarliga röst gjorde att jag genast fick allas uppmärksamhet.

"Jag har accepterat ett jobberbjudande i Göteborg som jag kommer att ta när jag muckar. Jag har försökt ta upp detta under våren men det har aldrig blivit läge. Så jag kommer inte att gå vidare i din firma, pappa" viskade jag fram och jag märkte att rösten knappt bar.

Direktören blev alldeles mörk i ansiktet och stod bara och stirrade. Mamma och Anna drog efter andan och bara tittade på oss i häpen förundran.

Direktören bet ihop och lämnade rummet utan att säga ett ord.

Värnplikten hade varit ett välkommet avbrott. Här fanns inget att fundera över utan det vara bara att anpassa sig till den utbildning och de rutiner som påbjöds. Direktören hade inte pratat med mig alls efter mitt tillkännagivande fram till att jag ryckte in på regementet. Mamma hade stilla undrat om jag visste vad jag gjorde. Jag hade tydligt klargjort att jag visste precis vad jag ville. Hon hade inte frågat mer.

Mina permissioner hemmavid bytte karaktär. När jag var hemma från mina studier hade direktören nästan lagt beslag på mig heltid. Nu brydde han sig inte alls. Nu när han visste att jag inte skulle gå vidare i hans älskade företag så verkade det som om jag inte existerade. En stor sorg föll över mig. Jag var väldig stolt över det arbete jag fått i Göteborg och hade gärna delat med mig av det. Precis som för Sven var bekräftelse från mina föräldrar viktigt, även för mig. Under studietiden hade jag haft direktörens fulla uppmärksamhet och alltid erhållit bekräftelse på mina idrottsresultat och studieresultat under hela min uppväxt. Nu när jag inte längre skulle gå vidare i hans företag, var jag plötsligt helt utanför. Det var först nu som jag till fullo insåg hur Sven måste ha haft det. Ingen uppmuntran och dåligt med bekräftelse. Jag hade inte förstått hur viktigt det var även för mig. Nu när jag var utesluten från hans omsorger var det en stor sorg. Min mamma hade undrat om arbetet i Göteborg men det jag berättade var inget hon förstod och kunde uppskatta. Hon sa att hon var lycklig över det erbjudanden jag fått, samtidigt som jag insåg att hon hade en stor sorg av att jag inte skulle flytta hem till byn utan att jag skulle flytta ifrån huset och henne. Även om Göteborg inte var på andra sidan jorden så tror jag hon upplevde att jag rymde, precis som Sven. Jag minns att hon när Sven rymt sin väg hade berättat att hon var orolig för att hon skulle förlora även mig och Anna.

För ett år sedan hade jag muckat och flyttat till Göteborg och mitt nya arbete. Direktören hade avmätt önskat mig lycka till när jag klev på bussen ner till stan och vidare med tåg till Göteborg. Mamma hade kvällen innan kommit upp till mitt rum och frågat om jag precis som Sven inte ville vara kvar hos henne, Anna och direktören. Jag hade svarat att så var det inte alls. Men jag ville skapa mig ett eget liv utan att fortsatt bli styrd av direktören. Hon hade sagt att hon förstod och hade önskat mig lycka till.

Det hade gått mycket bra för mig nere i Göteborg. Jag hade tidigt fått utökat förtroende och erbjudits många spännande uppdrag.

Nu var jag hemma för ett besök. Direktören hade mjuknat lite i sin attityd och visade ett uppriktigt intresse för mitt arbete i Göteborg. Men nu skulle jag lämna nästa besked som skulle bli svårt, framförallt för min mor. Jag hade fått en tjänst i USA och skulle lämna Sverige för att nytt arbete i Detroit.

# 12

# Birgit
# 1951

Äntligen skulle jag nu ta nästa steg i mitt liv. Jag minns hur jag drömde om att hitta ett annat arbete när jag skulle fylla 18 år. Jag hade nu blivit 27, så jag hade blivit kvar här i huset på kullen i många fler år än vad jag trodde för nästan tio år sedan. Det hade bara blivit så och jag vill inte klaga. Familjen hade varit lätt att arbeta med och jag hade fått fria händer med mina sysslor. De hade ersatt den koleldade värmepannan med en oljepanna vilket hade förenklat mitt arbete avsevärt. Den första tvättmaskinen som bestod av två trummor, en för tvätt och en för centrifugering hade bytts ut mot en ny modernare. Maskinen både tvättade, sköljde och centrifugerade automatiskt. Den hade även det underlättat mitt arbete. Jag kunde definitivt inte klaga på de hushållsmaskiner som huset tillhandahöll. Många av mina väninnor tvättade fortfarande för hand men de blev allt färre. Tvättmaskinen hade nästan blivit en standard i alla hem efter världskriget.

De senaste åren efter Svens försvinnande hade dock varit ledsamma. Det var tungt att se frun sakta brytas ner av sorg. Det blev heller inte bättre av att Bengt flyttat till USA. På sätt och vis hade de förlorat bägge sina söner. Bengt var duktig på att skriva brev och hörde av sig regelbundet. Sven hade dock helt försvunnit och de hade ingen aning om var han fanns, ens om han var i livet.

Huset som alltid varit så välkomnande och trevligt hade förlorat något även om det var svårt att ta på exakt vad. Men det var inte som förr. Huset var alltid välstädat och prydligt men det där lilla extra som alltid funnits tidigare var borta helt och hållet. Några fester hölls aldrig längre. Sista gången var nästan tio år sedan. Frun hade fortsatt besöka sina väninnor nere i byn men även de utflykterna blev allt mer ovanliga.

Trots att hon blev allt mer deprimerad hade hon ändå skapat en närmare relation till sin dotter, Anna. De hade funnit varandra i sina gemensamma sömnads- och musiklektioner. Vilket gladde mig stort. Jag tyckte mycket om Anna och hade de senaste åren kommit även frun närmare. Hon var inte längre den avståndstagande husfrun som hon varit i början av åren här i huset. Det hände att hon ibland kom in till mig bara för att prata. I början hade jag känt mig väldigt obekväm. Med tiden hade vi hittat ett förhållningssätt som fungerade. Hon hade berättat för mig att hon hoppades att hennes självutlärda sömnadskonst skulle kunna skapa en grund för Anna att kunna få en egen försörjning. Jag förstod att hon brann för att ge sin dotter en möjlighet att bli självständig och inte fullt ut beroende av en man som hon själv varit under alla år. Pianolektionerna var dock fortsatt en förströelse och skulle aldrig bli något mer än det.

Anna hade nu vuxit upp och fyllde 17, senare i år. Hon hade alltid varit en söt flicka, nu hade hon blommat ut till en riktig skönhet. Hon hade blivit en duktig sömmerska och hade börjat arbeta med en del av beställningarna som kom in till hennes mamma. Rummet uppe vid trappan hade möblerats om och var nu en syateljé och inte det kombinerade barnrum och hobbyrum som det tidigare varit. Anna hade flyttat in i pojkarnas rum nu när både Sven och Bengt flyttat ut. Sven var fortsatt försvunnen och Bengts arbete i USA skapade inte möjlighet till några besök här hemma i Sverige. Bengt hade inte varit hemma alls sedan flytten till Detroit för drygt ett år sedan. Vad jag förstod på de brev som Margit återberättade kunde han inte få semester alls det första året och den var maximerad till max två veckor tidigast nästa år. Här hemma hade man i år utökat den lagstadgade semestern till tre veckor vilket jämfört med många andra länder var generöst. Det var tveksamt om vi skulle se Bengt på besök den närmsta tiden, om alls. Huset var i behov av uppfräschning. Vissa tapeter hade börjat lossna och såg slitna ut på många ställen. Dörrkarmar och fönsterfoder skulle behöva bättras på med ny målarfärg. Taket i biblioteket hade gulnat från direktörens ständiga bolmande på sin pipa. Som jag redan nämnt fanns det ingen som verkade bry sig längre. Margit fokuserade helt och hållet på sitt enda kvarvarande barn, Anna. Att hon skulle få en egen plattform och en egen försörjning som sömmerska var det enda som betydde något. Huset brydde hon sig inte om längre. Hennes hälsa blev också sakta sämre. Hennes omsorger om Anna gick inte bara ut över huset utan även på hennes egen hälsa och välbefinnande. Hon började slarva med sin hygien, var inte intresserad av att måla sig och klä upp sig som hon alltid varit tidigare. Hon började allt mer se ut som ett levande spöke där hon gick omkring rolös i huset. Med undantag för sömnadslektionerna. Hon hade tappat sin aptit och blev allt magrare. Jag misstänkte att hon dragit på sig någon sjukdom utöver sin depression. Men hon vägrade uppsöka läkare och ta reda på vad det kunde vara.

Direktören syntes allt mer sällan i huset. Han sa alltid att han var stolt över Bengt som lyckats så bra, både i sina studier och nu i arbetslivet. Han hade dessutom erhållit ett betydelsefullt arbete borta i USA. Innerst inne såg jag att han sörjde djupt att Bengt inte gått vidare och börjat arbeta hos honom nere i byn. Sörjde han Sven, jag vet inte? hans fokus på att sönerna skulle bli ingenjörer och gå vidare i hans fotspår hade överskuggat allt. Det hade varit en stor besvikelse att Sven inte gått vidare i de utstakade spåren för sönerna. När han sedan försvann i samband med realen tror jag att han valde bort Sven helt och hållet. Kan man det? Kan man välja bort sitt eget barn? Innerst inne tror jag inte det. Men sörjde han Sven var det något han gjorde i sin ensamhet.

Firman gick fortsatt bra, förstod jag. Han hade anställt en ung ingenjör, Arne, som han förlitade sig på helt och hållet. Han var visserligen drygt sex år äldre än sönerna men han hade blivit en ersättning för dessa. Det kunde man inte undgå att se. Direkt efter att Bengt flyttat utomlands hade Arne kommit på besök flera gånger i veckan. Även de besöken hade uteblivit. Numera åkte direktören ner till firman för att träffa Arne, både dagtid och de gånger de träffades på kvällar eller helger. Relationen mellan makarna var minst sagt sparsam. De åt middag tillsammans, i övrigt umgicks de inte alls längre. Margit hade tagit över Annas säng när hon flyttade in i pojkarnas rum så nu sov de inte ens ihop. Jag skrämdes över det jag såg, skulle även mitt liv gestalta sig så här. Skulle jag fastna för en man som sedan skulle glida ifrån mig, helt och hållet. Det kändes inte bra att tänka så och jag sa för mig själv att det var väl upp till mig att se till att det inte hände.

Jag hade själv haft några korta romanser men ingen av dessa hade blivit något varaktigt. Konrad som arbetat som chaufför hade jag varit förtjust i och jag hade sakta börjat fundera på en framtid tillsammans med honom. En dag när jag var nere i byn för att handla såg jag honom flörta med en av mina väninnor. Djupt besviken hade jag på en och samma stund förlorat både min pojkvän och en väninna. Hade han varit min pojkvän? Kanske bara i mina egna tankar. Vi hade aldrig pratat om det så jag kanske inte var hans flickvän. Från hans perspektiv var det kanske inte så konstigt att han intresserade sig för andra. Jag var förfärad över utsikten i att hamna i en relation likt direktören och hans Margit. Det hade gjort mig försiktig i mina relationer och den tveksamheten kanske skrämde de pojkar jag träffade. Vad vet jag?

Nu hade jag hittat honom, mannen i mitt liv, det var jag övertygad om. Vi hade träffats nere på en danstillställning i byn och varit ett par i drygt sex månader nu. Han var mycket mognare än de andra pojkarna och för fyra veckor sedan hade han friat. Jag hade blivit alldeles tagen, det hade jag inte förväntat mig, i alla fall inte så snart. Han hade berättat att han inte tvekade alls. Jag var flickan i hans liv och mig ville han bilda familj med. Sedan hade allt gått fort. Jag hade träffat hans föräldrar flera gånger och de verkade tycka om mig. Jag hade tagit med honom hem till min egen mor och far och även den träffen hade gått bra. Mamma hade varit orolig i flera år nu. Jag var tjugosju och enligt henne borde jag redan varit gift sedan länge. Jag kanske till och med redan varit mamma. Hugo som han hette hade fått en fast tjänst på en byggnadsfirma i staden och via kontakter hade han ordnat ett jobb på en textilfabrik till mig. Helt plötsligt skulle jag inte bara lämna huset på kullen utan även byn där jag vuxit upp och flytta till staden. Det kändes spännande. Jag hade ofta funderat på om jag skulle förbli piga resten av mitt liv. Det var det enda jag kunde. Nu skulle jag gifta mig, bli fabriksarbetare och bli stadsbo. Det pirrade förväntansfullt i hela kroppen.

Det var mycket att stå i, flyttlasset skulle gå redan om två veckor. Jag började gå runt i huset och se det med andra ögon. Det hade varit en så stor del av mitt vuxna liv. Jag visste att både Sven och Bengt börjat ogilla, ja till och med hata det. Kanske gällde det även Margit. Men jag tyckte om det. Det var ett härligt hus, stort och luftigt, vacker inredning. Jag minns alla de stora fester som hållits och som samlat så många av byns prominenta personer. Annas piano som hon blivit så duktig på och med stor förtjusning spelat upp några stycken för de inbjudna gästerna. Hon spelade fortfarande ganska flitigt men fru Tillgren kom inte längre på besök för sina lektioner och eftersom inga bjudningar hölls i huset länge så blev det heller inga små konserter.

Nere i pannrummet kom jag ihåg våra små måleriövningar, ledda av Sven när han fortfarande fanns kvar. Det hade varit spännande, både för att det var förbjudet, men också för att det fanns så mycket att lära. Sedan hade Sven bett mig sitta modell för en målning som han påbörjat. Den blev tyvärr aldrig klar och jag fick aldrig se den. Sven ville inte, den var aldrig tillräckligt bra. Jag hade många gånger letat efter målningen. Jag misstänkte att den fanns kvar i huset. Sven hade berättat att han hittat ett nytt gömställe, jag vet inte var. Kanske fanns den kvar där, en påbörjad målning av mig eller så tog han den med sig när han rymde sin väg. Vilket kommer jag aldrig att få veta. Jag suckade

76

inombords när jag tänkte på honom. Han hade varit en så fin pojke, men känslig. Att han inte mådde bra av den press som direktören satte på honom var inte svår att inse.

Det var med saknad som jag skulle lämna huset och familjen som jag bott tillsammans med. Hur skulle det gå för Anna, Margit, Bengt och Sven. Hur skulle det gå för huset, det var nästan som om huset själv också var någon jag skulle komma att sakna.

# 13

# Anna
# 1957

Idag var en sorgens dag. Min mamma hade efter flera års sängliggande gått bort. Det var ingen överraskning, vi hade alla väntat på den här dagen. Sorgen var trots det överväldigande. Jag hade kommit min mor så nära sedan Bengt flyttat. Våra gemensamma stunder vid pianot och i syrummet hade fört oss tillsammans på ett sätt som jag aldrig upplevt dessförinnan.

Sedan Birgit lämnat oss och flyttat till stan hade jag självmant tagit över som piga, som piga i vårt eget hus. Pappa hade velat att vi skulle anställa en ny husa men jag hade sagt ifrån. Det kändes alldeles för privat och intimt att ta in en ny person i huset nu när det var som det var. Vad menade jag med det egentligen? Birgit hade jag vuxit upp med och som jag såg det var hon en i familjen. En i familjen med andra sysslor än oss andra. Jag hade aldrig sett henne som en piga, hon var en av oss i huset på kullen. Lite märkligt kan man kanske tycka, men jag hade bara varit fyra år när vi flyttade in. För mig bestod vår familj av direktören, mamma, Bengt, Sven och Birgit. Det var först många år senare som jag insåg att Birgit kom från en annan familj. För mig hade hon alltid varit en av oss. I mina unga år hade jag inte reflekterat över att hon lagade mat, städade och passade upp familjen vid bjudningar och fester. Alla hade vi olika roller. Mamma hade sin roll, direktören sin och jag och mina bröder gick i skolan. Ibland hjälpte jag mamma med hennes sysslor, ibland Birgit. Det var inget konstigt med det. Att ta in en helt främmande människa i huset kändes inte rätt. För mig skulle det ha varit som ett intrång i vårt liv. Nu var det bara jag och pappa kvar och om några veckor skulle jag lämna huset och flytta till ett eget boende inne i stan. Då skulle pappa, eller direktören som vi oftast kallade honom, bli ensam kvar.

Jag hade bestämt mig tidigt för att bo kvar så länge som mamma fanns kvar i livet. Att lämna henne med direktören var inte aktuellt. I samma veva hade jag bestämt mig för att flytta den dag som mamma gick bort. Hur tidigt då undrar ni kanske? En svår fråga. Det blev tydligt i samband med att Birgit skulle flytta. Eller kanske redan när jag förstod att mamma var svårt sjuk, vilket var några år tidigare. Det hade inte varit ett svårt beslut. Innan Sven försvann hade jag inte så nära kontakt med min mamma. Jag spenderade mer tid med Birgit, både hjälpte henne med hennes sysslor eller bara umgicks med henne. När Sven försvann skedde en förändring hos min mor. Sorgen över Sven och sedan även över Bengts flytt till Amerika innebar att hon sakta började tyna bort. Samtidigt blev hon mer intresserad av mig. Vi hade sedan dess kommit varandra mycket nära. Att lämna mamma hade varit otänkbart. Att bo kvar tillsammans med direktören var även det, helt otänkbart.

Ni kanske undrar över min kyliga relation till direktören, eller min pappa. Den hade jag själv svårt att ta på i många år. Det var först när jag blev äldre som jag insåg att i hans ögon fanns bara hans älskade pojkar, jag var bara en flicka. Det hade han gjort klart för både mig och min mor tidigt. När sedan Sven försvann och Bengt valde att inte gå vidare i hans älskade företag tappade han helt intresset för oss som var kvar i hans familj. Han spenderade mer tid med sin nya medhjälpare Arne än med mig och mor. I verkligheten hade jag ingen relation till honom alls och hans allt större frånvaro från huset cementerade det avståndet mellan oss. Ibland kunde jag ana att han skulle vilja agera annorlunda. Men han visste förmodligen inte hur. I hans värld var kvinnor inget värda. Hans hustru skulle vara en troféhustru som visade upp en vacker fasad på bjudningar och träffar med andra viktiga personer i byn. Hon skulle sköta om huset och se till att det var vackert och presentabelt vilket gav honom ett högt anseende. Jag skulle vara en söt flicka som hälsade artigt, spelade piano för besökare och som sedan skulle giftas bort till någon ung man, gärna en son inom hans affärskrets. Samt bli en presentabel troféhustru, även jag. När det nu inte blev så visste han inte hur han skulle hantera det hela. Det var inte svårare än så. Margit hade blivit sjuk, tappat intresset både för sin egen del men även för huset som helhet. Det hölls inte längre några bjudningar. Det kom inte längre några besökare som skulle förundras över hans vackra dotter och hennes pianospel. Han hade helt tappat möjligheten att visa upp sin vackra fasad, som var så viktig för honom. Han var helt enkelt tvungen att hitta ett nytt förhållningssätt till mig och min mor. Jag misstänkte att han troligen inte visste hur. Förhållandet mellan min mor och min far var nog bortom reparation. Så det var upp till mig, att skapa en ny relation till min far. Jag hade funderat mycket på detta. Men jag hade kommit fram till att jag inte ville, och så blev det.

Min mor hade tillfört en ny ambition för min egen del. Som jag redan nämnt var direktörens plan att jag skulle giftas bort i ett statusmässigt giftermål. Mamma hade satt stopp för det. Hennes nya mål i livet var att göra mig oberoende och självständig. Hon skulle utbilda mig till sömmerska och se till att jag kunde försörja mig själv. Det var uppenbart att hon till varje pris ville att jag skulle slippa hamna i det beroende hon själv satt sig i när hon gifte sig. Jag var inte svårövertalad. Skulle det vara möjligt? Min mor var övertygad. Hon hade skapat sig ett rykte om att vara en duktig sömmerska och fick allt fler beställningar både på helt nya kreationer och modifieringar. Om jag var intresserad skulle hon hjälpa mig att ta över den verksamhet som hon skapat. Visst var jag det. Jag hade alltid varit djupt avundsjuk på mina bröder som skulle få studera och få möjlighet till bra arbeten. Efter världskriget hade det blivit allt mer vanligt att även kvinnor kunde arbeta mer eller mindre på samma villkor som män. Direktören hade sagt ifrån. Någon vidareutbildning för henne var uteslutet. Kvinnor ska gifta sig och bli en bra hustru, det var hans bestämda åsikt. Vi startade vår sömmerskeverksamhet i skymundan. Direktören hade aldrig förstått vilken omfattning det blivit av min och mors sömmerskeverkstad. Han trodde fortfarande att det var en trevlig hobby. Vad han inte visste var att mor hade lagt undan en rejäl slant, en peng som jag skulle få när tiden var mogen. Tiden var mogen nu, nu när mamma inte längre var kvar i livet. Jag hade behållit kontakten med Birgit sedan hon flyttade till staden. Hon trivdes bra med både man och arbete. Dessutom hade de numera en liten dotter på tre år. Birgit hade hjälpt till att hyra en liten lägenhet åt mig. En av mammas mer stadiga kunder hade hjälpt till och hyrt en liten lokal som jag kunde använda som min syateljé. Hon hade lovat att även hjälpa till ekonomiskt om så behövdes, i alla fall i början. Allt var förberett för mitt nya liv. Det skulle bli så roligt. Slanten som mamma lagt undan var betydligt större än vad jag vågat tro på. Den skulle med all säkerhet behövas. Nu var det bara att ordna med begravning och säga adjö till huset. Huset som jag växt upp i och som varit en stor del av mitt liv.

Jag hade pratat med Bengt som tagit ledigt för att komma på begravningen. Han hade inte varit hemma på besök sedan han flyttade till Detroit. Det skulle bli så roligt att träffa honom igen. Jag riktigt längtade.

En advokat hade varit hemma för att göra bouppteckning efter mor. Hennes inkomster från sömmerskeverkstaden hade vi hållit på sidan om. Annars hade de gått till direktören och det var inte meningen. Pengarna var avsedda för mig och så skulle det bli. Mor skulle begravas i kyrkan nere i byn, intill sina föräldrar. Många var inbjudna och till vår överraskning var det många av mors kunder från staden som hört av sig och ville komma. Direktören skulle bli mäkta förvånad när han insåg hur många som kom för att ta farväl av hans hustru. Begravningen hade flyttats fram för att Bengt skulle hinna hem från Amerika. Även Birgit skulle komma vilket gladde mig mycket. I övrigt var det mest affärsbekanta till direktören som skulle dyka upp.

Människor som aldrig känt Margit och som kom enbart för att han bjudit in. Efter begravningen skulle det bli kaffe hemma i huset uppe på kullen.

Bengt kom hem samma morgon som begravningen. Vi hann knappt prata alls innan vi åkte ner till kyrkan. Det skulle ges tid att prata senare, vilket jag såg fram emot.

Begravningen blev en vacker tillställning. Vädret var bra och kyrkan blev överfylld när alla hennes kunder från staden dykt upp. Många fler än de som hört av sig i förväg. Jag såg att direktören var mäkta överraskad. Om han blev glad vet jag inte. I hans prestigefyllda värld var det kanske ett nederlag att det kom människor utanför hans egen krets för att vörda hans avlidna hustru. Vad vet jag? Det skulle inte förvåna mig om så var fallet. Vad hade det blivit av mig? Hur kunde jag ha fått en sådan negativ uppfattning om min egen pappa? Det hade byggts upp under alla mina år med honom. Tyckte jag verkligen illa om honom. Nej egentligen inte. Jag tyckte mest av allt synd om honom, synd om oss alla att vi inte fått en kärleksfull och nära relation. Som jag redan nämnt så tänkte jag inte göra något åt det. Nu skulle jag snart flytta och vid 23 års ålder äntligen få skapa mig ett eget liv. Som jag längtade.

Det blev ett märkligt begravningskaffe. Direktören kände inte mer än hälften av de som var där. Alla kunder till mor och numera till mig hade han ingen relation med. Han visste inte ens vilka de var. Men han förstod att de var prominenta personer från staden och han var tvungen att upprätthålla en fasad när de alla berömde Margits kreationer och arbeten. Han kunde inte låta det komma fram att han inte haft en aning. Det hade blivit minst sagt konstigt. Även hans egna förtrogna från byn var förvånade över den uppvaktning och vördnad som visades Margit. Vördnad från viktiga personer från den stora staden. När gästerna gått var det bara direktören, Bengt, Birgit och jag själv kvar.

"Roligt med alla kunder från staden som kom" sa han med undran i rösten.

"Jo mammas hobby var uppskattad, mer än vad du förmodligen visste, eller hur?" svarade jag mer syrligt än nödvändigt.

"Jag förstår det. Hur kunde jag inte veta?" sa han och skakade sorgset på huvudet.

"Du var ju tvungen att fokusera på firman, du hade inte kunnat hjälpa till med detta också" sa Bengt försonligt.

Vi städade bort kafferepet och sedan gick diskussionen över till Bengt vilket var en uppenbar lättnad för direktören. Bengt hade mycket att berätta och kvällen fylldes med alla hans berättelser från det stora landet i väster.

Så var det dags att ta farväl. Jag visste att Sven i slutet hatat huset, att det blivit en symbol för hans ledsamma uppväxt. Även Bengt och mor hade fått en aversion mot platsen. Aningen oförtjänt. Huset var trevligt, det var inte dess fel att familjens relation blivit som den blivit. Det hade vi själva skapat. Jag tyckte om det. En vacker sällskapsvåning, bra sovrum, härlig trädgård. Jag hade faktiskt bara bra minnen, när jag tänkte tillbaka. Men det började bli slitet. Det krävdes renovering och en kärleksfull hand för att det skulle komma tillbaka till sin forna glans. Nu skulle direktören bo kvar ensam. Var det möjligt att han skulle kunna ta tag i det som krävdes. Kanske, men jag tvivlade.

# 14

# Direktören
## 1959

Så här hade jag inte tänkt mig att det skulle bli. Nu satt jag helt ensam i mitt vackra stora hus uppe på kullen. Margit fanns inte längre kvar i livet, Sven var försvunnen, Bengt hade flyttat till USA och Anna bodde numera i staden. Huset var inte längre vad det en gång varit. Nu när jag var ensam hade det blivit uppenbart att handen som såg till att det var ombonat och trevligt inte länge fanns kvar. Det var spännande att många saker insåg man inte förrän det saknades. Margit hade varit primusmotor för husets trevnad även om det sakta blivit sämre i takt med att hennes sjukdom blev allt värre. Anna och Birgit hade hållit undan det värsta men nu när jag var ensam kvar började en påtaglig nedgång. För varje dag tappade huset lite av sin ombonad. Jag hade själv försökt men hade blivit tvungen att inse att jag inte hade förmågan. Nu hade jag slutgiltigt fattat beslutet att lämna det. Jag hade hyrt en våning inne i byn och min vapendragare på firman, Arne, hade köpt huset och skulle flytta in om några månader.

Efter att Margit gått bort och Anna flyttat ut hade jag försökt. Det var svårt. Jag hade aldrig i mitt vuxna liv lagat mat eller skött om ett hushåll. Som sagt, jag hade försökt men ganska snart gett upp. Sofia, en dam nere i byn, kom en gång i veckan, städade och hanterade tvätten. Jag åt ute på någon av de två restaurangerna nere i byn varje dag, både lunch och middag. Min tid i huset blev begränsat vilket också bidrog till att jag allt mindre brydde mig om dess trevnad.

Vi hade haft stora planer på att bygga ut sällskapsdelen. En tjänsteman från kommunen och hans assistent hade varit uppe på besök och sedan beviljat det byggnadslov som vi ansökt om. Vi tog aldrig tag i utbyggnaden och nu när jag satt här helt ensam kändes det inte aktuellt. Jag hade visat byggnadslovet för Arne, och han var intresserad av att verkställa planerna när han tagit över fastigheten. Det gladde mig att just han köpt huset. Vi träffades dagligen på arbetet så jag skulle med all sannolikhet bli hembjuden och få se resultatet av ombyggnationen.

Dessutom började det bli slitet, främst inomhus. De flesta rum skulle nu efter tjugo år behöva nya tapeter och uppfräschning av snickerier i dörrar och fönster. Ja, i ärlighetens namn borde vi tagit tag i det för flera år sedan men Margits sjukdom hade satt stopp för det. Efter att hon gått bort hade jag storslagna planer på att ta tag i det själv. Men jag förmådde inte. Det kändes helt enkelt fel. Eller var det bara så att jag inte iddes. Det kändes faktiskt skönt att kunna lämna över till någon som skulle älska det och ta hand om det.

Det hade blivit många ensamma stunder om kvällarna. När jag kom hem från restaurangen brukade jag sitta i biblioteket, tända en brasa, röka en pipa och tänka på alla år vi haft här uppe på kullen.

Jag hade varit så stolt när huset byggdes. Det var modernt och vackert, en byggnad som så många berömde. Kriget hade tyvärr pausat mycket av samhällsbyggnationen upp mot kullen vilket gjort att vi i många år varit isolerade en bit från byn. Idag var vi i en integrerad del av samhället. Det hade byggts flera hus hela vägen upp mot vårt, man hade anlagt en trottoar och vägen till staden förbi vårt hus var nu asfalterad hela sträckan. Några få hus hade också uppförts på andra sidan den stora vägen och man diskuterade nu att börja bygga ännu längre bort mot staden från vårt hus. Så det jag varit övertygad om skulle ske hade äntligen tagit form även om kriget hade skjutit fram utvecklingen ett antal år. Vi hade fått grannar och ett begränsat umgänge i vårt närområde. Umgänget hade upphört när Margit gick bort och Anna flyttade. Att umgås med en butter ensam änkling var tydligen inte aktuellt. För egen del gjorde det mig inte så mycket. Jag hade väldigt lite gemensamt med mina nya grannar. Förmodligen berodde det framförallt på mig själv. Jag gjorde heller inga försök att skapa en relation, hade jag senare insett, samt varit mer eller mindre avvisande till några av deras försök. Ibland brukade jag bjuda hem några gamla kollegor till en liten samvaro med whisky och cigarrer som vi intog i vardagsrummet. Men allt oftare träffades vi nere i byn på Granholms restaurang. De hade närmare dit och för egen del passade det bra då jag ofta intog min middag där.

Men åter till mina minnesstunder framför brasan i biblioteket. Jag var så stolt när vi flyttade in. Jag hade ett vackert hus, en vacker familj och drev en framgångsrik verksamhet. Det här var utan tvekan höjdpunkten i mitt liv. Min hustru var tretton år yngre och var mäkta imponerad av huset jag byggt och den status som vi erhöll i samhället. Vi hade två välartade pojkar och en yngre jättesöt flicka. Sedan gick det sakta utför fram till idag. Nu sitter jag här helt ensam. Jag vill minnas att det började redan på vår inflyttningsfest. Grabbarna skulle bli ingenjörer, precis som jag, det hade jag bestämt. Det var ett hedervärt yrke med goda framtidsutsikter. Jag hoppades att de skulle ta över firman som jag byggt upp. Bengt var atletisk och tekniskt intresserad. Sven var av en vekare sort och tyckte bättre om att teckna och måla. Det fanns det ingen framtid i så det hade jag förbjudit honom att syssla med. Trots mitt förbud kom jag på honom med att teckna, under vår inflyttningsfest dessutom. Det blev ett litet uppträde och tyvärr så tror jag att vi redan då skapade början till den stora sprickan oss emellan. Jag har många gånger funderat på om jag gjorde rätt eller fel. Men jag ville honom bara väl. Det fanns ingen framtid i att teckna och måla och jag önskade så gärna att de skulle lyckas bägge två. Var det så fel? Egentligen tycker jag fortfarande att jag agerade rätt. Trots det så blev det fel, ett fel som påverkade hela min familj. Ett fel som idag resulterat i att jag sitter här som en ensam änkling.

Bengt utvecklades dock precis som jag hoppats. När jag insåg att Sven kanske inte skulle leva upp till mina förväntningar, fullt ut, så satte jag allt mitt hopp till Bengt. Han skulle bli en bra ingenjör och bli en lämplig arvtagare till mitt företag. Vad jag inte förstod var att mina oförsonliga krav på Sven skapade en djupt olycklig pojke. Men jag ville honom bara väl. Att vilja någon gott kan väl inte vara fel? När han senare i samband med realen var tvungen gå ut på baksidan och sedan rymde hemifrån blev det starten till min familjs sönderfall. Sönderfallet hade jag nog själv startat, redan tidigare, inser jag nu. Det hade jag initierat genom mina hårda krav på Sven att gå en väg som han inte var lämpad för och inte var intresserad av. När sedan Bengt valde att inte gå vidare i mitt företag var jag både chockad och besviken. Det är först nu på senare tid som jag förstod att det hade sitt ursprung i hur jag behandlat Sven. Bengt hade i samband med att han tog studenten berättat om sitt val och tydligt markerat mot mig att han inte kunde tänka sig en framtid hos mig, baserat på hur jag behandlat Sven. Jag hade varit helt oförstående. Bengt hade först blivit tyst och sedan uppmanat mig att fundera över mitt eget beteende och sedan lämnat mig åt mina grubblerier. Jag funderade mycket på det och kunde i många år inte förstå Bengts agerande alls. Jag hade börjat inse att Sven och Bengt varit närmare varandra än vad jag tidigare anat och hade förlikat mig med att det han sa troligen stämde. Samtidigt var jag väldig stolt över Bengt. Han hade lyckats bra och hans nya tjänst i Amerika var imponerande. Visst saknade jag honom och även Sven. Saknaden växte dessutom för varje dag som gick. Många gånger undrade jag vad det blivit av Sven men jag hade ingen aning. Jag misstänkte att Bengt kanske visste, samtidigt förstod jag också att han aldrig skulle berätta. Hur mycket jag än trugade och bad.

Det räckte inte med att jag förlorade mina två söner. Jag förlorade även min hustru och min dotter. Det insåg jag inte direkt. Idag vet jag att även det hade sin grund i mitt agerande mot Sven samt även mitt agerande mot övriga i familjen. Men nu var allt för sent.

Margit sörjde Sven stort och jag visste inte hur jag skulle hantera hennes sorg. Jag såg hur hon kom närmare Anna och de samlades dagligen framför pianot och i syrummet. Jag hoppades att det skulle läka hennes sorg och jag drog mig undan för att inte störa läkeprocessen. Vad jag insåg när Margit gick bort var att det även skapat en irreparabel spricka mellan mig och Anna. Flickor från fina familjer skulle inte utbilda sig utan giftas bort med en lämplig ung man. I min värld var vi en fin familj och jag hade i flera år spanat efter lämpliga unga män för Anna. Vad jag inte insett var att Margit och Anna hade en helt annan plan. Det som jag alltid trott varit en hobby hade i hemlighet vuxit till en liten lönsam verksamhet. Det blev jag pinsamt medveten om på Margits begravning. Många av mina vänner hade upprepade gånger påpekat att min åsikt om att flickor inte skulle studera och istället gifta sig var förlegad. Trots det hade jag stått på mig. Nu visade det sig att Margit och Anna tagit tag i detta bakom min rygg. De hade skapat en verksamhet som nu Anna drev vidare. Jag hade beklagat mig flera gånger över att mina inplanerade möten med lämpliga män förkastats. Nu vet jag varför. Först nu hade jag förstått att Margit velat att Anna skulle få en bas som flicka som inte innebar ett beroende av en man. Det beroende som Margit förmodligen själv upplevt. Mitt uppvaknande på Margits begravning hade varit närmast avgrundsdjup. Samtidigt var jag också väldigt stolt över det Margit och Anna skapat.

Sammanfattningsvis hade de flesta av mina planer för familjen kommit på skam. Sven var försvunnen, Bengt hade flyttat till Amerika och Anna var en egenföretagare. I mina dystraste stunder undrade jag om jag lyckats med något alls. Jag hade skapat en fin liten verksamhet. Men när det gällde min egen familj hade det inte alls blivit som jag tänkt. Mitt tillkortakommande när det gällde Margit och min oförmåga att stötta henne i sin stora sorg efter Sven var oförlåtligt. Samt hur jag skrämt iväg Sven likaså. Även om ingen trodde att jag brydde mig, undrade jag nästan dagligen vad det blivit av honom. Jag hoppades att han hade det bra, men jag kunde givetvis inget veta. När det gällde Bengt och Anna hade det inte heller blivit som jag tänkt. Innerst inne var jag väldigt stolt över de bägge. Anna som egenföretagare, vem hade kunnat tro det om en flicka. Bengt som en framgångsrik tekniker i Amerika. Men de fanns inte kvar i min närhet, vilket bara var mitt eget fel.

Nu skulle jag flytta ifrån mitt hus. Ett hus som jag tyckte mycket om trots de bitvis tråkiga episoderna. Jag såg fram emot att få lämna över det till min kollega Arne som skulle göra det vackert på nytt.

# 15

# Huset
# 1959

Nu var det på nytt byggnadsställningar runt mig. Arne som skulle ta över mig hade satt igång med en rejäl renovering och ombyggnation. Det var nästan som när jag skapades första gången. Den omdiskuterade utbyggnaden av finrummet var nu på väg att bli verklighet. Byggnationen pågick som bäst i detta nu.

Finrumsdelen skulle byggas ut mot stora vägen. De två fönster som funnits skulle ersättas med ett stort panoramafönster. Det skulle skapa en ljusare och mer inbjudande sällskapsdel. Förhoppningsvis skulle rummet på nytt fyllas av gäster som på den gamla tiden, när direktörens familj flyttade in. Det hoppades i alla fall jag. Det hade varit trevligt.

Matsalsdelen behöll man som den var, men man byggde en liten altan på sidan om utbyggnaden av vardagsrummet. En altan som blev överbyggd. Därifrån anlade man även en trappa ner till den norra delen av trädgården.

Köket skulle byggas om. Serveringsgången mellan köksdelen och matsalen togs bort. Däremot behöll de serveringsluckan som skapade ett trevligt ljusinsläpp in mot matsalsdelen. Den gamla Aga-spisen kastades ut och ersattes med en ny elektrisk spis och en diskmaskin. Det hade funnits diskmaskiner på marknaden sedan före andra världskriget men det hade inte varit aktuellt för vårt hus. Vi hade en piga som skötte allt sådant. Sedan Margit gick bort var det inte så. Dottern, Anna, hade blivit piga i sitt eget hus. Hon hade flera gånger påpekat att direktören borde investera i en sådan men inget hade hänt. De nya köksmaskinerna flyttades från väggen in mot biblioteket till väggen ut mot gården på baksidan av huset. Ett fönster sattes igen och ersattes av två. Köket blev luftigare och ljusare. Pigkammaren gjordes om till ett eget rum. Dörren in mot kökets entréhall sattes igen och endast dörren in till köket blev kvar. Det skapade både bättre utrymme i hallen samt ett rum som var lättare att möblera då inte två dörrar tog upp väggytorna.

Även i övrigt finputsades det. Tak och snickerier målades om och alla rum fick nya moderna tapeter. Det kändes som en pånyttfödelse för mig.

Den här gången var det inte herrn i huset och en arkitekt som bestämde utan Arnes fru Ulla var mycket aktiv. Jag upplevde att i praktiken var det hon som ledde renoveringen även om Arne gärna utåt sett gav skenet av att den var han som tog alla beslut.

Arne och Ulla hade två barn, Per och Anders. Barnen var små, två och tre år gamla. Men ingen liten flicka som varit fallet med direktörens familj. Det fanns heller inga planer på någon piga, eller ytterligare något barn, kunde jag förstå. Så min nya familj var två vuxna och två små barn, en liten mindre skara än när jag byggdes.

Trots att Arne var nästan trettio år yngre än gamla direktören så upplevde jag att de i grunden var väldigt lika varandra. Arne ville innerst inne bestämma och vara herrn i huset. Men han insåg att det började bli omodernt och försökte ge sken av en modern familjegrupp som gemensamt tog alla beslut. Men innerst inne var han inte helt bekväm med det. Men det var det kanske bara jag som insåg, även om jag misstänkte att hans fru opponerade sig mot hans små tendenser till översitteri, dock ofta bara för sig själv. Jag undrade stilla hur det skulle fungera på sikt.

Barnen var ännu alltför små för att ha formats till några egna individer med egna tankar och åsikter om framtiden. För de bägge grabbarna var detta bara ett roligt äventyr. De skulle få dela rum, samma rum som Bengt och Sven haft. De hade mutat in det stora rummet nere i källaren som ett lekrum och såg fram emot att få flytta in. De hade upptäckt den gamla kojan uppe i skogen och bönade och bad att Arne skulle ställa den i ordning. Ulla var utbildad läkare och skulle till hösten börja en praktikplats nere i byn. Hon hade varit hemma med barnen sedan Anders föddes. Nu skulle hon börja arbeta. Här förnam jag en mindre intressekonflikt mellan makarna. Arne hade hoppats att Ulla skulle stanna hemma med barnen och jag förstod att han innerst inne inte ansåg att kvinnor skulle arbeta. Som jag redan nämnt var han i grunden väldigt konservativ och till mångt och mycket väldigt lik direktören i sina värderingar. Att ha en hustru som både hade en högre utbildning än vad han själv hade och dessutom valde att arbeta istället för att stanna hemma och ta hand om barnen störde honom. Även om han utåt sett aldrig yppade något. De första kvinnliga läkarna hade först för trettio år sedan fått tillåtelse att tjänstgöra på statliga sjukhus och det fanns fortfarande många fördomar kvar kring just kvinnliga läkare. Jag insåg också att det inte hade varit helt självklart att de skulle flytta till byn bara för att Arne hade sitt arbete där och att han var på väg att bli direktör för företaget. Men Ulla hade blivit förtjust i mig redan första gången. Charmen med huset övervägde nackdelen med att hon inte lika lätt skulle hitta ett arbete i närheten. Som jag tidigare sagt känner jag av människors innersta känslor vare sig de vill eller inte. Att Arne inte var helt förtjust i hennes beslut att gå tillbaka och arbeta var inget han kunde dölja för mig. Arne hade övergett direktörens vurm för svensktillverkade bilar och hade, för flera år sedan, köpt in en Mercedes 180 som firmabil, trots direktörens protester. Vad jag förstod var den mer representativ. Det tyckte i alla fall de flesta av deras besökare. Så såg min nya familj ut och om några veckor skulle det bli inflyttningsfest. När det nu fanns en ny kvinnlig hand som skapade trivsel och ombonad, skulle det bli en glädjens dag. Jag hoppades att festen inte skulle sluta lika abrupt som vår första där direktören och Sven kom ihop sig. Den incidenten har jag aldrig glömt. Givetvis skulle direktören komma på festen. Han hade varit på besök ett antal gånger och inspekterat renoveringen. Jag upplevde att även han, levde upp en aning. Hans sista år i huset hade varit nedstämda och tråkiga. Nu sken han upp och var väldigt intresserad av ombyggnationen och hur de strukturerade om huset. Till min förvåning var han väldigt öppen med alla förändringar de gjorde. Jag hade misstänkt att han skulle varit kvar i det gamla, men det var han inte alls. Som jag sa levde han upp en aning vilket gladde mig.

Givetvis måste jag reflektera över mina första tjugo år. Det hade varit en glädjens dag när allt äntligen stod klart och alla gäster kom till inflyttningsfesten. Jag gladde mig åt alla vackra ord över det hus jag blivit och förstod att Margit skapat en trivsam och välkomnande atmosfär. Min byggnadsstil var ny och faktiskt det första funkishuset i byn. Jag upplevde att många, framförallt de äldre, innerst inne inte gillade nymodigheterna och helst föredrog sina äldre pompösa byggnader så var det övervägande många som upplevde det som fräscht och nytt. Det här var framtiden hade många sagt. Däremot hade en del opponerat sig mot den delvis ålderdomliga inredningen. Ska man nu bygga nytt borde man väl även inreda modernt, hade många tyckt. Men det gjorde de givetvis endast för sig själva. Genom åren hade det blivit många trevliga fester och tillställningar. Undantaget schismen mellan direktören och Sven den första kvällen. För varje ny tillställning var det allt färre som förfasade sig över nymodigheterna och efter världskriget hade vi sett allt fler funkishus byggas i närheten. Så vi var en föregångare, vilket var trevligt.

Jag hade känt mig älskad av alla de första åren. Direktören var mäkta stolt över sitt nya representativa hem och Margit trivdes som värdinna vid sina bjudningar och tillställningar. Även barnen trivdes bra vad jag kunde förstå i början. Sakta blev det tyvärr allt sämre. Det berodde inte på mig trots att jag hos vissa fick klä skott för den otrivsel som sakta smög sig in hos mig och familjen. Otrivsel berodde, vill jag påstå, uteslutande på direktörens oförsonliga krav på sina pojkar. Samt sitt ointresse för sin dotter. Hans strikta krav på att bägge pojkarna skulle bli ingenjörer och gå vidare i hans företag skapade för varje år en allt större spricka i familjen. Det gick så långt att Sven ett antal gånger uttalat att han hatade mig, han hatade huset. Det gjorde ont, för det väl var ändå inte mig han ogillade. Kanske förknippar människor känslor med byggnaden de verkar i. Att Sven inte mådde bra var uppenbart även om jag inte alltid förnam det. Pojkarna var ofta uppe i sin koja eller gick tillsammans ner till byn. Där dryftade de mer ingående sina känslor så det tog ett tag innan jag anade vad som var på väg att hända. När sedan Sven rymde sin väg blev även Bengt allt mer avogt inställd till mig. Inte heller det var mitt fel, men inget jag kunde göra något åt.

Efter Svens försvinnande blev stämningen i ett, helt förändrad. Margit sörjde Sven varje dag men hade fått en ny målsättning i sitt liv. Hon skulle göra så att Anna blev oberoende. Anna hade av direktören förvägrats utbilda sig vidare. Hon skulle giftas bort med en lämplig ung man. Det var hans bestämda åsikt. På samma sätt som Margit blivit bortgift med direktören för många år sedan. Men Margit ville annorlunda. De satsade på hennes sömnadshobby och byggde upp en verksamhet som sedan Anna tog över när Margit gick bort. Det skapade inte ett hat mot mig men Margits tidigare intresse för att hålla mig ombonad och trevlig upphörde. Hon satsade all sin energi på att skapa en ny bas för Anna, en bas där hon kunde verka självständigt. Birgit var dock mig trogen och höll efter mig under de år hon var kvar. Vad jag visste hade hon trivts bra och belastade inte mig för den dåliga stämning som uppstått efter att Sven rymde.

Direktören hade varit en skugga av sitt forna jag. Han hade gått omkring som en osalig ande. Han åt sina måltider nere i byn och oftast sov han bara i huset. Även om Margit tappat sitt intresse för att hålla mig ombonad och trevlig hade det ändå varit betydligt bättre än vad direktören mäktade med de senaste åren. Jag vet inte om han inte orkade eller om han bara saknade handlaget. Jag fick erkänna att jag börjat förfalla, jag var inte längre den stolta byggnad som alla beundrade uppe på kullen.

Nu skulle allt ändras. De senaste årens sjukdom och tystnad hade lagt en sordin över hela huset. En stämning som påverkat mig. Jag såg fram emot en nystart, det gjorde jag verkligen.

# 16

# Ulla
# 1960

Nu hade vi bott i vårt nyrenoverade hus i knappt ett år. Vi var båda mycket nöjda. Den utökade vardagsrumsdelen och det nyrenoverade köket kändes jättebra. Vi hade ersatt direktörens rustika möblemang och möblerat med moderna möbler som gick mer i stil med huset. Vi hade lagt in heltäckningsmattor överallt förutom i köket. En nyhet som vi var tidiga med. Det hade underlättat när vi utökade vardagsrummet. Den befintliga parketten hade varit svår att förlänga och att lägga en heltäckningsmatta över hela golvet hade varit enkelt och var dessutom mycket bekvämt.

Vi hade köpt ett matsalsbord i teak från en dansk designer. En bordsskiva på cirka en och en halv meter, med inbyggda underliggande utdragsskivor vilket skapade ett bord på hela två och en halv meter. Till det ett antal stolar i teak och ek från Hans Wegner. Det gav plats till många middagsgäster. Jättesnyggt om jag får säga det själv.

Till vardagsrumsdelen hade vi köpt en soffa och några fåtöljer designade av Carl Malmsten och till dessa ett lågt soffbord, även det i teak. Dessutom hade vi köpt in en tv-möbel som blivit rummets centralpunkt. Tv-sändningarna hade börjat i Stockholm 1956. För två år sedan hade vi köpt en egen tv inför VM-finalen mellan Brasilien och Sverige. Den flyttade vi givetvis med oss till huset. Vilket var en revolution för samkväm inom hemmet. Vi satt bänkade framför tv:n varje kväll, i alla fall i början. Politikerna var oroade för svenska folkets hälsa som man ansåg påverkades av för mycket tv-tittande. Regeringen hade sedan utfärdat en tv-fri kväll varje onsdag. Varför förstod vi inte riktigt men det var inte helt fel det heller. Fanns inget att titta på tog man sig för och gjorde annat.

Det piano som direktören ägt fanns kvar. Anna som trakterat instrumentet hade inte möjlighet att ta med det till sitt nya boende i staden. Det stod kvar på sin plats strax innan för dubbeldörren ut mot biblioteket. Det var en vacker möbel och ett vackert instrument. Jag hade planer på att lära mig spela, men än så länge var det bara drömmar. Kanske skulle det inte bli något annat. Men så länge som pianot fanns kvar så fanns även drömmen kvar.

De nya möblerna tillsammans med det nyrenoverade huset skapade en öppen, ljus och väldigt trivsam atmosfär. Vi hade bjudit hem bekanta och vänner flera gånger och fått mycket beröm för vårt hus och hur vi inrett det.

Jag hade träffat Arne under det sista året av mina läkarstudier och blivit med barn nästan direkt. Jag hann aldrig ut i yrkeslivet innan Anders föddes. Sedan kom Per endast ett drygt år senare så jag hade varit hemma med mina två pojkar fram till inflyttningsfesten i vårt nya hem. Sedan ett tag tillbaka hade jag fått en praktiktjänst på en sjukstuga i byn och var numera dubbelarbetande, både som läkare och husfru.

Men det gick bra. Köket och tvättstugan var toppmoderna och pojkarna var lättsamma som barn. De var så nära i ålder att de var nästan som tvillingar. Sällan hade jag problem med att de behövde träffa andra och hitta på saker. De hade alltid varandra och trivdes bra tillsammans. Dock fanns det ett orosmoln i horisonten. Min praktikplats skulle upphöra inom kort. Att hitta en annan läkartjänst i byn var svårt, kanske till och med omöjligt, så skulle jag fortsätta arbeta var det nog staden som gällde.

Förutom att renovera huset hade vi ordnat upp i trädgården. De rabatter och odlingsbäddar som vuxit igen de senaste åren innan vi tog över rensades upp och återställdes till sin forna prakt. Direktören som ofta kom på besök hade uttryckt sin beundran över hur vi återskapat husets forna glans. Det gladde mig att han tyckte om det vi gjort. Vi hade trots allt både byggt om och möblerat helt annorlunda än hur det var tidigare. Att hans hjärta fortfarande klappade för huset var uppenbart. Jag var dessutom positivt överraskad att han accepterade allt vi ändrat.

Arne är tio år äldre och till vissa delar fortfarande innerst inne konservativ, inte så olik direktören faktiskt. Han nämnde aldrig något, men jag misstänkte att han inte riktigt förlikade sig med att jag börjat arbeta. Jag gruvade mig för hur han skulle agera om jag skulle börja dagpendla in till staden och en tjänst på sjukhuset där. Men den planen var bara min egen, än så länge. Jag hade sonderat om arbete där och blivit lovad en tjänst som läkare i allmänmedicin. Jag hade inte vågat ta upp frågan med honom. Innerst inne gruvade jag mig för att det skulle bli problem. Jag kunde fortfarande vänta lite till, innan jag fattade ett beslut. Precis som det låter var det här något som skulle vara mitt beslut, endast mitt. Att jag skulle ge vika för gamla könsroller och stanna hemma med barnen var uteslutet. Hoppas bara att Arne också skulle acceptera det. Det var inte utan att det skapade en liten knut av oro i magen.

Arne hade nu tagit över som vd för firman, även om direktören fortfarande stod kvar som huvudägare. Verksamheten gick bra men tillväxten hade stannat upp. Man hade fått konkurrens av japanska företag som erbjöd motsvarande produkter. Arne kallade det för skamlösa kopior. Direktören hade aldrig bemödat sig om att ta patent på sina produkter så det var som det var. Utan patent fanns inget att göra. Motdraget var att fokusera på hög kvalitet och vidareutveckling. Skulle det räcka eller inte var osäkert. Indikationerna på att det gick sämre gjorde också att jag tvekade om att berätta om min utlovade tjänst i staden. Jag bara sköt beslutet på framtiden.

Anders och Per var lättsamma barn. Som jag redan nämnt var de bägge sina bästa vänner. De hade alltid varandra och var duktiga på att sysselsätta sig själva. För en dubbelarbetande förälder var det en lyxsituation. Mina väninnor klagade på att deras barn skrek 'jag har inget att göra', 'kan vi inte hitta på något', 'jag har ingen att vara med', med mera, stup i ett. De problemen hade vi inte, men pojkarna hade blivit isolerade från andra barn vilket oroat mig en aning. För att hantera mitt arbete hade jag anlitat en tant i byn som tog emot pojkarna dagtid. Arne lämnade och hämtade då jag inte hann hem på kvällen. Det hade fungerat bra. Men det innebar också en massa körningar och hämtningar. Vi var fortfarande en aning i utkanten av byn och de var alldeles för små för att gå över till kamraterna själva. Det skulle ändra sig, till det bättre, i takt med att de blev äldre.

För några veckor sedan skulle firman ha en familjekväll. Alla var bjudna, även barnen. Vi skulle träffas nere i fabrikslokalen. Det skulle bjudas på lekar för barnen samt ett stort buffébord med mat både för vuxna och de små. Inget jag såg fram emot men som hustru till företagets vd fanns inget annat alternativ än att vara delaktig med liv och lust. Även om det delvis var konstlat.

Dessutom skulle det vara öppet hus hemma hos oss för alla innan festen. Arne ville så gärna visa vårt fina hus för sina anställda och det här var ett utmärkt tillfälle. Eftersom det var fest nere i byn efteråt behövde vi inte bjuda på något utan bara visa upp vårt hem för de som ville komma och titta.

Det var bara ett fåtal från firman som vi umgåtts med så det skulle bli roligt att få träffa alla. Många hade jag bara hört talas om. Att nu få ett ansikte till namnen var något jag såg fram emot.

De flesta kom förbi oss, vilket var trevligt. Många hälsade jag bara på som hastigast och de flesta gick ganska snabbt runt i huset. En yngre man, Fredrik, och hans fru Annika kom fram och pratade en längre stund. Fredrik var Arnes nya teknikchef och stod för det mesta av vidareutveckling och nyutveckling av produkterna. Han var storvuxen med ett buttert utseende. Utseendet stämde bra överens med hans framtoning i övrigt. Han var butter. Förstod inte hur Arne kunde stå ut med honom dag ut och dag in. Men han verkade vara en nyckelspelare. Hans fru däremot, Annika, var en uppenbarelse. Hon var rödblond med en vacker figur, ett stort leende ansikte och en aura som tog upp all plats i hennes närhet. Jag såg hur hon tittade beundrande både på Arne samt vårt hem. Borde jag bli svartsjuk? Kanske, jag skakade det av mig. Hon var mycket trevlig och bad om en egen rundtur. Vi gick runt tillsammans som de bästa väninnor och hon var uppriktigt intresserad av alla förändringar vi gjort och över våra vackra möbler. Vid pianot satte hon sig ner och visade sig vara riktigt duktig. Hon spelade ur minnet ett antal slagdängor av Cole Porter och George Gershwin som jag var bekant med samt ytterligare en melodi som var ny för mig. Alla i rummet stannade upp och lyssnade beundrande. När hon avslutade stämde alla upp i en liten applåd. Det var inte utan att jag kände en viss oro. Det här var kanske någon jag var tvungen att se upp med. Hennes buttre make, hennes beundrande blick på Arne och vårt hus gick inte riktigt att bara skaka av sig.

Strax därefter gick vi alla gemensamt ner till byn och den stundande festen. Vädret var bra så det var inga problem att promenera ner till firmans lokaler.

Tillställningen var lyckad, barnen trivdes med de lekar som anordnades och kvällen avslutades med en fiskdamm där alla fick en liten påse med godis och leksaker. Bufébordet var välsorterat med rätter som passade alla, både stora och små. Vi visades runt i lokalerna för att få alla produkter förevisade. En lyckad och välarrangerad tillställning. Jag kunde inte undgå att se hur Annika likt en sockerbit lockade till sig alla män, som ivrigt anslöt sig till henne som en liten löjlig fanskara. Att hon uppskattade intresset och uppvaktningen var uppenbar. Jag såg min Arne i närheten av henne flera gånger. Hennes man såg jag inte till alls.

När vi kom hem kunde jag inte hålla mig

"Du verkar trivas bra tillsammans med Annika, såg jag" sa jag när vi gjorde oss klara för kvällen.

"Va, är du svartsjuk? Hon är ju bara barnet. Skärp dig" sa Arne och gick snabbt iväg in till badrummet.

Jag noterade hans rodnad. Så även om hon var mycket yngre än både mig och Arne, bara barnet som han sa, så hade hon lämnat ett bestående avtryck hos oss bägge.

Några veckor senare var jag tvungen att ta tag i mitt erbjudande från sjukhuset i staden. Jag tog inte upp det som en diskussion utan berättade bara rakt på att jag accepterat tjänsten som jag erbjudits.

"Roligt, hur gör vi med barnen och huset?" undrade Arne bekymrat.

"Vi får anställa en barnflicka, kanske en som kan hjälpa till med huset i övrigt, som matlagning och tvätt. Jag tror inte det är problem att hitta någon här i byn. Dessutom får jag bra betalt så ekonomiskt kommer det inte att bli några problem" påpekade jag som ett konstaterande utan att öppna upp för en diskussion.

"Hur ska du kunna pendla in till staden har du tänkt?"

"Vi får köpa en bil till, jag ser ingen annan lösning."

# 17

# Arne
# 1967

Nu hade vi bott i vårat vackra hus i sju år. Ullas dagpendling in till staden hade nu blivit permanent. Hon hade dessutom accepterat en tjänst som avdelningschef för medicin. Att hon skulle ta något arbete i byn hade jag slutat hoppas på. Sedan ett år tillbaka har hon en liten övernattningslägenhet i staden och stannar över vissa nätter.

Visst hade hennes arbete i staden påverkat både familjen och huset. Det blev långa dagar för henne och tiden hon var hemma prioriterade hon tillsammans med barnen i allt högre utsträckning. Hennes omsorg om husets trevnad blev lidande en aning. Hon kunde inte lägga lika mycket tid som tidigare på det. Jag hade tagit upp det med direktören som hade berättat att samma sak hade inträffat när Sven försvann och Bengt flyttade till Amerika. Margit hade helt plötsligt prioriterat Anna och mer eller mindre ignorerat huset och dess trevnad. Precis som för direktören hade jag inte talang eller intresse av att ta över det som krävdes för att hålla hemmet i toppskick.

Tyvärr hade direktören hastigt insjuknat och gått bort för några år sedan, endast sjuttio år gammal. Jag sörjde honom, mer än vad jag förväntat mig. Han hade blivit nästan som en far för mig. Jag insåg att jag dessutom blivit en ersättning för hans förlorade söner. En arvtagare till företaget och firman. Jag hade fått köpa in mig med trettio procent av aktierna. När direktören gick bort överfördes hans aktier till en fond som förvaltades för Anna och Bengts räkning. Även om fonden ägde huvuddelen av företaget var det jag som var ansvarig och tog alla beslut. Bengt och Anna hade varit helt överens om att det skulle vara så.

Helmer hade begravts tillsammans med sin hustru nere i byn. De flesta från firman kom till begravningen, samt en del äldre bekanta till Helmer. Anna och även den gamla pigan Birgit hade kommit från staden, Bengt hade inte kunnat komma loss från sitt arbete i Amerika. De hade bägge följt med upp till huset efteråt och utryckt sin uppskattning för hur vi byggt om, renoverat och möblerat. Anna hade spelat lite på pianot och jag frågade om hon ville ta med det till staden. Hon hade skakat på huvudet och sagt att det inte fungerade för henne. Hon hade ingen möjlighet att ha ett piano i sin lägenhet. Det kändes vemodigt när de gick, de var trots allt den sista länken till direktören och hans älskade husbygge.

Den stora förändringen som alla pratade om 1967 var omläggningen till högertrafik. Det skulle utan tvekan bli spännande. Sverige hade ju i alla år kört på vänster sida, men med bilar byggda för högertrafik, vilket var märkligt. Anders och Per hade fått lov att vara uppe den natten och hade bägge stått med sina cyklar och väntade in klockslaget när vi skulle byta sida. Det hade gått bra. Hastigheten var kraftigt begränsad den första tiden och det inträffade inga olyckor, vilket många varnat för. Efteråt så var man överens om att den låga hastigheten varit en avgörande faktor för att hålla olyckorna nere.

Pojkarna hade vuxit upp och var nu tio respektive elva år gamla. De var bägge pigga och glada samt duktiga i sport. Bägge var jätteduktiga fotbollsspelare. Tränaren i byns lag hade flera gånger påpekat att de kunde gå långt med sina talanger. Vad de ville utbilda sig till var fortfarande oklart. Jag hade fått återberättat hur direktören i princip nästan skrämt bort sina söner med tuffa krav på att de skulle gå vidare som ingenjörer. Det var ett misstag som vi inte ville göra om. Direktörens molokenhet och hans stora saknad efter sina söner, ja i alla fall efter Bengt, hade varit svår att se. Hans sista år hade blivit ett ensamt liv fyllt av vemod. Jag kunde se hur han tynat bort i sin ensamhet. Personligen var jag övertygad om att hans allt för tidiga bortgång var ett resultat av hans tråkiga och ensamma sista år. Hans dotter Anna kom visserligen och hälsade på, men det var inte ett hjärtligt förhållande. Hon kom för att hon kände sig tvungen, det var jag övertygad om. Han kunde inte riktigt glädja sig åt hennes besök. Det var pojkarna han hade satsat allt på. Visserligen hade det gått bra för Bengt men han var så långt borta. Att hon lyckats som egenföretagare inom sömnad var han innerst inne stolt över men han klarade inte av att visa det och öppet glädja sig åt hennes framgångar. Flickor från fina familjer skulle inte arbeta, de skulle gifta sig respektabelt, det hade han sagt flera gånger. Att samhället inte såg ut så längre hade han inte lyckats förlika sig med. I hans ögon var hennes framgång lika mycket ett misslyckande för honom i hans syn på den 'fina familjen'. I mångt och mycket hade han blivit en väldigt tragisk figur. Jag tyckte om honom och han hade varit en bra chef och ett fantastiskt stöd för mig när jag tog över rodret. Men han var också en varningsklocka. Jag skulle inte göra samma misstag som han gjort. Pojkarna skulle själva få välja vad de ville göra i livet.

Min anställning av Fredrik som utvecklingschef hade varit ett lyckodrag. Han hade tidigt visat framfötterna och tagit fram ett antal nya och förbättrade produkter. Han vurmade för elektromekanik och vi hade uppgraderat ett antal av våra finmekaniska produkter med just det. Det skapade både en ökad kostnadseffektivitet och möjliggjorde nya funktioner som inte gick att lösa på annat sätt. Men vi började få problem. Likartade produkter som våra dök upp, framförallt från Japan. Liknande funktioner till betydligt lägre pris. Att de var mer eller mindre kopior var uppenbart. Men då vi saknade patent fanns det inget vi kunde göra. Vi hade inte haft någon direkt försäljningsorganisation, våra produkter sålde sig själva via det rykte de hade på marknaden. Det hade fungerat bra. Nu när vi ställdes inför konkurrens av företag med likvärdiga produkter och en aggressiv försäljningsorganisation måste vi tänka om. Fredrik och hans förtjusande fru Annika hade varit hemma hos oss flera gånger. Det var trevligt att umgås även om de bägge var ett tiotal år yngre än mig och Ulla. Annika lånade nästan alltid pianot och underhöll oss med en trivsam repertoar. De hade själva inget, så hon nyttjade vårat så fort som tillfälle gavs. Jag hade undrat om de ville ta över det men Ulla hade protesterat kraftigt och berättat att hon fortfarande närde en dröm om att lära sig spela. Konstigt tänkte jag, hon hade inte alls protesterat när jag undrat om Anna ville ha pianot. Jag undrade dessutom hur hon skulle kunna ta tag i det nu när hon dagpendlade till staden. Jag anade att det här på något sätt hade med Annika att göra. Var hon kanske svartsjuk trots allt. Jag hade märkt att Ulla inte var helt tillmötesgående i våra träffar och det kändes som en spänning mellan henne och Annika. En underliggande oro, ja jag vet inte vad, som sakta ökade.

Det blev så att vi under ett antal träffar hemma hos oss kom att diskutera hur vi skulle ta tag i vår försäljningsstrategi. Jag hade tänkt mig att jag och Fredrik skulle diskutera medan fruarna roade sig med annat. Annika hade visat stort intresse för Ullas rabatter och odlingslådor. Det visade sig dock att Annika gärna var med i våra diskussioner och att hon bidrog med många kloka synpunkter. Däremot drog sig Ulla undan och så skapades ytterligare en liten spricka mot oss andra tre. Men det här var viktigt, det här var något vi bara måste göra. Jag hade inte velat ha diskussionen nere på firman, det skulle han skapat alldeles för mycket oro. Under tre veckor arbetade vi fram en plan för hur vi skulle bli bättre på försäljning.

Jag berättade för Ulla vad vi kommit fram till. Om vi inte gjorde det var jag rädd att firman sakta men säkert skulle förtvina. Problemet var att vi behövde kapital för att göra den satsningen. Jag hade föreslagit att vi skulle ta av våra besparingar. Ulla hade dock varit tveksam. De besparingarna hade vi lagt undan för pojkarna. Jag hade argumenterat emot och då hade Ulla kommit med ett förslag. Sälj en del av företaget till Fredrik och Annika. Då kan du få in det kapital du behöver. De verkar bägge vara engagerade och intresserade. Idén var utmärkt ju mer jag tänkte på den. En dryg vecka senare hade jag kommit överens med Anna och Bengt, samt med Fredrik och Annika. De skulle gå in i bolaget men krävde att Annika skulle få anställning i företaget, vilket jag accepterat efter moget övervägande. Vi behövde någon som höll ihop administrationen vilket vi haft ett problem med. Nu när vi skulle ta in säljare skulle det krävas ännu mer. Dessutom såg jag fram emot att få jobba med henne. Hon hade varit en stor tillgång när vi arbetat fram strategin för försäljning. Av någon anledning berättade jag inte detta för Ulla. Vet inte riktigt varför eller om jag tänkte till så visste jag precis varför. Det fick jag ta tag i senare. Att hålla det hemligt skulle inte vara möjligt.

Väl tillbaka på firman hade vi först kallat till ett litet företagsmöte. Berättade om att Fredrik och Annika gått in som ägare samt visat de annonser som vi satte in i tidningarna för att anställa säljare. Alla var positiva till våra åtgärder och såg fram emot att satsningen skulle ge resultat. Det var inte bara vi i ledningen som insett att verksamheten stagnerat en aning.

När vi hade arbetat igenom den nya strukturen för företaget drog vi ner på våra möten hemma hos oss. Jag träffade både Fredrik och Annika på arbetet och Ulla verkade inte sakna träffarna vi tidigare haft. Innerst inne tyckte hon att det var skönt att få familjen för sig själv när hon kom hem, hade hon sagt.

Vi hade länge funderat på vad vi skulle använda rummet intill vår sängkammare till. Pojkarna delade rummet mitt emot badrummet och sängkammaren var just det, sängkammaren. Rummet direkt till vänster uppe vid trappan hade vi inte använt alls sedan vi flyttade in. Där hade vi kvar en hel del flyttkartonger och småsaker som vi inte använde. Vi beslöt oss för att göra om det till ett riktigt arbetsrum. Ulla hade behov av att arbeta igenom journaler och annat som hon inte hann med på sjukhuset och jag hade också känt ett behov av att kunna gå undan och arbeta hemma. Vi möblerade upp med två skrivbord, ett var som vi ställde längst in vid fönstret. Direkt in till vänster när man kom in hade vi haft en gästsäng för besökare och den behöll vi. Dessutom satte vi in en bokhylla direkt in till höger där vi kunde förvara pärmar och kontorsgrejor. Det hade tagit oss hela helgen att få rummet i ordning. Vi hade åkt ner till staden och handlat möbler, satt upp nya gardiner och fått upp tavlor på väggarna. Det hade varit roligt att arbeta tillsammans. Vi hade en längre tid inte gjort så mycket, bara vi två. Ulla fokuserade på killarna och jag hade lagt än mer tid på jobbet både själv och tillsammans med Fredrik och Annika. Vi var jättenöjda när vi satte oss ner efter arbetshelgen. Sträckte oss mot varandra, tog varandras händer och lovade att vi skulle göra mer saker tillsammans. Det kändes som om jobbhelgen fört oss närmare igen.

# 18

# Anders
# 1970

Nästa år ska jag gå ut grundskolan. Något gymnasium finns inte i byn. För fortsatta studier var det staden som gällde. Kändes konstigt, Per ska gå kvar i årskurs nio i byn medan jag ska börja första ring inne i staden. Vi hade aldrig varit ifrån varandra tidigare. Något jag gruvade mig för en aning, trots att det fortfarande var ett år kvar för mig i årskurs nio. Vi var bästa kompisar och gjorde nästan allt tillsammans.

Ikväll skulle vi titta på färg-tv. Pappa hade köpt en av de första i byn. Det skulle bli jättehäftigt. Vi hade bara läst om det tidigare. Förra året hade vi med spänt intresse kunnat följa månlandningen, men det var i svartvitt. Men jag hade läst att de i USA hade fått se den i färg. Men som sagt det skulle bli spännande med en ny tv.

Men egentligen tittade vi inte mycket på tv. Vårt stora fritidsintresse var numera fotboll och inget annat. På den nedre gräsmattan som hörde till huset hade vi gjort en träningsplan med koner för dribblingsövningar och ett fotbollsmål. Om det inte regnade eller vi var iväg på träning eller match med laget körde vi olika övningar på vårt eget övningsfält. I källaren hade vi satt upp ett litet gym för olika former av styrketräning. För att bli en bra fotbollsspelare räckte det inte med snabba fötter och bollsinne. Man behövde en bra grundfysik hade vår tränare sagt. Vi spelade bägge i byns ungdomslag. Det gick väldigt bra för oss. Skulle vi få möjlighet att fortsätta att utvecklas måste vi ansluta oss till stadens fotbollsklubb. Seniorlaget spelade i Allsvenskan och var sedan några år tillbaka stabilt placerade i mitten av ligan. Filip, vår tränare, hade goda kontakter med laget i staden. Han sa att om vi bara ville samt om pappa kunde hjälpa till med skjuts in till träningar och matcher så var vi mer eller mindre garanterade en plats i deras juniorlag. Men pappa hade tvekat. Här i byn kunde vi cykla till träning och match och bara i undantagsfall behövde pappa eller mamma hjälpa till. Att skjutsa in till staden på träningar och matcher skulle bli svårt att kombinera med hans eget arbete. Att mamma skulle kunna hjälpa till var uteslutet, hon pendlade varje dag in till sitt arbete på sjukhuset. Vi var mer eller mindre överens om att vänta fram till att vi skulle börja gymnasiet till hösten om drygt ett år. Visst kändes det spännande trots allt. Att få möjligheten att spela för en klubb vars seniorlag spelade i högsta divisionen. Det svindlade en aning när jag tänkte på det. Tänk om vi bägge två kunde få spela ihop, på sikt i Sveriges högsta fotbollsliga.

Vi delade fortfarande rum på övervåningen i huset. Mamma och pappa hade frågat om vi ville flytta isär och få var sitt eget rum men vi ville inte. Vi älskade att ligga i mörkret och prata om allt möjligt när vi gått till sängs. I mörkret kunde man yppa fler funderingar än när man satt öga mot öga. I alla fall kände jag det så. Pers stora dröm var att bli fotbollsproffs. En dröm som många ungdomar hade. I hans fall var det, vad jag förstod, inte helt ouppnåeligt. Enligt vår tränare var det en möjlighet även för mig, jag var dock inte helt säker på om jag ville. Att fortsätta i pappas fotspår som ingenjör var inte något som intresserade mig. Att på sikt bli läkare som mamma var en dröm som jag allt oftare målade upp. Men det var en lång väg dit. Först skulle jag klara av gymnasiet och därefter var det minst fem års vidare studier. Dessutom gick det inte att hantera samtidigt med en aktiv fotbollskarriär. Fotboll och avancerade studier var allt för svårt att kombinera. Jag hade luftat mina tankar för Per en kväll. Han hade ingen förståelse alls.

109

"Vi var ju överens. Vi ska bli proffs i en stor klubb utomlands. Det har vi varit överens om" sa han och viftade bort mina funderingar.

Jag tog aldrig upp mina tankar och drömmar igen. För mig själv växte de allt mer och för varje dag blev jag allt mer säker på att det var läkare jag skulle bli. De drömmar jag tidigare nämnt om att vi att vi skulle spela fotboll tillsammans var något som allt mer trängdes undan till förmån för en karriär inom sjukvården. Men det här var långt fram i tiden. Vad jag förstod var det inte så vanligt att mina kompisar hade lika konkreta planer och drömmar. Men för mig kändes det viktigt att ha en tydlig plan.

För några veckor sedan väntade vi hemma på att pappa skulle komma hem och skjutsa oss till en träningsmatch i grannbyn. Per var ute på gården och körde dribbelövningar mellan konerna och jag stod uppe i hallen utanför vårt rum och lattjade med en fotboll. Helt plötslig for bollen iväg och knuffade av stolpknoppen på vårt trappräcke. Knoppen ramlade ned i trappan med buller och brak. När jag skulle sätta tillbaka knoppen upptäckte jag att pelaren var ihålig och att det låg något i utrymmet. Jag stoppade ner handen och tog upp en liten bok. Precis när jag skulle börja bläddra igenom den hörde jag att pappa kom hem och jag gömde snabbt undan den och satte fast knoppen på trappräcket. Den satt löst men det fick jag titta på senare. Pappa skulle skjutsa oss till matchen i grannbyn, boken fick jag återkomma till när vi kom hem. Det här skulle bli min egen hemlighet och jag såg fram emot att få gå igenom den när vi väl var hemma igen.

Efter matchen kom Filip fram och berättade att det skulle vara en träff för fotbollsungdomar inne i staden nästa helg. Han hoppades att vi bägge skulle komma dit.

"Jätteroligt" sa Per.

"En bra idé, vi får stämma av med mamma" sa pappa till min stora förvåning. Han var sällan så entusiastisk till den här typen av träffar.

Själv lyssnade jag inte riktigt, tänkte mer på boken jag hittat i stolpen till räcket.

"Anders, vad är det med dig. Vill inte du åka på fotbollsträffen?" frågade pappa och knuffade mig i sidan.

"Javisst vill jag det" sa jag när jag samlat ihop mig; Jag såg att både pappa och Per tittade undrande på mig.

Det enda jag ville var att komma hem och titta igenom boken som jag hittat. Min egen lilla hemlighet. Men det fanns ett problem. Hur skulle jag kunna göra det utan att visa den för Per? Jag måste dessutom komma ihåg att sätta fast knoppen till trappräcket bättre. Det skulle lösa sig.

När vi kom hem ville Per köra några övningar och frågade om jag ville vara med. Jag skakade på huvudet och sa att jag inte mådde så bra. Som jag hoppats på gick pappa ut och skulle hjälpa Per och jag blev ensam uppe på övervåningen. Trappräcksknoppen hade en liten träplugg som lossnat som jag hittade nere i trappan. När jag hittat hålet den skulle slås in i satt knoppen fast lika bra som innan mitt missöde, eller vad det nu var.

Jag tog fram boken och bläddrade igenom den. Den var skriven med skrivstil som var mycket svår att tyda. Både för att språket var ålderdomligt samt att den till vissa delar var aningen slarvigt skriven. Boken var en blandning av allmänna funderingar och till viss del en dagbok. Vem som skrivit den listade jag inte ut. Det måste vara någon som bott i huset tidigare. Det var något jag fick undersöka. Det här skulle bli en liten riktig detektivgåta att lösa. Jag undrade var jag skulle gömma undan den. Kom på att bästa stället var inuti stolpen där jag hittade den. Jag fick undan boken och satte på knoppen på trappräcket precis i samma veva som Per kom tillbaka.

"Hej, var inte du dålig, vad gör du i trappan?" undrade han.

"Ingenting, jag var på väg ner, så hörde jag att du kom" sa jag men det var uppenbart att han inte riktigt trodde mig.

Som jag nämnt var vi väldigt bra kompisar och gjorde allt tillsammans. Det innebar att jag aldrig fick tillfälle att ta fram boken på nytt de närmaste dagarna. När vi sedan till helgen åkte iväg till fotbollsträffen inne i staden hade jag glömt bort den. Vi skulle få träffa ledarna på klubben tillsammans med ett stort antal andra ungdomar. Samt några av spelarna i klubbens seniorlag. Det var både spännande och stort. Våra kompisar i byn skulle bli mäkta avundsjuka när vi berättade om träffen när vi var tillbaka på skolan i början av nästa vecka.

Vi var nästan 40 ungdomar på plats. Två av spelarna i seniorlaget kom fram och visade ett antal träningsmoment som vi fick öva på. Sedan delades vi upp i fyra lag och skulle spela en liten miniturnering. Jag insåg att det här var någon form av test, de ville se vilka ungdomar som man ville satsa på. Gjorde vi bra ifrån oss idag kanske vi skulle få ett erbjudande från klubben. Det hade ingen sagt något om innan träffen. När vi väl var där var det uppenbart.

Vi hade turen att hamna i samma lag och som vanligt gjorde vi bra ifrån oss. Per nätade fyra gånger och jag stod för två av framspelningarna. Jag kunde se hur mamma och pappa stod tillsammans med ledarna på sidan av planen och nickade uppmuntrande till oss vid varje mål. Undrade vad de diskuterade. De verkade väldigt engagerade och pratade länge med en av ledarna.

När matchen var klar vinkades vi in till mamma och pappa och ledarna för klubben. Vi fick beröm. De ville väldigt gärna att vi skulle ansluta till klubbens juniorlag så snart som möjligt. De berättade att de pratat med mamma och pappa om hur det skulle bli möjligt trots att vi bodde i byn. Mamma och pappa skulle få berätta mer när vi kom hem.

När vi duschat och klätt om gick vi alla fyra till en fin restaurang.

"Har vi något att fira?" undrade jag när vi satt oss ner.

"Javisst, ni har precis blivit erbjudna plats i en av Sveriges bästa fotbollslag. De tycker att ni bägge är stora talanger och tror att ni kan gå hur långt som helst om ni bara satsar på fotboll seriöst" sa mamma.

"Vi har inte gått klart grundskolan än?" sa jag ängsligt.

"Det var precis det vi pratade om. Jag vet att ni drömt om att bli fotbollsproffs. Ska det bli möjligt måste ni ta det här steget redan nu. Är ni inte glada?" sa pappa.

"Javisst, det här är den bästa dagen i mitt liv" sa Per och formligen strålade där han satt.

"Jätteroligt" sa jag, inte helt övertygande. Jag tänkte på mina drömmar och att utbilda mig till läkare. Om vi gick vidare med den här satsningen så skulle inte det bli lätt. Samtidigt pirrade det i magen över möjligheten. Var det möjligt att satsa på en karriär som fotbollsspelare. Visst skulle det vara roligt och jag gladdes tillsammans med Per över möjligheten vi fått.

# 19

## Ulla
## 1973

Det gick inte undvika att inse att min lilla familj splittrats. Bägge grabbarna gick nu i gymnasiet här i staden medan Arne bodde kvar i byn. Jag hade hyrt en större lägenhet och bägge grabbarna hade var sitt eget rum. Fotbollen var fortfarande central, åtminstone för Per, vilket innebar att det sällan gavs möjlighet att åka till byn och umgås i vårt vackra hus. Träningar och matcher var ofta inbokade på helger.

Ofta kom Arne på besök hos oss i staden på helgerna. Han var fortsatt väldigt intresserad av pojkarnas fotbollskarriärer. De få gånger vi åkte till byn kunde jag med sorg se att huset sakta, sakta förlorade sin charm, ja kanske till och med sakta förföll. Arne orkade inte själv se om huset och hålla det i det skick som det förtjänade. Det var många år sedan vi bjudit hem vänner och bekanta dit. De samkväm vi bjöd in till var oftast till min, eller vår, lägenhet i staden. Varje gång jag besökte byn var jag tvungen att lägga tid på att fixa till och ställa i ordning. Ett arbete som jag allt mer tyckte illa om vilket gjorde att mina besök dit allt oftare prioriterades bort.

Per var en stor fotbollstalang och hade redan gjort premiär i seniorlaget trots sin ringa ålder. Det var många artiklar som höjde hans talang till skyarna och han målades av pressen ut till en ny stjärna på fotbollshimlen. Även Anders var duktig men hans låga brann inte länge lika starkt för fotbollen som den gjort tidigare. Han hade avslöjat för mig att han ville satsa på studier och om allt gick vägen gå vidare i mina fotspår och bli läkare. Innerst inne gladde det mig. Det var få förunnat att bli så duktiga som fotbollsspelare att de kunde leva på det. Per hade fortfarande den möjligheten. För Anders var det mer tveksamt. I ljuset av det tyckte jag att hans planer på att utbilda sig till läkare var ett utmärkt förslag.

Jag var överraskad att vi trots distansen mellan byn och staden lyckats hålla ihop vår familj alla dessa år. Jag hade pendlat från byn till staden nu i tretton år. I ärlighetens namn var det inte längre ett pendlande. I och med att pojkarna börjat på gymnasiet hade vi bosatt oss i staden och det var Arne som ensam bodde kvar i byn. Jag älskade fortfarande huset. Som jag redan nämnt var det svårt att hantera mitt arbete i staden, pojkarnas studier och intresse för fotboll med Arnes arbete i byn. Jag hade fört fram att det bästa hade varit om vi bägge flyttat till staden. Likväl som jag pendlat till sjukhuset i många år kunde ju Arne pendla till byn och sitt arbete. Men Arne ville inte skiljas från huset. Varför han var så fäst vid det förstod jag inte. Det var inte förhandlingsbart.

Firman hade fått ett uppsving i och med att man satsat på försäljning. Den stagnation som man sett hade man lyckats häva med en aktivare marknadsbearbetning. Vad jag förstod hade Annika gjort ett fantastiskt bra arbete med just marknadssidan. För ett drygt halvår sedan hade en schism uppstått. Annikas man, Fredrik, hade varit orolig över en ny form av konkurrens som börjat dyka upp, elektronik. Han ansåg att man måste satsa på det spåret. Något alternativ fanns enligt honom inte. Arne höll inte med. Företaget hade sin kärnkompetens inom finmekanik, även om den delvis kompletterats med elektromekanik. Den kärnkompetensen skulle inte överges tyckte han. Dessutom var både Arne och Annika förblindade av den framgång som deras försäljningssatsning skapat och avfärdade hans varningsrop. Det hade resulterat i att Fredrik och Annika separerat och Annika hade köpt ut honom från firman. Annika som ensamstående kvinna i närheten av min man, väckte till liv en gammal oro. Jag hade inte glömt hur hon förblindat alla gubbarna på familjeträffen för sex år sedan. Detta tillsammans med vår familjs uppdelning mellan byn och staden var oroande. Jag hade redan börjat leka med tanken på att vi kanske skulle gå skilda vägar. Vi hade kommit ifrån varandra, det var inte konstigt. När jag började arbeta på sjukhuset hade jag pendlat varje dag tillbaka till byn. Vi träffades hela familjen dagligen hemma i vårt underbara hus. Även om mina resor tog mycket tid umgicks jag mycket med barnen och Arne samt tog hand om hemmet. Men det var jobbigt. Efter ett år hyrde jag en liten lägenhet i staden och sov över en till två kvällar varje vecka. När sedan bägge grabbarna börjat gymnasiet hade vi hyrt en större lägenhet och de hade flyttat in hos mig. De senaste åren hade jag och Arne nästan bara setts på helgerna. Dessutom hade jag helt lämnat över husets skötsel till honom. I ärlighetens namn hade han inte hanterat det speciellt bra och det hade sakta börjat changera. En relation måste underhållas och som ni förstår hade det underhållet precis som med huset blivit allt sämre. Jag ville inte längre leva med en person som jag bara träffade på helgerna och som jag kände distanserade sig allt mer från mig och till viss del från pojkarna. Men jag ville inte ge upp än, jag ville få det att fungera. Jag skulle göra ett till försök.

Det försöket skedde för en dryg vecka sedan. Grabbarna var bortresta på ett fotbollsläger och jag och Arne hade hela helgen för oss själva i byn. Vi hade köpt hem finare mat och några flaskor gott vin. Det skulle bli en trevlig helg där vi också tänkte prata igenom hur vi skulle ha det framöver. Själv var jag helt övertygad om att vi borde flytta till staden, något alternativ fanns inte. Pojkarna var nu 16 och 17 år gamla. De skulle inte bo kvar så många år till, sedan skulle det bara vara vi två. Huset var härligt med högt i tak, stora sällskapsytor och ett härligt ljus. Framförallt ljuset, som blivit än bättre när vi byggde om, var det jag förälskat mig i allra mest. Om det bara skulle bli vi två var huset alldeles för stort. Skulle vi gå kring där som två osaliga andar, det kändes inte bra. Pojkarna hade redan flyttat. Deras engagemang i fotbollen gjorde besöken till byn allt mer ovanliga. Så just nu, bodde Arne där helt ensam. Tillbaka till mina funderingar. Skulle vi kunna hålla ihop familjen fanns inte något alternativ. Vi måste flytta till staden. Men jag var inte helt säker på att jag skulle kunna övertyga honom om det.

Vi hade kommit överens om att gå igenom rum för rum och bestämma vad som måste åtgärdas. Det fanns många små saker som vi behövde ta tag i, tapeter som började bli slitna och snickerier som skulle behöva fixas till. Jag hoppades att det skulle bli en åtgärdslista inför en försäljning. Skulle Arne se det så? Tveksamt.

Vi började på fredag kväll med en fantastisk middag bara vi två. Skagenröra till förrätt och en helgrillad entrecote till varmrätt. Som efterrätt, päron med After Eight smälta ovanpå. En riktigt lyckad tillställning, det kändes som vi kom varandra närmare än på väldigt länge.

Efter middagen kom vi tyvärr in på firman igen. Jag hade hoppats att vi skulle slippa älta det. Jag var, för att vara riktigt uppriktig, trött på att den alltid kom i fokus för vår lilla familj. Det påtalade hotet från elektronikprodukter hade den närmaste tiden blivit allt mer akut. Arne sa att försäljningen fortsatt gick bra och han fortsatt var väldigt nöjd med Annika och hennes sätt att hantera marknadsföringen. De var trots allt världsledande inom sina finmekaniska instrument och de här nyheterna kring elektronik, skulle förhoppningsvis blåsa över. Jag såg att han innerst inne inte var helt övertygad. Så bra kände jag honom efter alla år.

Vi kom att prata om pojkarna. Att Per skulle satsa på en karriär som fotbollsspelare var mer eller mindre klart. Vi var bägge överens om att vi måste få honom att slutföra en bra grundutbildning. Något måste han kunna falla tillbaka på när karriären tog slut. Jag berättade att Anders funderade på att läsa vidare till läkare när gymnasiet var klart och Arne höll med om att det var en bra idé. Han hade, precis som jag, noterat att han tappat det brinnande intresset för fotbollen. Han saknade inte talang. Dock krävdes det både ett starkt engagemang och talang för att lyckats etablera sig som fotbollsspelare.

117

När vi avslutat kvällen hade vi haft en trevlig middag, en trevlig pratstund. Vi hade avhandlat både Arnes firma och grabbarnas karriärer. Dessutom hade vi noga undvikit diskussionen om huset. Vilket kändes bra. Ingen av oss ville förstöra kvällen, vilket jag tyckte var skönt. På lördag morgon skulle vi gå igenom rum för rum. Fortfarande utan att prata om den viktigaste frågan. Med andra ord, skulle vi sälja eller inte. Vi var bägge väldigt medvetna om frågan och visste att vi var tvungna ta tag i den innan helgen var över. Men först skulle vi gå igenom huset.

Husets tak som bestod av takpapp började bli slitet och måste läggas om. Fasaden började också vara sliten och en renovering av den skulle bli nödvändig. Kanske inte nu direkt men ett måste inom fem till tio år. Trädgården var fortfarande vacker men rabatterna måste tas om hand bättre än vad de gjorde idag. Jag påpekade att vi borde ta in en trädgårdsmästare som hjälpte oss. Skicket som rabatterna var i idag drog ner helhetsintrycket. Arne sa inte emot men jag såg att han inte var helt nöjd med mina kommentarer.

Sovrummen på övervåningen skulle behöva målas om och få nya tapeter. Badrummet skulle behöva en helrenovering. Vi pratade om att sätta kakel både på väggar och golv. Vardagsrummet var fortfarande i bra skick, men det fanns misstänkta fuktfläckar i taket som en hantverkare skulle behöva se över. Köket var även det helt okej även om vitvarorna började bli till åren. Men det var fräscht och fint. Att byta maskiner skulle vi inte göra förrän de gick sönder. I källaren hade vi börjat få fuktgenomslag upp mot västra sidan av huset. Här skulle vi troligen behöva dränera om för att komma tillrätta med problemet. Tvättmaskin och torktumlare skulle hålla i ytterligare några år.

Vi gick tillbaka upp och skrev ihop vår åtgärdslista. Det fanns ett antal punkter som måste åtgärdas skyndsamt. Badrum, fuktfläckar i vardagsrummet och fuktgenomslaget i källaren var prioriterade. De både drog ner intrycket och riskerade att bli större skador om de inte åtgärdades. Nya tapeter på övervåningen och trädgården var inte lika nödvändiga men skulle behöva åtgärdas för att få ett bra helhetsintryck.

Så blev vi sittande tysta och den ofrånkomliga frågan hängde i luften. Till slut tog jag mod till mig

"Ska vi bo kvar, eller ska vi sälja och flytta till staden? Nu kan vi inte undvika den frågan längre."

"Jo, så är det. Nu går den inte längre att blunda för. Jag har tänkt mycket på det de senaste veckorna och jag vill bo kvar. Jag älskar huset och jag känner att jag måste finnas nära till vårt företag" sa Arne mer som ett konstaterande än som en öppen fråga.

"Jag förstår. Jag har också funderat mycket på det och jag vill inte längre bo ensam i staden. Står du fast vid att bo kvar tycker jag att vi ska separera."

# 20

# Per
# 1974

Fotbollen var mitt allt. Jag hade som 17 åring nu avancerat till stadens seniorlag. Alla pratade om att jag kunde gå hur långt som helst. Men det var en tuff sits. Det fanns många bra spelare i laget och att jag skulle få komma med i startelvan var inte alls självklart. Givetvis hoppades jag. Jag fick erkänna att det var svårt att hantera både skolgång och fotboll parallellt. Mamma och pappa var väldigt tydliga med att jag måste klara gymnasiet. Utan den grundutbildningen hade jag inget att falla tillbaka på när karriären på planen tog slut. Jag förstod samtidigt som jag inte ville förstå. Jag ville satsa bara på fotboll, just nu kändes allt annat oväsentligt.

Fotbollen hade tagit i stort sett all min tid. Besöken till pappa och vårt hus hade nästan upphört helt. Ofta var det träningar och matcher på helgen som jag prioriterade. Nu skulle vi träffas hela familjen i huset över helgen. Det var uppehåll i fotbollen och både mamma och pappa hade varit väldigt angelägna om att vi skulle ses i byn. Jag misstänkte att det fanns någon dold agenda. Mamma hade från och till pratat om att de skulle sälja huset och flytta ihop i staden. Eller vem vet, de kanske skulle flytta tillbaka till byn allihop. Vilket skulle vara ett stort problem för mig och min fortsatta fotbollskarriär. Ivar, en av mina klasskompisar som också spelade i byns fotbollslag hade helt slutat med fotbollen. Hans föräldrar hade inte haft möjlighet att stötta honom i hans idrottssatsning vilket inneburit att han tvingats sluta. Synd för han hade också varit en stor talang. Jag förstod vilken tur jag haft som hade mamma med lägenhet i staden vilket möjliggjort för mig att fortsätta satsa på idrotten. Ivar hade inte haft den möjligheten vilket gällde för ett antal andra lovande spelare vars utveckling stannat upp när de begränsades till byns fotbollslag i de lägre divisionerna.

Vi var lediga på fredagen så jag och Anders tog bussen tillbaka till byn. Vi skulle träffa några gamla klasskompisar på fika innan vi skulle möta upp med mamma och pappa.

Det fanns ingen hållplats utanför huset. Busschauffören var bussig och stannade och släppte av oss ändå. Huset var sig likt men det kändes slitet. Vårt fotbollsmål nere på den lägre gräsmattan var trasigt och stod skevt nedtryckt. Våra träningskoner låg ihopsamlade i en liten hög för sig. Det var fullt med ogräs som stack upp i grusgången framför garaget. Det fanns inga fräscha blommor i fönstren. Allt kändes fel, det var inte så här det hade varit när vi alla bodde här hemma. Huset kändes bedagat. Det märktes att pappa inte riktigt klarade av att hålla det lika välkomnande som mamma gjort. Även hon hade allt mer sällan åkt hit. Det hade ofta blivit pappa som reste ner till staden. Det var många månader sedan jag var här sist. Det kändes tråkigt, det här var ändå mitt barndomshem.

"Ska vi gå och titta till kojan, innan vi går ner till byn?" undrade Anders.

Kojan hade jag nästan glömt bort. Det kändes som ett helt annat liv. Nu var det ju inte riktigt vår koja utan vi hade ärvt den av sönerna till direktören. Vi hade ändå varit där en del och det kändes inte fel att titta till den en gång till.

Även den kändes sliten. Det var uppenbart att några andra ungdomar använt den. Det fanns en massa klotter inne på väggarna och i ett hörn låg några slitna porrblaskor. Kändes riktigt sunkigt.

"Hit kommer vi inte tillbaka mer. Det känns både som att vi vuxit ifrån det samt att den inte längre är vår koja alls. Titta bara så de sölat ner den" sa Anders och jag nickade jakande till svar.

Sedan gick vi ner till byn och kondiset där vi skulle träffa Birger, Stefan och Frida. En liten återförening. Birger och Stefan hade vi umgåtts med mycket. Frida var ingen närmare kompis. Hon var nära vän till Stefan och hade hakat på när hon hört talas om träffen.

Grabbarna var intresserade av hur det gick för oss i fotbollen. Mina framgångar hade noterats i byn. Vad jag förstod hade jag blivit lite av en lokal hjälte. En av killarna som kommit med i stadens seniorlag. Kändes obekvämt med uppmärksamheten. Vi var ju bara gamla kompisar.

"Spelar inte du längre? Du var ju också duktig" undrade Birger och vände sig till Anders.

"Nej, jag är inte lika aktiv längre. Jag ska börja på läkarlinjen till hösten. Läkarstudier och fotboll på hög nivå går inte ihop sig. Jag kommer säkert fortsätta i någon korpliga om jag orkar. Jag har inte samma passion och heller inte samma talang som Per. Så är det bara."

"På tal om något annat. Vad tycker ni om ABBA och vinsten i Eurovision?" undrade Frida.

"Skojigt men lite fjantigt" sa jag och killarna nickade samstämmigt.

"Jag tycker de var bra, nytt grepp och bra musik" svarade hon.

"Har ni flyttat ifrån huset? Jag har inte sett er på länge här i byn" undrade Frida efter en stunds tystnad.

"Nej vi har huset här i byn och en lägenhet i stan. Studier och fotboll har gjort att vi allt mer sällan kommer hem" svarade jag.

"Saknar ni inte det fina huset, Jag har hört så mycket om det genom åren. Min farbror Gunnar har berättat en hel del" undrade hon.

"En aning men allt har sin tid" svarade Anders och vi tittade undrande på varandra. Hennes intresse kändes märkligt. Diskussionen var minst sagt obekväm. Jag vill inte fortsätta den utan styrde över samtalet till övriga klasskamrater. Vilka bodde kvar, vilka hade flyttat, vem var ihop med vem.

Vi bröt upp och började sakta gå tillbaka hem.

"Jag undrar varför vi är här i helgen. Det känns som om mamma och pappa nästan tvingade oss att komma hit. Jag undrar om det tänker berätta något? Vad vet jag inte. Vad tror du?" undrade Anders.

"Jo jag håller med. Det har varit märkligt med pappa i ett hus här i byn och mamma med en lägenhet i stan. Jag känner ingen annan som har sin familj splittrad på det sättet. När man ser andra familjer inser jag att vår är lite annorlunda. Mamma och pappa verkar inte längre ha en nära och kärleksfull relation. Ibland tror jag att de håller ihop bara för oss. Men vi ska inte klaga, de är och har varit bra föräldrar."

"Jag håller med. Antingen kommer de sälja huset och pappa flyttar till oss i stan. Eller så kommer mamma och pappa att skiljas. Att mamma skulle flytta tillbaka till byn och pendla in till sjukhuset tror jag inte alls på."

"Vi får se" sa jag. Jag hade haft precis samma funderingar. Mamma och pappa kom fortfarande bra överens och de hade, precis som Anders sa, varit bra föräldrar. Jag förstod att leva på skilda platser och bara träffas någon helg ibland inte kunde fungera på sikt. Tråkigt om det var så. Det var bara att vänta och se. Att något speciellt skulle ske nu när vi var här allihopa, var även jag övertygad om.

När vi kom hem var mamma och pappa redan i full gång i köket.

"Det ska bli en riktig festmiddag ikväll" sa pappa som stod i köket och förberedde en saftig stek."

"Spring upp och byt om, så syns vi här nere och tjugo minuter" sa mamma och manade oss upp för trappan till övervåningen.

"Känns märkligt, undrar vad som är på gång. Så här överdrivet uppspelta har jag inte sett de tidigare" sa jag.

"Håller med. Nu ska jag visa en liten hemlighet innan vi byter om" sa Anders och gick fram till knoppen längst upp på trappan.

Han lutade sig fram och drog ut en liten sprint varefter han lyfta av knoppen från trappstolpen. Han stoppade ner handen i stolpen och tog fram en liten bok.

"Vad är det där?" sa jag och tog till mig boken.

"Jag hittade den för ett antal år sedan. Sedan lade jag tillbaka den i stolpen och har faktiskt glömt bort den. Jag tror den tillhört någon av direktörens barn. Jag har kikat i den men handstilen är svår att tyda. Verkar vara en blandning av dagbok och allmän skrivbok. Vill du titta mera?" sa han.

"Nej, känns konstigt att läsa någon annans anteckningar så där. Ska vi inte försöka hitta vem som skrivit den och lämna tillbaka den istället?"

"Jo kanske det, men jag ska faktiskt ta hem den och läsa först" sa Anders och stoppade boken i väskan han haft med sig från staden.

När vi kom ner till finrummet så var det en riktig festmåltid uppdukad. Precis som jag redan noterat så verkade mamma och pappa onaturligt uppspelta. Att något var på gång var uppenbart.

Måltiden bestod av räkcocktail till förrätt och sedan Cour de Provensal, dvs oxfilé med smörstekt potatis och massor av vitlök. Som efterrätt blev det glass med hjortronsylt. Middagen var jättetrevlig. God mat och samtalet flöt på kring allt möjligt, fotboll, pappas företag och mammas arbete. Vi kändes som en helt vanlig familj igen, även som vi redan konstaterat, att det var vi inte. Det var uppenbart att man gick som katten runt het gröt. Det var något man inte riktigt kom fram till.

"Vi träffade några klasskamrater idag nere på fiket. Det var jättetrevligt. Frida undrade om vi fortfarande bodde här. Hennes farbror Gunnar hade enligt henne varit väldigt intresserad av huset. Vet ni vem det är?" sa Anders

"Jo, jobbar han inte på kommunen. Jag tror han var här när direktören ansökte om utbyggnad av vardagsrummet. Enligt ryktet var han lite konstig. Han var tydligen nästan maniskt besatt av det här huset. Varför undrar ni`?" sa pappa.

"Nej, inget speciellt, Hennes frågor om huset kändes märkliga bara. Det kan förklaras av det du berättade."

Därefter följde en lång besvärande tystnad.

"Nej, nu kan ni inte gå runt och undvika vad det nu är ni ska berätta hela tiden" sa Anders irriterat. Det följdes av en ny pinsam tystnad varefter mamma tog till orda.

"Som ni vet har vi länge diskuterat våra skilda boenden. Vi har nu pratat ihop oss och vi har beslutat oss för att skiljas. Pappa kommer att bo kvar här i huset och jag kommer fortsatt att bo kvar i lägenheten i stan. Vi är inte ovänner utan har kommit fram till detta tillsammans. Jag misstänker att ni kanske redan anat detta. Vi har varit överens sedan ett tag men ville invänta att ni blev lite äldre innan vi berättade."

"Jo, det kommer inte riktigt som en överraskning. Lite märkligt har det trots allt varit att vi haft ett boende på skilda orter. Varför har ni beslutat er för att gå skilda vägar? Varför flyttar ni inte ihop i stan?" undrade Anders efter en stunds tystnad.

"Jag vill inte flytta ifrån huset och firman här i byn. Mamma vill inte flytta ifrån staden och sitt arbete där. Vi har hållit ihop för er skull. Nu kommer ni snart att flytta iväg till egna boenden. Vi tycker att nu är det dags at rycka av plåstret. Vi har kommit ifrån varandra, vi är fortfarande goda vänner och det finns ingen schism oss emellan."

"Tråkigt, men också skönt att vi äntligen får veta. Ovissheten är ofta mer jobbig än ett klart besked. Vi tycker att ni bägge varit fantastiska föräldrar. Vi har inte kunnat önska oss något bättre. Ni har stöttat oss i våra studier och vårt intresse för fotbollen på ett helt fantastiskt sätt. Som sagt tråkigt att ni inte väljer att fortsätta tillsammans" sa Anders och jag nickade medhåll.

"Ni kommer alltid att ha kvar era rum här i huset. Jag hoppas att ni kommer och hälsar på, kanske mer frekvent än de senaste åren."

"Bra, vi lovar att vi ska bli bättre på det. Hoppas du fortsätter titta på en del av mina fotbollsmatcher" sa jag. Därefter reste vi oss upp och kramade om varandra allihop.

Det blev som vi trodde, det kändes både bra och vemodigt på samma gång. Ett klart besked är bättre än ovisshet.

# 21

# Huset
# 1975

Så var det dags igen. Ny familj, ja nästan i alla fall, och ytterligare en ombyggnation. Det var nu knappt ett år sedan Arne och Ulla beslutat sig för att skiljas. Jag hade känt till deras funderingar i flera år, även om de själva inte riktigt bestämt sig. Att de glidit isär och att de skulle gå skilda vägar var för mig självklart. De hade varit goda vänner och bra föräldrar. Det var många år sedan det fanns något mer än bara kamratskap i deras relation. Ett boende på skilda håll under så många år måste ha varit svårt och hade till slut lett fram till deras separation. Jag måste medge att jag beundrat deras inställning, framförallt att säkerställa att grabbarna skulle växa upp utan att drabbas av en skilsmässa när de var yngre och känsligare.

Som ni vet känner jag av alla som är i min närhet. Pojkarna hade långt tidigare insett vad som komma skulle och jag är inte säker på att det inte varit lika bra om de berättat tidigare än de gjorde. Nu var det som det var. Arne och Ulla hade fortsatt en bra relation och Anders och Per hade hälsat på här hos pappa oftare, nu när Arne inte längre åkte ner till staden.

Nu skulle allt ändras. Arne och hans kompanjon Annika hade nu blivit ett par. Detta trots att Annika var nästan tjugo år yngre än honom. Hon skulle flytta in tillsammans med sina två döttrar, Susanne och Siv, som var elva respektive nio år gamla. Annika träffade jag första gången för nästan femton år sedan, när Arne och Ulla hade öppet hus för hans arbetskamrater. Hon hade charmat alla och bland annat underhållit gästerna på pianot som lämnats kvar av direktörens familj. Under åren som följde var hon och hennes buttre man ofta på besök. Trevliga middagar även om jag aldrig förstod vad Fredrik och Annika hade gemensamt. Så gick de också skilda vägar för några år sedan.

Han hade flyttat in till staden och flickorna bodde hos honom två helger i månaden. Med tiden hade det växt fram en viss spänning mellan Annika och Ulla. Än mer sedan Fredrik flyttat. Kanske anade Ulla redan vad som var på gång, det som nu blivit verklighet. Arne och Ulla hade bägge tyckt mycket om mig, Annika formligen älskade mig. En beundran som jag aldrig tidigare upplevt, ja förutom från den där kommunkillen Gunnar som varit på besök. Att hon skulle flytta in kändes bra även om jag undrade om det faktiskt var mig, och inte Arne, som hon flyttade ihop med.

Nu var det dags för en ombyggnation igen. Arne hade lovat att pojkarna skulle ha var sitt rum i huset. Annikas döttrar delade rum idag men ville nog ha egna om några år. Problemet var att det bara fanns fyra sovrum i huset, när man räknade in pigkammaren. Nu skulle ovanvåningen byggas om. Pojkarnas tidigare rum skulle delas upp i två. Det stora sovrummet delades av med en korridor längs väggen in mot pojkarnas gamla rum. En dörr sattes in längst in för att komma till den del av rummet som låg ut mot stora vägen. Den andra delen behöll dörren sedan tidigare, mitt emot badrummet. En ombyggnation som de flesta ogillade. Alla, inklusive Arne, var egentligen inte förtjusta i lösningen. Stora sovrummet blev betydligt mindre, korridoren rakt fram när man kom upp i trappan blev mörk och trist. Pojkarnas gamla rum som delats i två blev väl små. Men för Arne var detta väldigt viktigt. Jag upplevde att han tyngdes av ett dåligt samvete. Han hade lovat att pojkarna skulle ha kvar sina rum. De hade dock aldrig haft egna rum tidigare, utan alltid delat. Varför de nu skulle ha egna för de få gånger de kom på besök var märkligt. Något som Annika påpekat flera gånger. En liten begynnande konflikt mellan makarna. Arne gav sig inte. Han upplevde att han lovat grabbarna egna rum när de kom på besök och då skulle det bli så.

Av de stora luftiga rummen på ovanvåningen blev nu bara Annas gamla rum kvar. Synd men jag kunde förstå att för Arne var detta en hederssak. Som alltid, man vänjer sig och anpassar sig till det nya. Annika skulle se till att det blev trevligt, det var jag övertygad om. Det kom att bli så att flickorna tog var sitt av de nya rummen i pojkarnas gamla. Anders och Per fick använda Annas gamla rum och pigkammaren de gånger de kom på besök bägge två. Var det så Arne tänkt sig, troligen inte, men så blev det.

När Arne och Ulla skilde sig så styckade Arne av husets stora tomt till tre. En nödvändighet för att kunna lösa ut Ullas del av huset. De två tomter som skapats skulle nu bebyggas. Det innebar att husets stora luftiga trädgård blev beskuren. De nya husen skulle komma väl nära tyckte många. Andra uppskattade att bebyggelsen förtätades och band ihop huset med den övriga bebyggelsen i byn. Precis som gamle direktören anat hade byn vuxit ut upp mot kullen och det fanns nu hus både på andra sidan stora vägen och även längre bort längs samma väg. På vägen in till byn hade alla tomter nu bebyggts och vi var inte längre en separat byggnad utanför. Nu var vi en del i den by som stadigt expanderat under åren efter kriget. När de avstyckade tomterna bebyggts skulle det binda ihop huset än mer med omgivningen. Den gamla jordkällaren försvann. Den låg på en av de nya tomterna. Men den hade inte använts på länge.

Byn hade utvecklats bra. Befolkningen hade nästan fördubblats sedan världskriget. Pappersbruket hade vuxit om möjligt ännu snabbare än Arnes finmekaniska verkstad. Dock fanns det orosmoln på himlen. Bruket hade nyligen köpts upp av en finländsk koncern och det ryktades om omstruktureringar i företagsgruppen. I värsta fall skulle man dra ner här i byn, till och med lägga ner hela verksamheten. Det skulle vara mer eller mindre en katastrof. Arnes och Annikas företag gick fortsatt bra. Men även där fanns en viss oro. Den konkurrens, från elektronik, som Annikas före detta man förutspått hade inte inträffat än men det hade börjat dyka upp elektroniska produkter som konkurrerade. Både Arne och Annika var fortsatt trygga med sin satsning på finmekanik och den starka marknadsorganisation de, eller rättar sagt Annika, byggt upp. Deras omsättning ökade och visade gott resultat. Men det fanns liknande inbrytningar från elektronikprodukter i andra branscher. Inbrytningar som nästan över en natt gjort de äldre finmekaniska produkterna förlegade nästan på en gång. Arne och Annika hade diskuterat hotet men stått fast vid sin tidigare strategi. Företaget var en finmekanisk verkstad och så skulle det förbli. Det var en åsikt som framförallt Arne stod för. Jag kände att Annika inte riktigt höll med. Jag anade en större oro hos de bägge än vad de yppade offentligt. Var det övertygelsen om att finmekanik var huvudspåret eller var det rädslan inför det nya som man inte visste hur man skulle hantera, visste jag inte. Jag misstänkte det senare. Företaget var mycket duktigt på finmekanik. Skulle man överge det och satsa på elektronik som ingen hade någon kunskap om? Jag tror att även om man kanske insåg att man borde gå den vägen så hade man ingen aning om hur man skulle gå till väga. Så man stod fast vid sin strategi.

Annika hade satt sin egen prägel på huset. Många möbler som Ulla och Arne inhandlat var utsorterade och ersatta med nya moderna möbler. Ulla hade varit förtjust i rena linjer och traditionella 50-tals möbler som stämde väl in med husets karaktär. De flesta av dessa åkte ut och in kom ett helt nytt möblemang från IKEA. Moderna låga soffor och fåtöljer med stålrörsram och stora mjuka kuddar och plymåer. En bokhyllevägg, med plats för barskåp och prydnadssaker. Det vackra matsalsbordet i teak ersattes med furumöbler med storblommigt tyg i kuddsitsarna. Det heltäckande bokhyllorna med de vackra bokbanden försvann från biblioteket och ersattes av ytterligare en uppsättning av myssoffor med plysch och stålrör samt en låg möbel dit tv:n flyttades in. Väggarna hade tapetserats med en sjögrästapet och i fönstret ut mot gården hängde gardiner i storblommigt tyg.

Ombyggnationen var nu klar på ovanvåningen. Förutom de nya rummen hade alla väggar försetts med moderna tapeter. Jag var inte helt övertygad om att direktören hade uppskattat vad man gjort med huset. Jag märkte att Arne inte heller var helt nöjd men hade lämnat över husets inredning till Annika. Han hade fått igenom sin ombyggnation med egna rum till alla barn. Att då protestera mot Annikas förändring av inredningen hade inte varit en strid värd att ta.

När allt var klart bjöd man in till en stor inflyttningsfest. En fest där alla på firman samt många andra prominenta invånare i byn var inbjudna. Varken Anders eller Per dök upp trots att Arne bönat och bett att de skulle komma. Per hade match och Anders var tvungen studera till en viktig tenta så det blev bara Arne och hans nya familj som bjöd in. Festen var lyckad. Annika var en strålande värdinna och charmade alla med sin uppenbarelse. Pianot hade blivit stämt och hon underhöll gästerna med trevligt spel sent på kvällen.

Annikas döttrar, Siv och Susanne, var docksöta och väluppfostrade flickor som uppförde sig väl. Jag anade en viss upprorisk ådra hos de bägge och en viss uppnosighet. De upplevde att de var lite för mer än alla andra. Det kunde i alla fall inte jag undgå att se. Jag undrade stilla hur det skulle bli om några år när de bägge var tonåringar. Så här på inflyttningsfesten var allt perfekt.

Gästerna var förtjusta i det nya möblemanget och den nya inredningen. I alla fall sa de så, något annat hade varit direkt oförskämt. Många av de yngre gästerna var också helt ärliga med sin beundran för det nya. Några av de äldre medarbetarna på firman hade tyst för sig själva beklagat sig över att de gamla vackra möblerna kastats ut och var inte lika förtjusta. Så är det väl alltid. Vissa tar till sig det nya direkt, vissa andra håller gärna fast vid det gamla. Ibland kanske för länge. Det som bekymrade mig var att många upplevde att husets charm hade gått förlorad. När direktören flyttade in hade han tagit med ett äldre möblemang som inte passade ihop med husets karaktär. När Ulla och Arne tog över hade de ersatt det gamla rustika möblemanget mot ett som var samtida med min byggnation och som många upplevde som en enhetlig inredning som gick i samklang med mig som hus. Nu hade de bytt ut möblemanget mot ett modernt med stålrör och plysch. Så om inredningen under direktörens tid var för ålderstiget var det nya för modernt. Aldrig var man helt nöjd.

Men jag ska inte klaga. Tiden med bara Arne hade inte varit bra. Han hade inte orkat bry sig. Nu hade Annika kommit in och som jag redan nämnt, hon älskade mig över allt annat och skulle ta väl hand om mig. Det kände jag.

# 22

# Annika
# 1976

Jag hade precis firat min 36:e födelsedag. Som vanligt numera med ett stort kalas i vårt vackra hus. Det hade blivit många fester sedan vi flyttade in. Jag trivdes med uppmärksamheten och att ha många vänner och bekanta omkring mig. Det har jag alltid gjort. Var de verkligen nära vänner, alla de som kom och åt och drack på vår bekostnad? Helt säker var jag inte. Vi hade blivit byns sociala medelpunkt. Ville man vara någon i byn skulle man bli bjuden till våra kalas samt givetvis även dyka upp. En viss avund kunde jag märka, framförallt från våra kvinnliga bekanta. Männen hade jag fortfarande full kontroll över. De hängde efter mig som utsvultna hundar. Patetiskt faktiskt. Det hade alltid varit så. Jag tyckte om uppmärksamheten men hade inget annat intresse, inte på riktigt. Fredrik valde jag för att han hade en spännande framtid. Arne för att han ägde ett intressant företag och ett vackert hus. Jag tror aldrig att jag varit förälskad. Jag tyckte om att bli beundrad. Gjorde det mig till en hemsk människa? Vissa skulle nog tycka så, men jag var nöjd med mina livsval. Mina pojkvänner och mina makar hade jag hanterat med stor respekt. Kände de till att jag inte var djupt förälskad? Troligen inte, de verkade alla ha varit nöjda. Fredrik övergav mig, jag övergav inte honom. Eller var det så att jag såg till att han lämnade mig. Inte helt uteslutet när jag tänker efter.

Troligen var det skälet till den allt mer växande avundsjukan från deras flickvänner och makar. De gillade inte sina respektives beundrade blickar för mig. Jag hade åldrats väl, tyckte jag själv i alla fall. Jag klädde mig fortfarande ungdomligt och gick i alla mina klänningar sedan många år tillbaka. Många retade sig nog på det med. När man kom upp i ålder skulle man anpassa sig. Jag vägrade förgumma mig. Det skulle jag aldrig göra.

Jag skilde även ut mig från de andra kvinnorna i byn med mitt arbete. Jag var ju delägare i den finmekaniska verkstaden tillsammans med Arne. Jag hade byggt upp en framgångsrik marknadsavdelning. Utan den hade verksamheten gått på kryckor, kanske till och med gått omkull, det var jag övertygad om. Framgången var till stor del min. Jag hade gått ut den vanliga grundskolan och hade ingen utbildning för det yrke och den position jag arbetat mig till. Det mesta gick att hantera med sunt förnuft. Marknadsteorier i all ära. När det kom till affärer var det trots allt relationer mellan köpare och säljare som avgjorde. Relationer som oftast baserades på att tycke uppstod mellan parterna och inte alls strikt affärslogiska resonemang. Jag hade även här gått ifrån konventionen och anställt flera kvinnliga säljare. Eftersom vi satsat allt på relationsskapande marknadsföring fungerade kvinnor bättre, i alla fall tyckte jag så. Det här var ytterligare en anledning till en växande avundsjuka, både från män och kvinnor i byn. Jag överhörde ett samtal där man påpekat att det inte var naturligt att kvinnor arbetade i liknande positioner. Vi skulle väl hålla oss hemma eller arbeta i sjukvård och andra omhändertagande yrken, tyckte man. En annan kommentar som gjorde än mer ont var att man påstod att vi sålde på vår kvinnliga fägring enbart. Det var därför alla säljare var unga vackra kvinnor. En djupt stötande åsikt som gjorde ont på djupet. Visst underlättade den kvinnliga fägringen för den första kontakten. Det var få män som sa nej till en fortsatt diskussion med en vacker kvinna. Men det var inte det som var grunden till vår framgång. Vi hade arbetat fram en argumentation som byggde på den nytta vi skapade för kunden och inte ett onödigt rabblande av tekniska specifikationer och detaljer. De män jag hade i min organisation tog inte riktigt till sig idén om att förklara nytta utan föll ofta tillbaka till att rada upp alla tekniska finesser, i en aldrig sinande rad. De kvinnor jag anställde tog till sig argumentation om kundnytta på ett helt annat sätt. Vilket också syntes i resultatet, de var överlägset bäst när det gällde att komma till affärsavslut. Jag var också övertygad om att den strategin hade motat bort den växande konkurrensen från liknande produkter baserat på elektronik. Den utveckling som min exmake hade förutspått. Medan de nya företagen överöste kunden med detaljer om elektronik, som ingen riktigt förstod, så fortsatte vi prata om kundnytta. Och än så länge fungerade det. Men det fanns en fara med elektroniken. Det var att den skulle bli mycket billigare på sikt. När kunderna insåg att de skulle få samma kundnytta till ett billigare pris skulle det bli ett stort problem. Jag hade tagit upp det med Arne flera gånger men han stod fast vid att vi var en finmekanisk industri och skulle så förbli. Innerst inne insåg jag att detta inte skulle fungera på sikt. Men just nu orkade jag inte argumentera emot. Jag var ingen tekniker och skulle vi byta teknisk bas måste vi ta in helt ny kompetens. För att lyckas med det måste jag få med mig Arne eller någon annan av teknikerna i firman. Jag var tvungen ta tag i det igen, just nu fick det vänta.

En annan elak kommentar var att jag skaffat mig min position helt och hållet sängvägen. Även om det smärtade anade jag varifrån det kom. Arne var tjugo år äldre och i ärlighetens namn ingen attraktiv man. När jag reflekterar över vårt förhållande, var det företaget och huset som lockat mig mest. Arne var snäll och trevlig men någon riktig passion hade jag aldrig upplevt och skulle nog heller inte uppleva. Han hade klivit in som en bra bonuspappa till mina döttrar. Min exman hade flyttat till staden och hörde allt mer sällan av sig. Han skickade födelsedagskort, julkort och skötte sitt underhåll. Nu var det många månader sedan han träffat barnen. Även om flickorna saknade sin pappa hade de tagit till sig Arne fullt ut. Hans pojkar kom förbi ibland på besök, men inte alls så ofta som Arne hoppats. Min relation till grabbarna fungerade också bra. För Per var det bara fotboll som gällde och även om mitt intresse egentligen var svalt så ansträngde jag mig att följa med och hänga med i diskussionerna. Han hade nu en fast position i stadens lag och hade dessutom varit uttagen till juniorlandslaget för några månader sedan. Det ryktades om att han skulle få ett erbjudande från något utländsk lag men det var än så länge bara rykten. Anders studier på läkarlinjen gick bra och han hade nu slutat med fotbollen. Jag kände mig en aning underlägsen när han kom på besök. Min ringa utbildning och hans avancerade studier fick mig att krympa ihop en aning i hans närvaro. Löjligt men ett faktum. Det låg bara hos mig, Anders skulle aldrig förringa mig för min lägre utbildning.

Någon riktig relation mellan grabbarna och mina flickor hade inte skapats. Det var för stor åldersskillnad. Som alltid i takt med att man blir äldre blir också skillnaden i ålder allt mindre. Om några år så kanske.

Jag var väldigt förtjust i pianot som lämnats kvar. En vacker möbel och ett underbart instrument. Om jag inte blev kvar sent på arbetet trakterade jag pianot nästan varje kväll. Susanne hade visat ett intresse för instrumentet och jag gav henne lektioner så gott jag kunde. En lärare på grundskolan, Tomas, hade erbjudit sig att ge oss bägge lektioner om vi var intresserade. Efter en stunds funderande kom han hem till oss en kväll i veckan. I första hand för Susanne men om jag hade tid så hjälpte han även mig med mer avancerade övningar av intresse. Det var en stor glädje för mig att kunna lägga tid på spelandet. Under de senaste åren hade mitt spelande stagnerat en aning. Med hans hjälp förnyades mitt intresse och jag upplevde att jag utvecklades på nytt. Susanne blev sakta allt duktigare. Siv var helt ointresserad trots att vi försökt få med henne också på lektionerna. Hennes intresse var hästar och hon tillbringade all sin lediga tid i byns stall. Ett intresse som jag inte alls förstod mig på.

Jag hade inrett huset med nya moderna möbler. De gamla teakmöblerna hade vi slängt ut. Många hade kommenterat att de stämt bättre överens med huset. Men jag ville ha en ny fräsch inredning och så hade det också blivit. Storblommiga tyger i härliga färger inramade våra fönster. Nya möbler i stålrör och stora pösiga kuddar skapade sköna och mysiga platser för samvaro. Vi hade nu tre olika sittplatser, vardagsrummet med striktare möbler som passade för trevligt samkväm med gäster. I det gamla biblioteket ungdomligare soffor och sittgrupper där vi hade vår tv. Den öppna spisen hade vittrat sönder och vi rev ut den och installerade en braskamin istället. Inte lika mysig kan jag tycka, men den gamla spisen gick inte att rädda. Dessutom var kaminen effektivare för uppvärmning. Den öppna spisen hade varit mer av en trivselbrasa. I källaren hade vi inrett en gillestuga där flickorna kunde ta hem kompisar och göra till sin egen lilla hörna. Gillestugan hade blivit en succé. Allt oftare tog flickorna hem kamrater och ordnade samkväm. Vi hade köpt ytterligare en tv som vi installerat där. Fördelen var att barnen kunde sköta sig själva utan att störa oss och våra gäster uppe i huset. En lösning som passade alla i familjen.

Vi hade även gjort om i trädgården. Vägen mellan byn och staden blev hela tiden allt mer trafikerad. Vi tog bort entrén ut mot stora vägen och satte igen den. Där fanns en hög häck. Nu fyllde vi på den så att vi fick en heltäckande vägg med träd ut mot landsvägen. Infarten på sidan om huset som ledde in till garageuppfarten behöll vi. Den blev nu vår enda entré in till trädgården och huset. Vi hoppades att träden, när de vuxit till sig, skulle dämpa trafikbruset.

Vid entrén in till garageuppfarten hade vi planterat två humleplantor på höga störar som växte upp mot skyn. Strax intill, en rosenbuske nästan hela vägen fram till huset. Humlestörarna och rosenbusken skapade en avskärmning mot vår nedre gräsmatta. Vilket gjorde den behagligare att vara på då ingen kunde titta in. Grabbarnas fotbollsmål och träningskoner hade jag tagit bort, trots Arnes protester. Det skulle vara enkelt att ta fram dessa om grabbarna någon gång skulle vilja träna igen. Vilket jag inte trodde skulle ske. Någon form av dåligt samvete för sina grabbar gnagde fortfarande hos Arne. Nu hade jag ju accepterat ombyggnationen på ovanvåningen. Att vi skulle behålla ett risigt fotbollsmål och några träningskoner som skräpade ner gräsmattan, det accepterade jag inte. Jag hade heller inte hört något om detta vid deras besök. På baksidan av huset hade vi flera fruktträd, två äppelträd, ett plommonträd och ett körsbärsträd. Arne hade inte brytt sig om dessa alls under hans tid som ensam brukare av huset. Jag älskade fruktträden och beskar och ansade dessa för bästa möjliga utdelning.

Huset var omdanat både inomhus och utomhus. Bara till det bättre. Nu när allt detta var på plats var jag tvungen att ta tag i elektronikproblemet, som jag kallade det, på vårt gemensamma företag. Nu gick det inte längre skjuta det på framtiden.

# 23

# Anders
# 1977

Nu hade vår kärnfamilj splittrats helt. Jag hade antagits till läkarlinjen i Lund för drygt ett år sedan. Inte mitt förstahandsval, men de jag hoppats på hade jag inte kommit in på. Per hade fått ett kontrakt med en fotbollsklubb i England och flyttat utomlands. Mamma bodde kvar i staden och pappa i byn. Så numera blev det enbart sporadiska besök till mamma och pappa när inte studier krävde helgjobb.

För en månads sedan hade jag och mamma åkt över till England och hälsat på Per. Han verkade trivas jättebra och hade fått komma med i startelvan vid flera tillfällen. Laget spelade i näst högsta divisionen och huserade strax söder om London. Vi hann med att se en match. Per hade spelat från start och stod för en assist. Jag var så stolt över min lillebror. Samtidigt saknade jag livet på fotbollsplanen. Det gick inte hålla tankarna borta, skulle även jag ha kunnat lyckas som fotbollsspelare. Nu var det som det var och jag trivdes bra med mina studier.

Under julhelgen skulle jag besöka pappa och hans nya familj. Det var länge sedan och han var väldigt nyfiken på mitt och mammas besök i England. Både han och mamma hade alltid varit väldigt intresserade av både våra studier och vår framfart på fotbollsplanen.

Jag tog bussen från staden ut mot byn. Numera fanns en busshållplats strax utanför huset. Mycket praktiskt. Det hade inte alltid fungerat tidigare när man önskat att den skulle stanna. Nu var det som sagt inga problem. Det var en lite längre helg och det skulle bli trevligt att få umgås både med Annika och hennes döttrar, men framförallt med pappa. Innan jag flyttade till Lund hade jag alltid haft en tät kontakt med mina föräldrar. Nu det blev det allt mer sällan som vi träffades.

På lördag skulle jag gå på bio med några gamla klasskompisar. En entusiast drev vidare byns biograf och skulle visa premiären på den omtalade filmen, Star Wars. Hade läst massor om den och var riktigt nyfiken. Dessutom hade jag äntligen tagit mig igenom dagboken jag hittade i trappstolpen och hoppades få en pratstund med pappa kring den. Handstilen var svårtolkad men jag hade nu läst igenom anteckningarna och det var en delvis beklämmande läsning. Berättade om en barndom som var långt ifrån den uppväxt som jag och Per haft, trots vårt skilda boende inom familjen. Hoppades att pappa kunde hjälpa mig med hur jag skulle kunna lämna tillbaka boken. Hade lite dåligt samvete att jag hållit den för mig själv så många år. Det var väl närmare sex eller sju år sedan jag hittade den. Konstigt hur åren bara kan rinna iväg sådär.

Huset hade verkligen förändrats sedan vi bodde här. Ombyggnationen hade skapat ytterligare ett sovrum. Nu hade vi alla egna rum. Men det kändes ändå som att man bara var på besök. Flickorna hade tagit över vårt gamla rum som delats på två. Jag och Per hade fått pigkammaren och arbetsrummet direkt uppe till vänster på ovanvåningen. Jag visste att pappa hade velat att vi skulle ha våra egna rum. Tanken hade varit god men det de rum som jag och Per nu delade på hade aldrig varit våra och nu kändes de verkligen som gästrum som vi lånade när vi kom på besök. Det var väldigt sällan som vi var där tillsammans så ofta utnyttjade vi pigkammaren båda två. Det var avskilt från de andra och nära till köket. Det var lätt att smyga ut och ta en nattmacka när man så kände. Samt om vi träffade kompisar nere i byn störde vi ingen annan när vi kom hem sent på kvällen.

139

Annika hade möblerat om, helt och hållet. Jag förmodade att det var Annika. Alla de möbler som mamma och pappa inhandlat hade slängts ut och ersatt med moderna stålrörsmöbler med stora mjuka kuddar. Gardiner och tyger var i storblommigt, murriga färger som var inne. Visserligen var det modernt och snyggt men jag saknade de möbler som inhandlats för att stämma överens med huset. Jag kom ihåg hur framförallt mamma argumenterat för ett möblemang som skulle stå i samklang med byggnaden. Jag hade varit duktig i slöjden och hade lärt mig känna igen ett gott hantverk. De möbler som nu åkte ut till soptippen var kanske omoderna men fantastiskt välbyggda. Välgjorda med vacker finish i ädla träslag. Som sagt lite stramt kanske och inte så modernt. Men allt har sin tid som pappa brukade säga. Jag kunde inte undgå att undra om inte de gamla möblerna förtjänade ett bättre öde än att slängas.

Annika var lättsam och charmant. Hon hade alltid varit flirtig, även mot oss grabbar. Vilket vi inte varit bekväma med i början. Sedan hade vi insett att hon var så mot alla och vant oss. Hon såg bra ut för sin ålder. Nu var hon ju inte gammal, men ändå. Hon klädde sig ungdomligt och jag kunde tycka att det blev patetiskt. Att klä sig som en tjugoåring när man var drygt 35 kändes ibland pinsamt. Men hon var lättsam och charmant och lätt att ha att göra med. Pappa hade bara några år kvar till sextio och hade trots sin yngre ärtiga fru gubbat till sig en aning. Han klädde sig och betedde sig verkligen som en sextioåring vilket var beklämmande. Vi hade flera gånger försökt få honom att föryngra sin garderob, utan resultat. Jag förstod inte riktigt vad Annika såg hos honom men de verkade vara lyckliga tillsammans. Annika levde för företaget och för vårt fina hus. Det kanske räckte för henne. Hon var jätteduktig på marknadsföring och utan henne hade firman gått omkull, hade pappa sagt flera gånger. Jag hade försökt prata med henne om företaget men hon vek alltid undan när det kom på tal. Det verkade som om min utbildning satte mig på några höga hästar. Något hon inte kunde hantera. Löjligt, men jag fick aldrig till en bra diskussion kring firman.

Både Arne och Annika var intresserade av idrott. Under de senaste åren hade intresset varit på topp kring Björn Borg och Ingemar Stenmark. Våra två superstjärnor. När de spelade var familjen alltid bänkad i tv-rummet, som nu var utflyttat till det gamla biblioteket. Nere på firman hade man också installerat en tv och när Ingemar åkte stod verksamheten stilla, hade pappa berättat.

Så var det dags för premiären av Star Wars. Att byn fortfarande hade en biograf var i sig anmärkningsvärt. Malte, en gammal entusiast hade drivit den vidare trots att det egentligen inte fanns något underlag kvar. Han hade bra kontakter och lyckades alltid få tag i intressanta filmer att visa. Officiellt hade filmen haft premiär den 16:e december på bara tre biografer. Hur Malte lyckats få tag i en av filmrullarna för att visa den här i byn var helt omöjligt att förstå. Men han hade överraskat förut.

"Hej Malte, kan du inte visa den här filmen imorgon också?" undrade en av mina kamrater när vi kom till biografen.

"Tyvärr, den här måste jag lämna tillbaka ikväll. Att vi överhuvudtaget fått låna den är magiskt."

Filmen var en upplevelse. Bland det bästa jag sett, vilket mina kompisar höll med om. Att vi sett den så här tidigt efter premiären var något vi skulle kunna imponera med.

När jag kom tillbaka upp till huset blev jag sittande med pappa och Annika. Det var uppenbart att de haft en infekterad diskussion.

"Ni verkar inte vara helt överens" sa jag frågande.

"Det stämmer, vi har ett problem som vi diskuterat flera gånger. Produkterna vi tillverkar börjar få konkurrens av elektronik. Jag vill att vi anställer elektronikkonstruktörer och tar fram en ny serie produkter. Din pappa vill att vi fortsätter på det finmekaniska spåret. Frågan är inte helt lätt. Har du någon åsikt?" sa Annika och vände sig till mig.

"Tyvärr är jag inte insatt nog att svara på det. Jag har förstått att elektronik vinner intåg i allt fler områden. Så det kanske är värt att i alla fall fortsätta diskussionen. Som sagt, ni behöver prata med någon med bättre kunskap." sa jag lite diplomatiskt.

"Där ser du, din son tycker också att vi borde gå den här vägen" sa så Annika och reste sig tvärt från bordet.

Kvar blev jag och pappa som tittade förebrående på mig. "Du gav mig inte mycket stöd. Problemet är att ska vi byta från finmekanik till elektronik krävs stora summor pengar. Pengar som vi inte har. Även om Annika, med ditt stöd, har rätt är det inte så enkelt."

"Måste ni ta beslutet nu? Eller kan ni vänta?"

"Om elektroniken tar över behöver vi ta beslutet ganska omgående. Vi har ett bra rykte på våra befintliga produkter. Jag tror vi kan klara oss utan att gå den vägen" sa pappa med en bekymrad skakning på huvudet.

Uppenbarligen hade man diskuterat detta flera gånger. Det var inte första gången det här var på tapeten. Men jag kunde inte hjälpa till.

"Jag har en annan fråga som jag skulle vilja diskutera. Låt mig hämta en sak först" sa jag och gick iväg till mitt rum

Jag kom tillbaka med dagboken och berättade hur jag hittat den gömd i trappstolpen för många år sedan. Att jag sedan glömt bort den och sedan tagit med den hem för att försöka förstå vad det var. Jag berättade att jag misstänkte att den hört till någon av direktörens barn. Den berättade om en tuff uppväxt.

"Vet du något mer om vad det kan vara?" undrade jag och räckte över boken.

Pappa berättade om att direktören haft en son som rymde hemifrån. Han hade varit konstintresserad, hade ingen förståelse för sina intressen från sin pappa och rymde när han misslyckades med realen.

"Borde vi inte lämna tillbaka den, tycker du?" frågade jag försiktigt.

"Jo, jag vet bara inte hur. Sven som han hette hördes aldrig av efter att han rymt hemifrån. Ingen vet vart han tog vägen. Hans storebror Bengt flyttade till USA och bor där än idag vad jag vet. Han hade en lillasyster som flyttade till staden och öppnade en syateljé. Henne kan vi kanske hitta, om du är intresserad?"

"Vilken knepig familj. När man läser den här och hör vad du berättar inser jag vilken fantastiskt bra uppväxt du och mamma gett oss. Ja, jag skulle vilja lämna tillbaka den här. Ska vi hjälpas åt med det?" sa jag och så kramades vi god natt. En kram som kändes så viktig där jag fortfarande höll dagboken i min hand.

# 24

# Susanne
# 1979

Jag var nu femton år gammal. Det här var sista året på grundskolan här i byn. Nästa år ska jag börja på gymnasiet inne i staden. Jag kommer att pendla med buss varje dag, alternativt hyra ett övernattningsrum. Pappa bor inte längre kvar utan har flyttat upp till Stockholm. Gymnasiet är ett stort steg som är både oroande, samtidigt också en längtan. En längtan till ett annat liv utanför byn. Tjejerna i klassen pratar inte om något annat. Bortsett från killar vill säga.

Killar hade upptagit våra funderingar de senaste åren. Den nya inredningen i vårt hus med vår stora gillestuga nere i källarplan var perfekt som möteslokal. Hit kommer både pojkar och flickor i min egen ålder för att hänga. Att rummet ligger i nedre plan och är avskilt från resten av huset och de vuxna har gjort det till byns populäraste tillhåll.

Farbror Arne hade inte varit helt förtjust i att vi lät hållas där nere men mamma ville att vi skulle få rå oss själva, och så blev det. Det var inte ofta som det inte blir som mamma ville. Här hade jag pussat på en kille för första gången, en upplevelse som lovat mer. Som tyvärr inte blivit något mer. I alla fall inte än.

Min lillasyster, Siv, hade varit helt ointresserad av våra träffar. Hennes intresse var helt fokuserat på hästar, killar var inget för henne alls. I ärlighetens namn hade mitt intresse för pojkar vaknat relativt sent det också, jämfört med vissa av mina kompisar. Så gav jag bara Siv några år till så skulle nog hästarna bytas ut mot killar även där. Man vet ju aldrig. Det fanns några äldre tjejer i byn som fortfarande höll på med hästar, dagarna i ända, trots att de var närmare arton år gamla.

Vi hade inte varit helt förtjusta i våra rum på övre plan när de byggdes. Både jag och Siv hade gärna fortsatt att kampera ihop. Det hade varit så mysigt att ligga och prata i mörkret innan man somnade. Nu så här fyra år senare var jag glad att vi fått våra egna rum. Vi var inte längre på samma våglängd just nu. Jag hade rummet mitt emot badrummet medan Siv hade rummet ut mot gatan, som man kom till via den nya korridoren på sidan om mamma och farbror Arnes rum. Sivs rum var fyllt av bilder och planscher på hästar medan mitt rum var fyllt av bilder på Ted Gärdestad, Mikael Jackson och The Beach Boys. I hemlighet gillade jag även ABBA. De var stora utomlands men inte så populära bland ungdomar här i Sverige. Att säga att man gillade ABBA var inte så klokt. Då blev man stämplad som tönt, så jag lät bli. Men jag gillade deras musik. Mamma hade nästan alla deras plattor.

På tal om killar så hade jag två halvbröder som kom på besök då och då. Per och Anders var båda drygt tjugo år och vi hade ingen närmare relation. Framförallt Per var faktiskt en läckerbit. Fick man säga så om sin halvbror. Nu är han ju inte riktigt en halvbror, mer en plastbror. Förutom att han var snygg var han dessutom en lokal idol i byn. Hans framgångar i fotboll hade blivit hela byns angelägenhet. Alla mina kompisar ville bli hembjudna när han var på besök. Det var direkt pinsamt. Det kändes så fel. Dessutom kom han allt mer sällan hit. Han hade nu fått plats i ett nytt lag i England som spelade i högsta divisionen och var snart given i svenska landslaget, trodde alla.

Anders läste till läkare, precis som sin mamma. Han hade också varit duktig i fotboll men hade valt studier istället. Han var också en stilig kille, men inte alls på samma nivå som sin lillebror. Han var stelare och svår att prata med. Per kunde man alltid prata fotboll med. Vad skulle man prata om med en som läste till läkare. Jag visste i alla fall inte.

Killarna hade fått det stora rummet direkt till vänster om trappan på övervåningen och den gamla pigkammaren tilldelade. De hade inte riktigt flyttat in. Oftast använde de pigkammaren när de kom på besök. Endast om de var hos oss bägge två användes rummet på övervåningen. De hade inte kvar några personliga tillhörigheter alls i huset utan rummen förblev opersonliga. Det kändes alltid som att de var gäster på besök när de kom, trots att huset varit deras barndomshem. Jag undrade om de kände likadant?

Mamma hade alltid varit positiv och charmig. Alla män både unga och gamla beundrade henne. Både jag och min lillasyster såg också upp till henne. Men på sista tiden hade hon blivit direkt pinsam. Hon klädde sig lite väl ungdomligt. Det var inte så roligt att få fräcka kommentarer om sin mamma från ens killkompisar. Att hon sedan hade nästan samma kläder som jag och mina väninnor började kännas, som sagt, pinsamt. Samtidigt så ville jag absolut inte att hon skulle bli en gumma, som de flesta av mina kompisars mammor var.

En gång i veckan kom Tomas hem till oss för pianolektioner. Att han var betuttad i mamma var helt uppenbart. Han var märkbart besviken de gånger som det bara blev lektion med mig. Så var det med alla pojkar och män i hennes närhet. Hon var flirtig mot alla, hade alltid varit. I mina yngre år hade jag sett upp till det och ville gärna bli likadan. Jag ville också bli en kvinna med en stor skara av beundrare omkring mig. Nu var jag inte lika säker. Just nu ville jag bara att hon skulle bli lite mer av en vanlig mamma. Men inte en gumma så jag var lite, vad heter det nu, ambivalent, tror jag det heter. Gärna en vanlig mamma, men en mamma som var lite ärtigare än de andra och som inte blev som många andra en gumma.

Farbror Arne hade alltid varit just farbror Arne. Mamma ville att vi skulle kalla honom pappa. Det passade bara inte, även om vi försökt, så farbror Arne förblev det. Han var schysst fast gammeldags. Så var han ju också tjugo år äldre än mamma. Vad mamma såg hos honom förstod jag inte, han var inte snygg och hade en lite säckig hållning. Men det finns mer än bara utseende har jag förstått. Han var vd på företaget där mamma jobbade och han tog med sig det här fantastiska huset in i förhållandet. Mamma var nöjd med det. Var mamma nöjd så var även vi nöjda. Huset var fantastiskt. Vi hade det coolaste huset i hela byn. Förutom vårt mysrum nere i källaren var även våningen ovanför jättetrevlig. Mamma hade kastat ut de gamla mossiga möblerna som fanns när vi flyttade in. Nu fanns det två sköna sittgrupper. En i det som tidigare var ett bibliotek som nu var tv-rum med vår stora tv. Vi hade en liten tv nere i gillestugan men det var en helt annan känsla att titta på film på den stora. Vi hade köpt en videospelare som tog VHS kassetter för två år sedan. Vi var först i byn med en sådan, idag hade nästan alla en likadan. Nere i byn hade det gamla fiket börjat hyra ut och sälja filmer. Mamma och farbror Arne tittade inte så mycket på tv. Förutom idrott då. Ofta kunde vi sitta i tv-rummet och titta på film utan att störa de vuxna inne i finrummet. I finrummet fanns ytterligare en sittgrupp, den var finare och inte lika inbjudande till att bara mysa ihop sig i med sina kompisar. Däremot fanns där en riktigt bra musikanläggning med skivspelare, en bandspelare och två stora häftiga högtalare. Tyvärr var det inte så ofta som vi kunde använda den, bara när de vuxna inte var hemma någon kväll. Nere i gillestugan hade vi en liten skivspelare så vi var inte helt utan musik men ljudet var inte alls i samma klass som den i finrummet. I övrigt var huset vilket hus som helst. Övervåningen var sovrum och badrum och användes bara till just sovrum. All samvaro med familj eller kompisar skedde på nedre plan och i vår gillestuga. Husets trädgård hade krympt ihop en aning. Farbror Arne hade sålt av delar av tomten och det skulle byggas nya hus ganska nära vårt eget. Både väster om och söder om vårt hus pågick byggnadsarbete. Inget som störde mig men mamma beklagade sig ibland för oljudet som kom från byggena. Huset var verkligen i toppskick inomhus, rabatterna och trädgården var vackra. Jag uppskattade det trots att de flesta av mina kompisar inte begrep något alls när det gällde trädgård. De hade allt fokus på häftiga ljudanläggningar, kläder och som sagt killar.

Jag förstod att det börjat gå sämre för byn. Det stora pappersbruket hade dragit ner och det fanns rykte om att anläggningen skulle läggas ner helt och hållet. Även mamma och farbror Arnes företag gick sämre. Ett av husen som börjat byggas intill vårt hade stoppat byggnationen, i väntan på, jag vet inte vad. Att det skulle bli bättre förmodar jag. Många av mina kompisars föräldrar arbetade på pappersbruket och var oroliga för om de skulle kunna behålla sina anställningar. Det fanns inga andra arbeten i byn utan då skulle man behöva söka sig till staden. Både för arbete och bostad.

Jag överhörde ett samtal mellan mamma och farbror Arne en kväll. De var uppenbart inte överens, vilket jag aldrig varit med om tidigare.

"Vi måste satsa på elektronik, gör vi inte det går vi under" sa mamma. Det gjorde ont i min mage när jag hörde det. Vad innebar detta? Jag höll andan och fortsatte lyssna.

"Hur ska vi klara det? Det krävs pengar, pengar som vi inte har" svarade farbror Arne.

"Kan vi inte låna pengar, vi har väl en bra relation till banken?"

"Jo kanske. Även om vi får pengar, har vi kunskapen som krävs? Jag kan inget om elektronik, och det finns ingen annan heller på firman som vet något."

"Om vi inte går den vägen tycker jag att vi ska sälja firman. Vi har fortfarande kunder och en hyfsad verksamhet."

"Vad ska vi göra om vi säljer?"

"Jag har blivit erbjuden ett spännande arbete inne i staden. Ett företag som vill ha en ny försäljningschef. Ryktet om vad vi lyckats med har skapat intresse för det vi gjort. Du kan erbjuda dig att jobba kvar och pendla hit till byn de år du har kvar till pensionen."

"Hur länge har den här diskussionen pågått. Varför har du inte berättat tidigare?"

"För att jag egentligen vill fortsätta med vår egen verksamhet. Men jag kan inte acceptera att vi sakta går under när jag får en sådan här chans. Spetsar vi till det så antingen satsar vi på elektronik eller så går jag vidare till ett nytt arbete."

Jag insåg att jag slutat andas och blev alldeles kall inombords. Vad var på väg att hända? Skulle vi flytta ifrån det här vackra huset? Samtidigt skulle jag ändå börja i gymnasiet inne i staden till hösten, så jag var kanske på väg att flytta i alla fall. Jag smög sakta upp till mitt sovrum utan att mamma och farbror Arne förstått att jag tjuvlyssnat. Jag hade svårt att somna men till slut kom en orolig sömn.

# 25

# Arne
# 1980

Det här året hade varit en enda lång katastrof. I januari kom ett besked om att pappersbruket skulle läggas ner. Det rykte som cirkulerat en längre tid visade sig bli verklighet. Ägarna skulle koncentrera verksamheten till färre enheter och byns anläggning fanns inte med på den kartan. Beskedet hade väckt bestörtning. Bruket var byns överlägset största arbetsgivare. Dessutom drabbades ännu fler indirekt.

Endast två månader senare upphörde beställningarna till vår finmekaniska verkstad, nästan över en natt. Det hot som Annikas exman målat upp, och senare Annika påpekat flera gånger, om nya elektroniska produkter från Asien var med ens en reell verklighet. Kunderna kunde köpa produkter med samma funktion som våra för bara halva priset. Inte ens våra erkänt duktiga säljare kunde motivera kunden att betala dubbelt så mycket för samma funktion. Vi hade levt på lånad tid då konkurrenterna precis som Annika länge påpekat bara rabblat tekniska specifikationer medan vi argumenterat för nyttoeffekten. När de nu tagit till sig att berätta om nytta de med, blev prisskillnaden uppenbar och vi tappade med ens, i princip all försäljning. Nu gjorde vi ju också en del mindre arbete inom traditionell finmekanik, den hade vi kvar. Men den stod för en liten del av verksamheten. Sammantaget innebar detta att vi var tvungna att göra oss av med nästan hela arbetsstyrkan.

Så två av de största arbetsgivarna hade mer eller mindre upphört på några få månader. Byn verkade ha en tung tid framför sig.

Nästa katastrof för mig var att Annika accepterat ett arbetserbjudande från ett företag i Linköping. Annika tyckte att jag skulle sälja min andel av firman och flytta med henne dit. Det kändes tungt. Vad skulle jag göra då? Jag hade fem år kvar till pension och finmekanik var allt jag kunde. Dessutom var jag inte riktigt säker på om hon verkligen ville att jag skulle följa med.

Vi hade levt ihop i fem år både med vårt företag och vårt vackra hus. Det hade varit bra, till och med mycket bra. I början hade jag känt ett styng av svartsjuka när Annika fortsatt var flirtig och höll alla karlar, både yngre och äldre, i ett fast grepp. Jag hade insett att det var så hon var och inget som påverkade vårt förhållande. Som jag sa, vi hade haft ett antal fantastiska år tillsammans. Men kittet i vårt förhållande hade varit firman och huset, inte vår personliga relation. Nu när varken firman eller huset fanns kvar så insåg vi bägge att det var lika bra att gå skilda vägar. Vi var inte ovänner utan vi insåg bara att vi inte kunde fortsätta tillsammans. Det blev som med Ulla. Vi hade inte heller varit ovänner utan bara konstaterat att vi skulle gå vidare var för sig.

Vi hade lagt ut huset till försäljning och Annika fokuserade på att flytta. Hon hade hyrt en lägenhet i Linköping. Flickorna skulle följa med. Susanne skulle byta gymnasium och Siv skulle börja första ring i sin nya stad.

Gunnar, kommunkillen som tidigare visat ett stort intresse för huset hade lagt ett bud som vi motvilligt accepterat. Priserna var helt förståeligt bara en bråkdel av tidigare nivåer nu när nästan inga arbetstillfällen fanns kvar i byn. Jag köpte ut Annikas del av firman för en symbolisk penning.

Jag tänkte arbeta kvar i verkstaden. Tillsammans med tre av trotjänarna skulle vi fortsätta med vår traditionella finmekanik. Den verksamhet som fortfarande löpte vidare. Vi kunde sitta kvar i våra lokaler även om det blev stora ytor som inte utnyttjades. Själv hade jag hyrt en lägenhet nere i byn med gästrum för mina pojkar, när de kom förbi.

Det fanns en del att reflektera över där jag satt i min nya ödsliga lägenhet. Två förhållanden som bägge strandat. Inte på grund av osämja utan för att vi av olika anledningar hamnat ifrån varandra. Ulla med sitt arbete i staden och Annika med sitt nya arbete i Linköping. Det var lika mycket mitt fel. Jag hade kunnat flytta med Ulla till staden och pendlat till byn på samma sätt som hon de första åren pendlat. Vi hade haft ett bra äktenskap, trivts bra i varandras sällskap, samt varit passionerat förälskade när vi flyttade ihop. Vi hade bägge älskat vårt fina hus och det var till stor del min kärlek till huset som avgjorde att jag inte flyttade med in till staden. För visst hade jag kunnat pendla till firman, det hade inte varit ett stort problem. Firman och huset hade tillsammans gjort att jag hållit fast vid byn. I ärlighetens namn saknade jag fortfarande Ulla. Vårt förhållande hade varit passionerat på ett sätt som mitt förhållande med Annika aldrig blivit.

Annika hade varit en frisk fläkt på firman. Hon var både vacker, charmig men framförallt duktig. Utan hennes insatser med att bygga upp marknadsavdelningen hade företaget med all säkerhet gått omkull långt tidigare. Givetvis hade jag varit förbluffad över att hon ville flytta ihop med mig. Hon var tjugo år yngre. Jag vet att det pratades en hel del. Vi fungerade bra ihop både arbetsmässigt och privat. I ärlighetens namn någon passion oss emellan hade det aldrig varit. Inte på samma sätt som med Ulla. Det hade ibland känts som om det var firman och huset hon valde och inte mig. Inte helt rättvist men en liten sanning fanns det nog i det.

Jag hade inte varit duktig på att ta hand om huset när Ulla bodde i staden och efter att vi separerat. Ulla och Annika hade varit de som format huset till att bli den trevliga träffpunkt som det var. Ulla hade inrett med, för huset tidstypiska möbler, vilket skapat en harmonisk enhet. Annika hade slängt ut de gamla möblerna och inrett med moderna möbler, allt från IKEA. Hon hade skapat mysiga sittplatser för samvaro både för oss vuxna och flickorna. När vi kommit så långt att vi beslutat oss för att gå skilda vägar hade jag insett att huset borde få en ny ägare. Jag hade inte lyckats ta hand om det själv och insåg att det skulle jag inte klara av nu heller. Att vi lyckats sälja huset till kommunkillen Gunnar kändes bra. Jag visste sedan tidigare att han alltid varit förtjust i det och skulle ta väl han dom det. När vi delade upp bohaget kände jag ett styng av saknad efter de vackra möbler som jag och Ulla köpt in. De var körda till tippen, tråkigt nog.

En annan fråga som gnagde var hur jag hanterat firman. Både Annikas exman och senare Annika hade tidigt påpekat att vi stod inför ett teknikskifte. Våra finmekaniska produkter skulle tas över av elektronik. Hade vi kunnat agera annorlunda. Addo och Facit var två svenska företag som även de levt gott på finmekaniska produkter men som i dag hade stora problem, precis som för oss med konkurrenter i form av elektronik. LM Ericsson var i grunden också ett finmekaniskt företag men hade under de senaste åren arbetat hårt med att ta fram en ny generation av datoriserade och elektronikbaserade produkter. Så hade man också starka finansiella ägare som kunde bekosta ett teknikskifte. Hade vi haft det, eller skaffat oss starka och stabila ägare hade vi kanske också klarat det som Ericsson nu verkade vara på väg att hantera. Eller skyller jag bara ifrån mig när jag tänker så. I grunden var det största problemet att jag var mekaniker, en duktig sådan, och det ville jag fortsätta med. Datorer och elektronik kändes främmande. Det var det grundläggande problemet. Nu var det som det var. Jag hade schabblat bort ett fint företag. Det var tveksamt om jag kunnat hantera en omställning ens om jag velat. Nu räknade jag med att fortsätta med mekanik fram till min pension. Så fick det bli.

Byn hade förändrats. De tråkiga beskeden hade påverkat både stämningen samt samhället som sådant. Allt fler hus började stå tomma när gamla trotjänare lämnade för nya arbeten i staden eller på andra orter. Fiket skulle slå igen. Konsumbutiken lika så. Kvar blev en ICA-handlare. Han byggde om med ett litet fik inne i butiken där man även kunde lämna in tipskuponger och spela på hästar. Det blev inte alls lika mysigt som det gamla fiket. Inte på långa vägar. Uppförandet av de hus som börjat byggas på de avstyckade tomterna hade avstannat. Tveksamt om det skulle bli något annat än källargrunder. De skapade ett sår i stadsbilden och skämde vår omgivning. Man kan förstå ett ingen ville bekosta och bygga klart ett hus om man inte hittade arbete i byn. Jag förstod att vi var lyckligt lottade som fått vårt hus sålt med tanke på allt.

Jag vinkade av Annika och hennes två döttrar i början av augusti och flyttade till min nya lägenhet. Tråkigt men ganska kliniskt. Vi hade levt ihop för företaget och huset. Nu när dessa inte fanns kvar var avskedet oss emellan bara en formsak. Ja, inte bara en formsak, men nästan.

Det som jag såg fram emot nu var resan till London. Vi skulle åka ner och hälsa på Per. Till min överraskning hade Anders övertalat Ulla att följa med. Helt plötsligt skulle hela min gamla familj samlas på nytt. Samlas på nytt i London. Jag och Ulla hade bara träffats ett fåtal gånger sedan separationen. Jag såg fram emot resan.

Londonresan skulle bli jättetrevlig. Jag behövde den efter alla tråkigheter hemma i byn. Vi skulle gå alla fyra på musikal i London och sedan titta på säsongspremiären i fotboll. Per var nu en etablerad spelare och given i startelvan i sitt fotbollslag. Han hade ordnat VIP-biljetter till matchen. Resan var jättelyckad, det kändes som om jag var på dejt på nytt, med min före detta fru. Nygammalt som jag hört någon kalla det. Åren försvann nästan direkt när vi träffades och umgänget var otvunget och mysigt.

När vi samlades sista kvällen för en avskedsmiddag tog Anders upp den upphittade dagboken på nytt. Ulla hade bara hört om den som hastigast och blev mycket intresserad.

"Har vi någon plan hur vi kan hitta direktörens barn?" frågade så Ulla som uppenbart ville se lite aktion.

"När vi köpte ut Bengt och Anna från företaget hade jag kontakt med bägge två. Bengt bodde då kvar i Amerika. Det är drygt tio år sedan, ja kanske till och med ännu mer. Jag är ganska säker på att jag har kvar adresserna till både honom och Anna."

154

"Då tycker jag vi gör så här. Du skriver ett brev till Bengt så får vi hoppas att han bor kvar på den adressen. Jag kan ta på mig att leta efter Anna när jag kommer hem igen. Ge mig adressen så ska jag leta hemma i stan. Hur svårt kan det vara?" konstaterade Ulla.

"Det finns eventuellt några problem trots allt. Bor Bengt kvar på adressen pappa har? Finns Anna kvar i staden? Har hon gift sig och bytt efternamn? Men vi har inget att förlora på att försöka" påpekade jag lite försiktigt. Innerst inne var jag jätteglad.

"I dagboken står ju om en Birgit också. Hon var väl piga hos direktörens familj. Vet du vad som hände med henne? Hon kan också veta något."

"Bra idé. Jag ska prata med Nils på firman. Han har varit med sedan starten och var nära direktören. Han lever fortfarande och bor i ett äldreboende i byn."

"Utmärkt, då har vi en plan. Vi jobbar på några veckor så stämmer vi av. Vi kan väl ses hemma hos mig" sa Ulla med ett varmt leende mot både mig och våra pojkar.

Trevligt, jag hade inget emot att ta upp kontakten med Ulla på nytt. Pojkarna verkade också förtjusta över att vi hittat tillbaka till varandra om än bara som goda vänner. Helt plötsligt kändes inte året enbart som en katastrof längre, utan gav löfte om något mer.

# 26

# Huset
# 1981

Så var det dags för nya ägare igen. Det verkar som om jag alltid kommer till tals i samband med dessa ägarbyten. Inte mig emot, men jag har egentligen mer att berätta hela tiden. Men det är upp till författaren, jag fogar mig.

Som jag sa för sex år sedan såg jag fram emot när Annika flyttade in tillsammans med Arne. Arne hade vare sig ork eller talang för att hålla mig fin och prydlig. När han och Ulla separerade hade det skett en försämring. När Annika kom in så fick jag en kraft som formligen älskade mig. Hon tog hand om inredning och trädgård. Visserligen slängde hon ut alla gamla fina möbler som Ulla och Arne införskaffat, och köpte nytt. Men hon såg till att det blev trevligt. Huset levde upp och det var många trevliga bjudningar och fester. Det verkade som om Annika inte kunde få nog av det. Hon var som bäst när hon stod värdinna för dessa sammankomster. Alla beundrade henne, även om en del tjejer muttrade och tyckte att hon flirtade väl friskt med deras pojkvänner och äkta makar. Men hon hade inte någon baktanke utan det var så hon var. Något som till slut accepterades av alla.

Nu skulle jag på nytt få en ägare som älskade mig. Gunnar hade redan som barn beundrat bygget av mig och hade varit på besök när direktören ansökte om bygglov för att bygga ut finrummet. Men det skulle ske en del förändringar.

Han började med att slänga ut oljepannan och gick över till eluppvärmning. En åtgärd som även Arne diskuterat men det hade aldrig blivit av. Dessutom rev han ut de heltäckningsmattor som Arne och Ulla lagt in. Han ville åter ta fram det vackra parkettgolv som låg både i biblioteket och finrummet. Han tyckte inte om den ombyggnad som Arne genomfört på övre plan. Han skulle återställa ovanvåningen till originalritningarna. Ett bra beslut. De flesta besökare hade upplevt ombyggnationen som en försämring. Rummen blev väl små. Korridoren rakt fram när man kom uppför trappan var mörk och dyster. Det hade varit en hederssak för Arne, alla barn skulle få egna rum. Nu hade aldrig hans pojkar haft egna rum tidigare och nu när de fick det hade de redan flyttat hemifrån. Gunnar skulle också renovera badrummet samt fasaden och fönstren. Badrummet hade hängt med länge och var i stort behov av en 'remake', som man sa på engelska. Fönstren hade gistnat och torkat och var i behov av renskrapning, puts och inoljning. När det gällde fasaden hade putsen släppt och blivit missfärgad fläckvis runt huset. Annika hade varit fokuserad på inredning och trädgård. Möbler och inredning hade varit nästan en passion. Trädgården och rabatterna lika så. När det kom till de tråkigare uppgifterna som inte gav lika synbart resultat hade hon inte varit lika entusiastisk. Så det var inte så konstigt att fasad och fönster blivit eftersatta. Jag var mer förvånad över att hon inte renoverat badrummet. Det var trots allt en viktig del som skämde när folk kom på besök.

Gunnar skulle stenlägga gården framför huset. Jag tyckte att gruset som låg på garageuppfart var trevligt men han ville ha en snygg stenläggning. Så han hade köpt hem ett parti med gatsten som låg bredvid uppfarten. I väntan på att bli utlagd.

Vad jag förstod så tänkte han göra nästan allting själv. Han var, med sina egna ord, händig och behövde inte hjälp av hantverkare. Nu hade leveranser av material kommit och lastats av på sidan av garageuppfarten. Många hade skakat på huvudet och undrat varför han skulle ge sig på allt detta på en gång. Om Arne varit bestämd på att bygga om till fler sovrum så var

Gunnar minst lika bestämd när det gällde de här projekten. En byggfirma hade varit på plats och monterat byggnadsställningar på ena sidan av huset. Allt för att kunna arbeta med fasad och fönster. Helhetsintrycket just nu var allt annat än trevligt. Ett hus på andra sidan stod tomt efter nedläggningarna i byn. Bägge tomterna som tidigare hört till huset hade halvfärdiga byggnationer som stannat upp. Det hade inte blivit mer än källargrunder. Även det på grund av alla uppsägningar från pappersbruket samt Arne och Annikas firma. Tillsammans med allt byggnadsmaterial som lämpats av på tomten samt byggnadsställningarna på ena sidan av huset såg det ut som en, ja jag vet inte vad. Någon hade sagt soptipp, det var ett väl starkt ord tyckte jag. Men som sagt, helheten var rörig. Ulla hade varit noga med att det var helheten som räknades. Att det var snyggt och fint på vissa områden skämdes av att helheten inte var trevlig. Fick bara hoppas att det inte skulle vara så länge. För som det såg ut nu, såg jag mer ut som en fallfärdig byggnad än det stolta hus jag varit, och fortfarande var, hoppades jag.

Gunnar var gift med en liten försagd kvinna som hette Anita. Om hon skulle kunna axla Annikas roll var jag mycket tveksam till. Hon tog inte mycket plats, gick ofta tyst bakom sin man och höll med honom de gånger han frågade något direkt. Eller han frågade inte, han sa vad han tyckte och vände sig till henne för att få medhåll. Vilket han alltid fick. Så annorlunda mot den friska fläkt som Annika varit. Ja hon levde inte upp till någon av de kvinnor som tidigare bott i huset. Om hon skulle ta kommando när det gällde inredning, trädgård var jag tveksam till. Mitt hopp stod till Gunnar även här. Men det var för tidigt att veta säkert.

De hade inga barn och vad jag förstod skulle det heller inte bli några. Det var någon sjukdom som gjort det omöjligt. Det var tråkigt. Barn bidrar till trivsel och atmosfär. Till och med mer än vad de vuxna gör. Så skulle det inte bli den här gången.

Neddragningarna i byn hade lagt sordin på hela samhället. Många av de yngre flyttade in till staden eller andra orter där arbetstillfällen fanns. Kvar blev en äldre befolkning. Män och kvinnor som levt länge i byn och inte kunde tänka sig riva upp sina rötter. De äldre som fick nytt jobb inne i staden valde att dagpendla till sina arbeten. De yngre flyttade närmare arbetsplatsen. Fiket hade stängt och en av de två matvaruaffärerna hade lagt ner. Kvar fanns en handlare som erbjöd ett litet fik i en del av lokalen. Grundskolan blev kvar men det ryktades om att årskurs sex-nio skulle läggas ner. Barnen skulle behöva pendla in till staden för sina tre sista år i grundskolan. Än så länge var det bara ett rykte. Jag hoppades innerligt att det inte skulle ske. Om barnen försvann skulle samhällets sönderfall påskyndas.

Gunnar och Anita hade tidigare bott i en lägenhet nere i centrum. När de flyttade in blev det en delvis återgång till den inredning och det möblemang som Arne och Ulla haft. Det var uppenbart att Gunnar och Anita inte bara tyckte om ett gammalt hus. De var även förtjusta i äldre semiantika möbler. De storblommiga tyger och mjuka plymåer på stålrör som varit förhärskande när Annika huserade hade hon tagit med sig och in kom lite mer, för mig, tidstypiska möbler. Rummet med kaminen gjordes på nytt om till bibliotek med bokhyllor fyllda med vackra bokband. Vardagsrummet fick återigen en plats för tv. Pianot lämnades kvar. Annika hade inte rum för det i sin nya lägenhet och Arne var helt ointresserad. Till min överraskning visade det sig att Anita var duktig på att traktera pianot. Mer klassiskt skolad än Annika, samt tekniskt betydligt duktigare. Istället för Cole Porter, Gershwin och Richard Rodgers spelades nu klassiska stycken av Mozart, Chopin, Bach med flera. Inte lika livligt och charmerande som på Annikas bjudningar, utan mer sobert och stillsamt. Det visade sig även att hon gav lektioner, så ett antal ungdomar skulle komma förbi för att lära sig spela. Trevligt, som sagt barn och ungdomar tillförde så mycket mer. Det var först när de inte var där som man insåg vad man saknade. Jag hoppades att hon skulle fortsätta spela när de väl funnit sig till rätta.  Nu hade jag bara fått höra några smakprov i samband med att de flyttade in.

Under direktörens epok hölls många bjudningar, ofta formella och stela, ändå trivsamma. När Arne och Ulla tog över blev det mer parmiddagar, där olika familjer kom på besök. När Annika flyttade in gick det nästan inte en vecka utan olika partajer. Tre olika typer av samkväm. Jag undrade hur det skulle bli nu med Gunnar och Anita. Hade de en stor vänkrets, jag trodde inte det. Det var bara att vänta och se.

Det var inte bara i byn som det gick dåligt. Hela samhället var drabbat av en lågkonjunktur som följt med oss sedan oljekrisen i slutet av 70-talet. Världsläget var spänt mellan Västvärlden och Sovjetunionen och alldeles nyligen hade en rysk u-båt gått på grund utanför Karlskrona. Man kunde märka att en underliggande oro fanns med i alla samtal. Vad var det som höll på att hända?

Gunnar och Anita möblerade upp och inredde det nedre våningsplanet med de möbler de haft med sig från sin lägenhet. Som jag redan nämnt blev det en återgång till ett äldre möblemang. Vackra bord i teak, soffor och fåtöljer från Malmsten. Inte så olikt de möbler som Annika kastade ut när hon kom. En inredning som gick bättre ihop med mig som hus. De gjorde om pigkammaren till ett temporärt gemensamt sovrum. På övervåningen skulle ju renovering pågå.

Jag var nyfiken på vad av alla dessa projekt som Gunnar skulle börja med. Jag hade hoppats att han skulle börja med fasad och fönster så man kunde ta bort de gräsliga byggnadsställningarna runt huset. Tyvärr, så blev det inte. Badrum och den övre våningen var prioritet nummer ett, enligt honom. Anita hade försökt argumentera för utsidan först, men det verkade inte som om hon kom till tals. Det var Gunnar som bestämde. Att hon hade åsikter alls verkade han närmast bli förnärmad över. Ett märkligt förhållande. Det innebar att gården fortsatt såg ut som en skräpig byggnadsplats med byggnadsställningar och byggnadsmaterial liggande i olika högar runt garageuppfarten. Tråkigt kan jag tycka. Att man renoverade på ovanvåningen var inget som någon behövde känna till. Att infarten till huset var snygg och prydligt tyckte jag var viktigt. Det var här man skapade det första intrycket till sina gäster. Precis som när man träffar någon första gången. Snyggt klädd skapar man en bra grund för kommande umgänge. En snygg och prydlig gård skapar också en bra grund för det intryck man vill att huset ska ge sina gäster. Skulle nu gården fortsatt se ut som en byggnadsarbetsplats lång tid framöver så var jag rädd att man inte skulle få så många besökare som ville komma tillbaka. Det är inte så att jag säger att renoveringen på ovanvången inte är viktig, men om jag fått bestämma skulle jag fokuserat på att skapa en välkomnande och snygg entré in till huset. En vacker gård som uppmuntrar till fler besök. Ytterligare ett problem var att de två närliggande tomterna var halvbyggda och att huset tvärs över vägen var tomt. Det var ju inget som Gunnar kunde påverka men det drog också ner intrycket. Jag tycker att helheten är prioritet ett, detaljerna prioritet två. Men så tyckte tydligen inte Gunnar.

# 27

# Gunnar
# 1985

Nu har vi bott i mitt drömhus i fem år. Det hus som jag drömt om sedan jag var bara tio år gammal. Jag minns hur jag nästan dagligen gått upp på kullen och tittat på byggnationen. Många uppfattade mig som konstig, jag nästan som en kuf, på grund av mitt stora intresse för huset. Att jag en dag skulle bo där hade jag inte ens kunnat drömma om. Men det har inte riktigt blivit som jag ville. Det stod fortfarande en byggnadsställning utanför huset. Det låg fortfarande byggnadsmaterial i högar på sidan om garageuppfarten. Det stod en skräpcontainer bredvid. Så hade jag verkligen inte tänkt mig att det skulle bli.

Det hade börjat bra när vi flyttade in. Vi, eller rättare sagt jag, gick igång med renovering av våning två. Den skulle återställas till originallösningen och sedan skulle badrummet renoveras och bli nytt och fräscht. Arbetet flöt på bra. Jag gjorde allt själv och fyllde snabbt en skräpcontainer med nedrivna väggar, tapeter och allsköns byggnadsbråte. I samband med att alla väggar och dörrar var återställda och vi skulle börja med tapetsering och målning drabbades jag av en stroke. I samband med en middag för goda vänner kände jag att min vänstra arm inte fungerade som den skulle. Det blev snabbt värre och det gick vidare ner till benet. När jag skulle be om hjälp fungerade inte talet. Det blev en akut ambulans in till stadens sjukhus. Man konstaterade direkt att det rörde sig om en stroke, eller slaganfall som det hette tidigare. Jag blev liggande på sjukhus i två hela månader. Läkeprocessen gick långsamt och enligt läkarna var det inte helt säkert att jag skulle återfå full rörlighet i armar och ben. Talet blev dock bättre redan efter några veckor. Jag hade en liten missklädsam förlamning i ansiktet som troligen skulle försvinna med tiden, sa läkarna. Som ni förstår blev detta ett stort avbräck för mina, eller våra, planer för huset. Jag blev delvis rullstolsbunden under de första åren. För att kunna flytta hem blev vi tvungna att installera en ramp för rullstolen. Nu hade vi redan vårt sovrum på nedre plan under ombyggnationen. Men husets enda badrum fanns på ovanvåningen. Jag var inte helt förlamad i benen, det var vänster ben som inte riktigt hängde med. Jag kunde med stor ansträngning ta mig upp på ovanvåningen för att duscha några gånger i veckan. Vi hade diskuterat att installera en stollift men det skulle förstöra den vackra trappan upp så vi valde att låta bli. Om min återhämtning gick bra skulle den inte behövas på sikt, hoppades vi.

Min kära Anita överraskade mig. Hon tog helt plötsligt tag i att måla och tapetsera på ovanvåningen. Hon hade aldrig tidigare visat vare sig intresse eller talang för den typen av arbete. Eller det kanske var så att jag aldrig tillåtit henne att visa den sidan. Ju längre tiden gick desto mer blev jag övertygad om att så var det. Jag hade nog tryckt ner henne. Inte av illvilja utan det hade bara blivit så. Nu när jag inte var mig själv, kan vi säga, så blommade Anita upp och tog för sig på ett helt annat sätt. Det var både överraskande och trevligt. Vår relation förändrades till det bättre. Hon var inte längre den tysta försagda kvinnan i bakgrunden. Min kärlek till henne blev allt starkare. Hon gjorde klart på övervåningen och det blev riktigt bra. Däremot började vi aldrig med badrummet. Vi saknade bägge kunskap om vad som skulle göras och att hon skulle göra det helt själv kändes inte rätt.

Anita hade aldrig tagit körkort, utan jag var familjens chaufför. Vilket hade fungerat alldeles utmärkt. Jag åkte sällan på några resor, arbetade alltid hemma i byn så det hade aldrig funnits något behov för henne att ta körkort. Nu var situationen förändrad. Anita gick ner till körskolan i byn och begärde att få en snabbkurs. Redan efter sex veckor hade hon tagit sitt körkort vilket gav oss åter en helt ny frihet. Vi hade insett hur beroende vi varit av att ha bilen tillgänglig.

Jag gick flera gånger i veckan på sjukgymnastik för att återfå rörlighet i arm och ben. Nu kunde jag åka ner ännu oftare, eftersom Anita kunde köra mig dit. Tidigare hade jag varit beroende av sjuktransport och mer än två gånger i veckan ställde de inte upp.

Anita hade arbetat på pappersbruket och förlorat sitt arbete i samband med neddragningen. Att hitta nya jobb i byn var nästan omöjligt. Så Anita hade blivit utförsäkrad. Samtidigt så hade min långa sjukskrivning också inneburit att min ersättningsnivå minskat. Så vi hamnade i en ganska ansträngd ekonomisk situation. Inte så att det gick någon nöd på oss men vi hade inga pengar över till att ta in hantverkare för att göra klart de projekt som vi påbörjat. Därför stod byggnadsställningen kvar på västra sidan om huset. Därför låg fortfarande byggnadsmaterial i högar på sidan om garageuppfarten. Därför var fasaden fortsatt missfärgad och putsen rämnade nu än mer på vissa ställen. Därför var fönsterbågarna nu än mer gistna. Så helheten av vårt hus var inte bra. Det såg ut som en byggnadsarbetsplats och huset var mer slitet nu än när vi flyttade in. I vår omgivning hade ytterligare två hus lämnats tomma och tomterna intill vårt hus stod fortfarande kvar med endast grunderna lagda. Så helheten runt vårt fina hus såg minst sagt lite bedagad ut. Det var inte längre ett välkomnande och trevligt område.

Jag var sedan ett år tillbaka åter på arbetet i kommunen. Jag hade kunnat lämna rullstolen och jag hade åter fått tillstånd att köra bil. Vi hade kunnat montera bort rullstolsrampen vilket förbättrade husets yttre en aning. Men bara en aning. Så det såg ljusare ut. Full rörlighet hade jag inte, men jag hade lite försiktigt kunna börja arbeta på fasaden. Det gick sakta och jag blev fort trött. Det som tagit mig några veckor innan sjukdomen skulle ta flera månader i det skick jag var nu. Men det kändes roligt att komma igång. När vi precis köpte huset hade Anita velat att vi skulle ta allt det yttre först. Jag hade självsvåldigt beslutat mig för att börja med övervåningen. Jag hade nu insett att det yttre intrycket var viktigt och nu hade vi bestämt att vi skulle fixa till fasad och fönster innan vi gav oss på badrummet. Dessutom ville vi snygga till på garageuppfarten. Vi flyttade markstenarna som skulle läggas på uppfarten en bit upp mot västra sidan av tomten så de kom undan en aning. Att lägga ny beläggning skulle bli längre fram i tiden, förstod vi bägge två. Därefter började vi med fasaden och fönstren. Vi arbetade bra ihop. Jag tog loss fönstret från karmen och Anita skrapade och oljade in ramen innan vi satte tillbaka det och jag ordnade till fasaden. Vi hade arbetat oss igenom två sidor av huset på ett år, den västra och den norra. För några veckor sedan hade vi flyttat byggnadsställningen till den östra sidan ut mot stora vägen.

Helt plötsligt mådde Anita inte bra. Helt plötsligt sa hon, men jag misstänkte att det gått ett tag innan hon beklagade sig. Det var sådan hon var. Hon hade alltid haft en misstro mot sjukvården och drog sig för att söka läkare. Jag var tvärt om, sökte gärna vård så fort jag hade minsta ont någonstans. Det var en kväll när vi precis flyttat byggnadsställningen som hon sjönk ihop och tog sig åt magen och skrek till av smärta. Jag sprang ner och nästan bar henne bort till bilen och vidare in till akutmottagningen i staden. Hon kom in direkt, fick smärtstillande och in till ett undersökningsrum. Efter en närmast olidlig väntan kom en läkare ut och sa att hon skulle bli kvar några dagar på sjukhuset för undersökning. De visste inget i dagsläget. Men jag förstod att de visste, eller anade. Vad jag såg av hans ansiktsuttryck var det inte bra. Eller det var i alla fall vad jag trodde. Men trots att jag trugade och bad ville han inte säga något mer.

Jag gick in till henne på salen, men hon hade redan somnat. Sköterskan sa att jag skulle åka hem och komma tillbaka imorgon. Hon hade fått så starka mediciner så hon skulle troligen sova över natten.

Det blev en orolig kväll. Vad hade nu drabbat oss. Räckte det inte med den stroke som jag fått, skulle vi drabbas av ytterligare något. Det kändes inte rättvist. Nu när allting börjat ljusna och se bättre ut. Så skulle det här hända, vad det nu var. Det kändes tungt och jag fick inte många timmars sömn den natten.

När jag vaknade morgonen därpå ringde jag in till min arbetsplats och berättade vad som hänt. Jag behövde vara ledig, jag skulle in till sjukhuset.

Väl på sjukhuset fick jag komma in till min älskade Anita. En läkare skulle komma förbi om någon timme.

"Har du mycket ont?" frågade jag och strök henne vänt över kinden.

"Nej inte nu, de har proppat mig full med smärtstillande."

"Kom det helt plötsligt?"

"Nej, faktiskt inte. Jag har känt av magen i flera månader nu. Titta inte på mig så där. Jag vet att jag borde sökt upp läkare tidigare. Du vet hur jag är. Nu är det som det är" sa hon och klappade mig tafatt på handen.

Besöket hos läkaren var helt overkligt. När jag tänker på det så här efteråt känns det som om det aldrig hänt. Men jag vet att det hänt och jag vet vad de berättade.

Anita hade magsäckscancer och den hade spridit sig. Den var obotlig, Anita hade maximalt fem år kvar i livet. Hon skulle få behandling för att lindra smärtor och som de sa få ett bra liv de år hon hade kvar. Jag minns att jag både hörde och inte hörde. Vem pratade de om, pratade de om min Anita. Det kunde inte vara sant, hon kunde inte dö ifrån mig. Inte nu när jag tillfriskna från min stroke. Det fick inte vara så här.

Anita skulle bli kvar på sjukhuset för en initial behandling. Sedan skulle hon få komma hem. Hon skulle få ett program för palliativ vård. Vad var det för uttryck, kunde de aldrig prata så man förstod vad de sa inom sjukvården. När jag kom hem hade jag förstått att det var ett uttryck för vård när man inte tror sig kunna bota sjukdomen. Jag vet att jag blev arg när jag kom hem. Hur kunde de påstå att man inte skulle försöka bota. Måste man inte alltid försöka, man kan väl inte bara ge upp. Hur kunde man säga så?

Efter en vecka kom så Anita hem. Hon var på gott humör, vilket jag inte kunde förstå. Hon verkade ha accepterat det som jag för mitt liv inte kunde begripa. Så trots att det var hon som var sjuk, dödligt sjuk, så fick hon trösta mig. När det borde ha varit tvärt om, Som ni förstår sattes alla våra ombyggnadsplaner på paus. Nu skulle vi anpassa oss till våra sista fem år tillsammans.

# 28

# Anita
# 1990

Nu hade vi levt med min cancer i fyra år. Trots sjukdomen hade det varit bra. Konstigt kan ni tycka, så var det bara. Jag hade bestämt mig för att vara positiv och för att verkligen utnyttja de få år jag hade kvar, vi hade kvar, tillsammans. Innan hans sjukdom hade jag varit försagd och försiktig. Jag tog aldrig för mig, jag tog aldrig plats. Det ändrades när han fick sin stroke. Helt plötsligt satt han i rullstol, helt plötsligt hade vi ingen bil, helt plötsligt hade vi ingen snickare. Helt plötsligt var allt förändrat.

Jag vet inte själv varifrån jag fick kraften att förändra mig och ta taktpinnen i vår lilla tvåsamhet. Men det gjorde jag. Jag gjorde klar ombyggnationen på ovanvåningen, jag tog körkort, jag hjälpte honom under den tid han var rullstolsbunden. Det förändrade också mig som människa. Jag fick ett nytt självförtroende och vi fick också en ny relation, jag och Gunnar. En annan och mycket bättre.

Så kom sjukdomsbeskedet. Visst var cancerbeskedet en chock. Hur hanterar man att ens tid är utmätt. Det tog många dagar att smälta och förstå. När vi satt inne hos läkaren kändes det som om han pratade om någon annan. Men så var det inte. Det var mig han pratade om, det var jag som hade fått ett fåtal år kvar här på jorden. Gunnar hade tryckt på att visst kunde man bota cancer idag, så var det väl. Läkaren hade skruvat på sig och sedan tydligt sagt att det kunde man i de flesta fall, men inte den här gången.

Trots det chockartade beskedet bestod mitt nya jag. Jag bestämde mig för att fortsätta som förut och inte gräva ner mig i sjukdomen. Jag fick ett starkt stöd från prästen nere i byn. Att ha honom som samtalspartner hade varit viktigt. Gunnar hade inte varit mottaglig för den typen av samtal, i varje fall inte under den första tiden efter beskedet. Prästen såg till att jag förlikade mig med mitt öde. Utan att pådyvla mig sin tro och sin kristendom. För troende hade jag aldrig varit, även om det nu hade varit bekvämt att tro på en högre makt. Att den inte fanns var jag helt övertygad om. Det var bara att titta på hur världen såg ut. Fanns han så var han ett stort misslyckande. Prästen var där som ett stöd när som helst jag så behövde.

Gunnar var bara drygt sextio år och hade många år kvar i arbetslivet. Jag själv hade varit arbetslös, eller stått till arbetsmarknadens förfogande, som det så vackert hette. I och med min sjukdom blev jag sjukskriven. Egentligen var det ingen förändring. Jag hade inget arbete att gå till innan sjukdomen och jag hade inget arbete nu efter beskedet heller.

Nere i byn fanns en hjälporganisation som drev en loppis som var mycket populär. Överskottet gick till behövande. Beroende på världsläget stöttade man olika länder, de som för tillfället behövde mest hjälp. Den organisationen blev mitt nya arbete. Jag hjälpte till på ideell basis så ofta som jag orkade. Vi träffades några gånger i veckan och sorterade de gåvor vi fick in. Ställde ut de varor som vi sålde i vår butik och packade in andra som skulle skickas vidare direkt i containrar. Vår butik var öppen två gånger i veckan och var välbesökt. Det kom kunder långväga ifrån vilket väl var ett bra betyg på vår loppis. Containrarna hämtades en gång i månaden och gick vidare mot de länder vi stöttade.

Det här gav mig både en meningsfull sysselsättning samt många nya trevliga vänner. Vissa började vi umgås med privat. Dessutom var mötet med kunderna jättetrevligt. Jag minns att jag irriterade mig på varför jag inte engagerat mig här tidigare.

169

Jag hade bara lodat hemma och väntat på att Gunnar skulle komma hem. Det hängde ihop med mitt nya jag, det med. Att passivt gå och vänta på honom dagarna i ända var inte ens tänkbart längre. Dessutom ville jag resa. Det fanns så många ställen runt om i världen som jag ville besöka innan min tid var ute. Vi beslöt oss för att lägga all vår gemensamma ledighet på resor. Vi besökte alla de stora städerna i Europa, vi åkte över atlanten till USA samt flög dessutom till Kina. Resorna var det som lyste upp min vardag. Resor som troligtvis inte blivit av om jag inte blivit sjuk. När man tror att man har all tid i världen kvar så kan man alltid resa någon gång i framtiden. I och med att min tid var utmätt gällde det att resa så ofta vi kunde om vi skulle hinna besöka alla platser som jag så gärna ville se.

När jag nu läser igenom det jag skrivit inser jag att jag skönmålat de här åren. För givetvis var sjukdomen jobbig. Om jag inte tog emot de behandlingar som erbjöds skulle jag inte få fem år. Om jag inte fick den smärtlindring som också var viktig, skulle jag inte orka med både mitt arbete på hjälporganisationen och mina resor.

Jag hade varit på ett antal strålbehandlingar och fått cellgifter i olika omgångar. Jag hade ont, jag mådde illa, jag tappade mitt vackra hår. Stundtals hade det varit väldigt jobbigt. Vi hade tillsammans med läkarna lyckas boka in ett schema som möjliggjorde mina resor vilket för mig varit det viktigaste.

Nu blir det inga fler resor. Min sjukdom är nu mycket sämre och orken började tryta. Jag har inte många månader kvar nu. Men som jag sagt var jag glad för de här åren och alla de platser vi besökt.

Mina resor hade påverkat vårt renoveringsprojekt med huset. Eftersom vi använde all ledig tid till resor blev det inte mycket tid över för våra projekt här hemma. Byggnadsställningen på östra sidan om huset stod fortfarande kvar. Vi hade försökt renovera några fönster men jag hade inte orken att hjälpa till och Gunnar var inte helt återställd från sin stroke. Fasaden och fönstren på norra och västra sidan var renoverade. Tyvärr så var östra och södra sidan fortfarande i dåligt skick. De hade dessutom blivit än sämre under de senaste åren. Putsen hade nu släppt på flera ställen och den var på vissa ställen missfärgad. Vissa fönsterbågar var påtagligt gistna. Troligen från någon typ av fuktskada. Det tråkiga var att de var de sidor som vi visade upp mot våra grannar och gäster. Så huset började minst sagt se bedrövligt ut. Trädgården hade också tappat sin forna glans. Ogräs växte i rabatterna och stundtals var gräset alldeles för högt. Det låg fortfarande byggnadsmaterial under presenningar staplade på sidan om garageuppfarten. Jag minns att jag irriterat mig på andra hus som inte var välskötta och som hade diverse skrot liggande i trädgården eller på uppfarten. Nu hade vårt eget hus blivit ett sådant. Som så ofta så vande man sig och till slut såg vi inte själva det som våra grannar och vänner måste ha insett. Samt förfasats över.

Vi hade fortsatt orkat med att ta hem vänner på middagar. Inte riktigt lika ofta som tidigare. Dessutom lade min sjukdom en sordin över besöken. Den gick inte att undvika och jag var heller inte bekväm att prata om det.

Jag hade fortsatt spela piano och spelade ofta när det bara var jag och Gunnar hemma. Jag var så tacksam för instrumentet som lämnats kvar. Vad jag förstod köptes det in av huset första ägare. Det var en vacker möbel och ett trevligt piano att spela på. Det man övade på regelbundet blev man duktigare på. Detsamma gällde mitt spelande. Jag hade lyckats utmana mig själv och lyckats lära mig nya stycken och övat in en mer avancerad teknik.

Tyvärr hade vi fått ett nytt problem, eller en ny utmaning. Jag hade lärt mig att problem var ett negativt ord. Det var positivare att prata om utmaningar. Byn hade gått ner sig efter att de stora fabrikerna lagt ner. Det blev för varje år aningen sämre. Allt fler verksamheter stängde igen och nu fanns det bara en liten matvarubutik kvar nere i centrum. Byns fik och skomakare var de senaste som packat ihop. Tyvärr var det nu många tomma lokaler som skapade ett sår i gatubilden. Byns grundskola fanns kvar, men hur länge till? Kommunens huvudkontor låg i ett närliggande samhälle men det hade alltid funnits ett litet kommunkontor i byn. Nu skulle inte heller den få vara kvar. Ingen skulle avskedas, alla skulle få arbeta vidare men flyttas till huvudkontoret. Så Gunnars arbetsplats skulle flyttas om några månader. Det skulle innebära att han skulle få pendla nästan trettio minuter enkel resa. Inte en optimal lösning för oss men det fanns inget att göra. Det låg sex månader framåt i tiden. Tveksamt om jag skulle få uppleva den förändringen. Min tid skulle vara ute innan dess.

Det oroade mig att Gunnar fortfarande inte var helt återställd efter sin stroke. Det hade gått ganska bra i början men han hade inte återfått full styrka i sin arm och sitt ben. Dessutom upplevde jag att han börjat bli glömsk. I mina mörkaste stunder var jag rädd att han var på väg att bli senil, eller dement som det börjat kallas. Skulle aldrig olyckorna sluta drabba oss. Det fick inte vara så. Sådan orättvisa kan inte finnas, borde inte finnas, får inte finnas. Tyvärr så fanns det massor av små tecken som indikerade att orättvisan, trots att den inte fick finnas, ändå fanns.

Jag hade pratat med Gunnar om att han borde söka läkare, han hade viftat bort mig. Det var jag som var sjuk, att han blivit lite glömsk var ingenting i jämförelse. Men jag kunde inte sluta oroa mig. Jag kontaktade hans bror och berättade om mina farhågor. Han höll med mig om att han också konstaterat att Gunnar blivit aningen glömsk, det hände väl alla med tiden. Han lovade mig att han skulle se efter sin storebror när jag inte längre fanns kvar. Med det löftet kände jag att det inte fanns mer för mig att göra.

Huset var även det en utmaning. Skulle han orka med att bo själv i huset. Jag hade tagit upp det lite försiktigt. Att sälja det var inget han ville höra talas om. Det här var hans drömhus och han kunde inte tänka sig att mista både mig och huset. Då skulle han gå under. Det var han övertygad om. Jag insåg vad han menade även om jag också förstod att han aldrig skulle orka med att själv ta hand om huset. Det var så att nu när min tid närmade sig slutet var det allt han orkade med just nu. Skulle han behövt ta ställning till att även lämna huset, så hade han gått sönder som människa. Så det fick bli en utmaning som jag lämnade kvar till min älskade Gunnar. Vi visste bägge två att vi närmade oss slutet. Jag vägrade åka in till sjukhuset och ligga på hospis. Jag ville sluta mina dagar här tillsammans med Gunnar. Det kom sjukvårdspersonal nästan varje dag och såg till att jag fick smärtlindrande för att skapa som de sa en värdig avslutning. Hur kan man säga så, värdig avslutning. Det fanns inget värdigt i det här. Det var så ovärdigt som något kunde bli.

# 29

## Gunnar
## 1992

Det hade nu gått ett år sedan begravningen av Anita. Jag saknar henne fortfarande så mycket. Saknaden är nästan som en fysisk smärta i bröstet. Min bror försökte få med mig ut på krogen i staden. Han ville att jag skulle träffa någon ny kvinna att dela mitt liv med. Jag var ju bara drygt sextio år. Just nu kändes det helt främmande.

Jag minns hur hon från en dag till en annan blivit en ny Anita, en ny ännu bättre Anita. Det var i samband med min stroke. Jag hade alltid varit den starke i vår familj. Jag bestämde vart vi skulle åka på semester, vilka vi skulle umgås med. Ja nästan allt i vårt samliv. Jag upplevde att vi hade ett bra liv tillsammans, även om Anita var lite för undflyende och aldrig egentligen hade en egen stark åsikt. Så hade jag fått min stroke. Från en dag till nästa var jag rullstolsbunden, hade delvis svårt att prata, mitt vänstra ben och min vänstra arm hängde inte riktigt med. Anita hade inget körkort så vi förlorade dessutom vårt transportmedel och var bundna till taxi, färdtjänst och bussar. Helt plötsligt var allt förändrat. Anita omvandlades. Hon steg fram och tog kommandot i vår lilla familj. Hon tog körkort, hon gjorde klar renoveringen av ovanvåningen, hon skötte om mig under min långa konvalescens. Jag kunde inte riktigt förstå vad som hände, samtidigt som jag var glad för allt som hände. Både för Anita och för mig själv. Hade inte hon stigit fram hade vi bägge blivit sittande fast i ett hus som var en byggarbetsplats både inomhus och utomhus. Jag fick en ny hustru. En hustru som jag älskade mycket mer än hennes första jag. Det var precis så det kändes. Det hade inte varit något fel på Anita tidigare men den nya Anita var en fantastisk kvinna.

Sjukdomsbeskedet hade varit en chock. Jag minns att jag inte kunde ta till mig vad läkaren sa, inte ville, inte heller kunde förstå. Vi skulle få maximalt fem år tillsammans. Jag hade åkt hem från sjukhuset och lämnat Anita för hennes initiala behandling. Jag minns att jag grät floder. Tårarna ville aldrig ta slut.

När Anita sedan kom hem var hon glad och positiv. Hur kunde hon vara det, hon hade ju fått en dödsdom. Återigen hade hon varit den starka av oss. Hon ville att vi skulle göra det mesta av våra fem år som vi hade kvar. Hon engagerade sig i byns loppis, hon fortsatte träffa våra vänner samt hon ville resa. Jag hade haft svårt att förstå hennes positiva synsätt, hon var ju dödsdömd. Att sitta hemma och gräva ner sig skulle göra allt så mycket värre, sa hon. Så vi blev mer sociala än vad vi tidigare varit. Samt vi lade all vår lediga tid på resor. Vi besökte alla de stora städerna i Europa. Vi åkte till Kina och gick på kinesiska muren. Vi åkte till New York och till Kalifornien. Precis som Anita sa en gång. Hennes sjukdom gjorde att vi reste mer än vad vi skulle gjort om hon varit frisk. Hade jag fått välja hade jag velat ha en frisk Anita hellre än alla dessa resor. Men Anita gladdes stort åt resorna, gladde det henne så gladde det mig. Själv uppskattade jag inte resorna på samma sätt. Jag kunde inte låta bli att tänka på hennes sjukdom och oroade mig hela tiden när vi var på resande fot. Det kändes konstigt, eller jag vet inte vad, att det var hennes sjukdom så la grunden till alla dessa resor. Jag avslöjade aldrig vad jag kände för henne. Jag hoppades i alla fall att hon inte anade något om min oro. Resorna var hennes allt, så det kunde jag inte ta ifrån henne.

Hennes behandlingar var jobbiga. När hon kom hem från sina strålbehandlingar och cellgiftsbehandlingar var det svårt att hålla humöret uppe. Återigen var hon den starka. Hon arbetade sig igenom de jobbiga perioderna. Jag insåg hur stark hon var. Själv hade jag inte klarat av det, Det var jag övertygad om. Men hon gjorde det. Några veckor efter behandlingen så var hon tillbaka i sitt positiva nya jag.

Vi fick nya vänner via loppisen där hon arbetade ideellt. Alla som arbetade där var fantastiska människor med stort hjärta och en härlig livssyn. Visserligen var det en frikyrka som drev den men de försökte aldrig pracka på oss sin tro eller tvinga med oss till kyrkan. De förstod att vi inte ville och då lät de bli. Ytterligare en aspekt som jag uppskattade och respekterade stort. Vi blev accepterade för de vi var och ingen försökte påverka oss att bli något annat. Något som jag vet är vanligt annars i kristna samfund och föreningar. Detsamma gällde prästen som Anita gick hos för att få stöd. Han var en fantastisk människa som bara stöttade utan att ställa några krav tillbaka.

Anita övade ofta på sitt piano och blev dag för dag ännu bättre på att spela. Hon spelade oftast klassisk musik men hade på senare tid även börjat spela gamla slagdängor av Cole Porter, Gershwin, med flera. Musik som jag uppskattade mer än de klassiska verken. Jag blev ofta sittande i min fåtölj med blicken djupt förankrad hos henne och bara lyssnade och njöt av hennes fina spel. För mig var det de finaste stunderna under dessa år då vi levde med hennes cancer. För henne hade det varit resorna, det vet jag, men som sagt för mig var dessa stunder i fåtöljen det bästa jag visste.

Jag förundrades över att hon alltid höll sitt humör uppe. Aldrig såg jag henne förtvivla eller grubbla på sitt öde. Det gjorde hon säkert men som sagt, jag såg det aldrig. Det var sämre med mig. Jag föll ofta in i grubblerier och blev stundtals deprimerad. Det kändes så orättvist, varför skulle vi drabbas när vi precis gått igenom mina år med sviterna efter stroken. Som sagt inte rättvist alls.

Vi hade aldrig fått några barn, Vi hade försökt intensivt under några år, sedan förlikat oss med att vi nog inte skulle få några. Under några år hade vi diskuterat om vi skulle adoptera men det hade aldrig blivit av. Hade det varit lättare om vi haft några barn?

Skulle vi ha kunnat få stöd av barnen under den här svåra perioden eller hade det bara gjort allt värre. Mycket värre i och med att vi drabbade barnen med våra sjukdomar och våra olyckor. Det skulle vi aldrig få veta, jag tänkte ofta på det under de här åren. För egen del hade det varit en tröst och ett stöd om jag kunnat dela med mig av mina grubblerier. Min bror kom på besök med sin familj, oftare nu sedan Anitas sjukdomsbesked. Han hade arbetat på pappersbruket i byn. När det lades ner hade han sökt arbete på annan ort och bodde nu mer än en timme ifrån oss. Så det var inte så enkelt att komma och hälsa på ofta. Vi hade dessutom aldrig varit varandra nära och det kändes inte lätt att skapa den förtroligheten nu, när den inte funnits där tidigare. Anita och min bror kom bra överens och jag vet att de hade flera förtroliga samtal. Vad de pratade om vet jag inte men jag hade mina misstankar.

Anita hade påpekat att jag börjat bli glömsk. Hon ville att jag skulle söka läkarhjälp, hon var väl orolig för att jag höll på att bli dement. Men vaddå, hon var döende, jag glömde bort saker då och då. Det stod inte i paritet till varandra. Som jag sa, jag misstänkte att det var detta som hon pratade om med min bror. Tyvärr var även jag rädd att något sådant var på väg. Som sagt, att ta upp det och flytta fokus från min älskade Anita var inte ens tänkbart. Jag lovade mig själv att söka upp läkare när hon inte längre fanns kvar. Om jag nu skulle komma ihåg det, haha. Galghumorn hade jag i alla fall kvar.

Det blev ett stilla farväl. Vi märkte bägge att hon bara hade timmar kvar. Vi satt stilla i soffan i finrummet och höll varandra i hand. Inget behövde sägas, det var som det var. När hon somnat in kom jag ihåg att jag satt kvar och höll hennes hand hur länge som helst. Tårarna bara flödade.

Anita begravdes nere i byns kyrka. Uppslutningen var nästan omöjlig att förstå. Alla som någonsin varit involverade i loppisen kom samt givetvis många andra av våra vänner. Anita hade inga syskon, min bror kom och stöttade mig, vilket jag var väldigt glad för.

Efter begravningen gick vi tillbaka upp till vårt fina hus. Fast i ärlighetens namn var det inte så fint längre. Gräset var högt och det fanns massor av ogräs i rabatterna. Byggnadsmaterial låg fortfarande kvar under presenningar ute vid garageuppfarten. Byggnadsställningen stod kvar på östra sidan och fasaden var nu än fulare, puts som lossnat och puts som blivit missfärgat. Så det var inget fint hus som välkomnade sällskapet när vi kom gående upp från byn. Inomhus var det bättre. Entrévåningen började bli sliten men sovrumsdelen var nästan nyrenoverad, undantaget badrummet. Men dit tog vi inte våra gäster.

Det delades många minnen och hölls många vackra tal. Jag insåg först då hur otroligt uppskattad hon varit.

Jag slogs återigen av det märkliga att våra gemensamma sjukdomar hade förändrat oss så. Anita hade blommat upp och blivit en helt annan, och lyckats behålla sin nya positiva sida under hela hennes svåra sjukdom. Samt hur det hade skapat helt nya vänskapsband.

Hade jag förändrats så var det tyvärr åt det sämre. Jag upplevde att jag blivit dystrare och mindre levnadsglad. Jag kunde inte som Anita tänka bort och leva ut som hon gjort. Jag oroade mig ständigt för hur hon mådde och kunde inte glädjas åt våra samkväm med vänner och våra resor på det sätt som jag borde. Visst hade vi gjort ett antal oförglömliga resor och sett fantastiska platser. Jag kom tyvärr ihåg resorna mest som en ständig oro inför hur hon skulle klara sig. Kanske skulle jag besöka vissa platser på nytt nu när jag blivit ensam. Kunna se dem ur ett nytt perspektiv och uppskatta de bättre.

Inom några veckor skulle jag lämna kontoret här i byn och börja pendla in till huvudkontoret. Det skulle bli längre dagar och mindre tid hemma i huset. Nu när Anita inte fanns längre så gjorde det mig inte så mycket. Jag hade alltid tyckt om att köra bil, ännu mer nu när jag åter fick tillstånd att köra efter stroken.

Många hade kommit fram och undrat om de kunde hjälpa till med huset. De hade förstått från Anita att renoveringen lagts på is under hennes sjukdom. Att hon hoppats att jag skulle ta tag i det när hon gått bort. Det kändes bra att få allt det stöd som utlovades. Jag visste inte själv vad jag ville. Ville jag bo kvar nu när jag var ensam kvar. Kanske inte men om jag skulle kunna sälja huset måste jag ta tag i ett antal saker. Förutom det vi arbetat med behövde nu även taket läggas om. Ett arbete som blev akut. Så jag beställde hem ny takpapp för att ta tag i det så snart som möjligt. Ett antal av gubbarna på loppisen hade lovat hjälpa till. Det skulle bara vara att säga till.

Först måste jag söka upp läkaren och få en utredning om min befarade demens. Otroligt, jag kom ihåg det trots allt. Med visst bistånd från min kära bror.

# 30

# Marlene
# 1994

Nu var vi äntligen på väg. Vår fina husbil var färdigrenoverad och hade gått igenom besiktningen. Ja så fin var den kanske inte egentligen. Den var en gammal Peugeot, karossen var flerfärgad, med olika plåtbitar från olika fordon. Dessutom lite rost här och där. Men i våra ögon var den superfin. Vi hade försett den med hippieblommor runt hela karossen för att dölja de värsta skönhetsfläckarna.

Min gode vän Preben hade hjälpt mig renovera den under tre år. Eller rättare sagt, han hade renoverat och jag hade hejat på och skjutit till de pengar som behövdes. När den rullade över Öresundsbron in i Malmö jublade vi, jag och min älskade Inger.

Jag var utbildad keramiker och Inger var författare och konstnär i vardande. Jag hade bott i ett kollektiv under de senaste fem åren. Inger var svenska och hyrde en liten etta mitt i Köpenhamn. Vi hade träffats på ett arrangemang för författare och konstnärer, trivts bra ihop och blivit ett par.

Egentligen behövde jag inte arbeta alls, mina föräldrar var täta och även om de inte gillade min livsstil så supportade de mig med pengar hela tiden. Mamma hade vid flera tillfällen sagt att låt henne leva lite, hon sansar sig till slut. Skulle jag sansa mig, vet inte, just nu kändes det inte så alls. Varför skulle jag det, det behövdes inte. Vad vet vi om framtiden?

Inger hade inga pengar hemifrån, hon behövde jobba. Arbete med något som gav inkomst. Hon hade lyckats skriva ett antal deckare som hon fått utgivna och som skapade ett visst flöde med pengar. Men det var tufft, hon behövde producera en ny bok varje år, helst ännu fler. Dessutom ställa upp och hålla föredrag och vara med på olika evenemang kring böckerna. Nu hade hon börjat måla och tänkte sig kunna dra in lite pengar den vägen också. Det var om möjligt ännu tuffare. Så sammantaget var vi bägge, i stort, beroende av mina föräldrar för att få livet att gå ihop, ekonomiskt.

Ni kanske undrar vad vi skulle göra i Sverige? Vi hade tre målsättningar. Vi skulle hälsa på Ingers föräldrar, vi skulle leta upp Svens hus och förhoppningsvis hitta en billig bostad där vi kunde bo några år. Vem var Sven och varför skulle vi leta upp hans hus?

Sven var en äldre mysig gubbe som bott i mitt kollektiv i många år. Han var en duktig konstnär och lyckades faktiskt leva, om än sparsamt, på de tavlor han målade. Han var väldigt hemlig om sig själv och öppnade sig inte speciellt mycket för oss andra. Jag visste att han kom från Sverige, att han levt i Köpenhamn med omnejd i minst trettio år, kanske mer. En återkommande målning hade varit ett funkishus som låg på en kulle. Det hängde minst sju eller åtta versioner av huset inne i hans krypin. Han hade inte lyckats sälja någon av dessa. För att vara ärlig så tror jag inte ens han hade försökt. Han ville förmodligen inte sälja de tavlorna. Jag hade vid flera tillfällen frågat om det och om han kunde berätta lite, men han hade alltid tvärt avslutat samtalet och sagt att det hade jag inte med att göra.

Så ändrades allt. Sven drabbades av AIDS och hade fått sin tid utmätt. En kväll när vi satt i samkvämsrummet så började han helt plötsligt berätta. Han berättade att det var hans pappa som byggt huset och att han växt upp där. Hans pappa hade varit ett svin och behandlat honom illa, men han tyckte att huset var det vackraste som fanns. Han hade rymt hemifrån när han var sjutton år gammal och aldrig åkt tillbaka. Två syskon, en storebror och en lillasyster hade han också lämnat bakom sig och aldrig återsett. Han hade haft viss brevkontakt med sin bror som flyttat till Amerika, den hade tyvärr dött ut. I huset fanns två hemliga utrymmen, ett där han gömt sin dagbok och ett där han gömt sina tecknarsaker och ett porträtt som han arbetat med. En piga i huset som hette Birgit hade stått modell. Porträttet hade aldrig blivit klart utan var fortfarande bara ett utkast. Så här när han förstod att livet höll på att rinna ifrån honom undrade han om dessa två skatter fanns kvar. Han hade så gärna velat få tillbaka dagboken och porträttet. Han var ledsen att han aldrig avslutat det. Han hade aldrig blivit riktigt nöjd med sitt eget arbete och hade aldrig visat det för den här Birgit. Det var kanske den finaste målning jag någonsin gjort, trots att den aldrig blev helt klar, sa han. Det var en djupt tragisk berättelse. Inte ett öga var torrt när han berättat klart. Det var då jag bestämde mig. Jag skulle leta upp huset och hitta hans två skatter. Men när jag frågade om han kunde berätta lite mer, slöt han sig på nytt.

Men det började bli bråttom, Min husbil började bli klar och vi skulle inom någon månad åka iväg. Jag var tvungen att få reda på var huset låg. Vi kunde inte åka runt hela Sverige och leta. En kväll gick jag in och satte mig hos honom. Efter mycket trugande fick jag så en av hans tavlor, men han berättade inget mer. Jag kramade om honom som avsked. Vi visste bägge att vi aldrig skulle ses igen. Han hade inte mer än en eller två månader kvar i livet.

Nu var vi tillbaka i bussen. Inger hade upprepade gånger frågat om hur vi skulle hitta Svens hus, som hon hört mig prata om. Nu när vi så stannade till vid en rastplats för en fika så tog jag fram tavlan jag fått och visade på dess baksida. Där stod ett ortsnamn och ett årtal, 1945. När vi stannade till på ett Internetcafé hade jag slagit upp byn bara för att konstatera att det fanns fyra orter i Sverige med samma namn. Det var ändå mycket bättre än att leta helt planlöst runt hela landet. Men först skulle vi hälsa på Ingers föräldrar.

Vi blev väldigt bra mottagna. Inger hade varit orolig att hennes föräldrar inte skulle acceptera att hon bodde ihop med en bohemisk kvinna med en hippiebuss. Hon hade fel, jättefel.

182

Hennes pappa blev överförtjust i bussen. Han hade drömt om en liknande under hela sin uppväxt. Vi fick dessutom hjälp med en varningslampa som irriterat oss. Han öppnade motorhuven, svor några gånger och sa att nu var det fixat.

Hennes mamma genomförde ett korsförhör av mig, men ett trevligt sådant. Hon ville väl som alla föräldrar förvissa sig om att dottern hamnat i ett bra sällskap. Jag kom att tänka på Svens berättelse. Hur kunde man mobba sitt barn så till den grad att han flyr hemmet. Egentligen var det en missriktad omsorg som slog fel. Det var en viktig lärdom. Hur de bästa intentioner kan gå fel, eller som i Svens fall, katastrofalt fel.

När de frågade vad vi skulle göra här näst berättade vi om planen att hitta Svens hus. Jag hämtade tavlan från vår husbil och berättade hans tragiska historia. Om hur han flytt hemifrån och brutit helt med sin familj. Ingers föräldrar blev väldigt tagna av berättelsen och hennes pappa lovade undersöka namnet på byn och hjälpa oss vidare.

Jag var så glad för den kontakt jag fick med hennes föräldrar och även med den relation som jag hade med mina egna. Det är när man hör berättelser som Svens som man inser hur priviligierad man är som fått så kloka, förstående och stöttande föräldrar. Många gånger tar man det man har för givet. Jag skämdes när jag kom ihåg hur irriterad och arg jag varit på min mamma och pappa när jag var tonåring. Jämfört med Sven hade jag inte haft några skäl alls till att bete mig som jag gjorde.

Efter några dagar med god mat och stor omsorg skulle vi så åka vidare och hitta Svens hus, om det nu gick. Ingers pappa hade undersökt de fyra orterna som vi hittat och sorterade bort två som mindre troliga. De var alldeles för små och att där funnits de industrier som Sven berättat om var osannolikt. Så stämde hans antagande var det två olika byar som vi skulle besöka i första hand. Kanske skulle vi hitta Svens hus ganska snart. Vi vecklade ut en karta och prickade in alla fyra orterna. Ringade in de vi trodde mest på. Det skulle bli en resa på knappt trettio mil till den första, därefter ytterligare tjugo mil till nästa. Vi fick med en väl tilltagen matsäck och en liten present. I

183

paketet låg en mobiltelefon. Jag hade bara hört talas om att sådana fanns. Jag hade sett affärsmän gå omkring med dessa statusprylar, eller nallar som de kallades, på gatorna i Köpenhamn men själv aldrig hållit i någon. Vi insåg att det här var en investering från hennes föräldrar. En investering för att säkerställa att vi höll kontakten. De skulle betala abonnemanget. Vi tackade stort och monterade telefonen i en liten hållare på instrumentbräden i vår hippiebil. En hippiebil med mobiltelefon var inte så vanligt. Vi förstod att den skulle bli bra att ha.

Efter en dryg förmiddag kom vi så fram till den första av våra två primära orter. Ett litet samhälle. En liten matvaruaffär, en pizzeria, några få affärer och ett fik låg längs huvudgatan. Vi tog med tavlan in i fiket och frågade om någon kände igen huset. Alla tittade nyfiket men alla skakade på huvudet. Vi gick även in till Pizzerian och frågade men fick samma svar. Det var en vacker och varm vårdag så vi beslöt oss för att åka till en camping i närheten och ta igen oss. Vi skulle åka vidare nästa dag.

Efter en trevlig eftermiddag och en god natts sömn var vi så på väg igen mot nästa ort. Vi skulle komma in i samhället från norr och hittade vi inte huset här heller så kunde vi fortsätta ner mot en stad en bit söder om byn.

När vi rullade in i byn såg vi ett samhälle som verkade ha somnat in. Man såg tydligt att det här, för många år sedan, varit en större och livligare ort. Det fanns många nedstängda affärer och många tomma hus. Ett stort och ett något mindre industrikomplex stod också tomma och delvis övergivna. Vi blev allt mer missmodiga. Sven hade berättat om en livlig ort med stark tillväxt. Men det var också för länge sedan. Det kan hända mycket under fyrtio år. Vi tog med oss tavlan och gick in i byns matvaruaffär. Den första expediten hade skakat på huvudet. Ropat in en äldre man från köttdisken som kom fram och studerade tavlan noga.

"Javisst, det måste vara huset på kullen. Det hittar ni strax söder om byn. Kör vägen rakt fram, uppför backen och sedan hittar ni huset på höger sida."

När vi körde uppför backen bestod den dystra bilden nerifrån byn. Flera tomma hus och sedan dök huset upp till höger. Huset verkade vara tillbyggt när vi jämförde med tavlan. En byggnadsställning stod vid väggen ut mot vägen. Det låg massor med bråte under presenningar ute på garageuppfarten. Fasaden var sprucken och missfärgad. Trädgården var vildvuxen och misskött. På bägge sidor om huset fanns två påbörjade byggnationer som stannat av. Endast husgrunderna var på plats, sedan hade bygget blivit avbrutet. Huset verkade vara övergivet. Intrycket i verkligheten var väldigt långt ifrån den tavla som vi fått med oss. Jag förstod att mannen i butiken behövt fundera en stund innan han kände igen det.

Vi parkerade bilen och gick ut och stannade till vid huset.

"Tragiskt kan jag tycka, man kan faktiskt se hur vackert och fantastiskt det en gång var, eller hur?" sa Inger.

"Javisst, under vad som hänt?"

En kvinna kom ut från grannhuset och undrade om hon kunde hjälpa till med något. De fick berättat om ägarens tragiska historia med egen sjukdom och sedan hustruns död i cancer. Han hade sedan drabbats av demens och bodde nu på ett boende utanför staden.

# 31

# Huset
# 1995

Nu hade jag fått nya inneboenden igen. Förra året hade två unga kvinnor hyrt huset och flyttat in. Jag ska återkomma till kvinnorna senare. De senaste tio åren hade varit jobbiga. Visserligen hade jag på nytt fått en ägare som verkligen älskade mig. Kanske mer än vad någon annan gjort. Hela hans tid i huset hade präglats av sjukdom och elände. Först hade han fått en stroke, sedan hade hans hustru fått cancer, därefter drabbades han av demens och flyttade till ett demensboende för knappt två år sedan.

Det var som sagt en räcka av missöden som drabbade honom och hans hustru. Missöden som även drabbade mig. De hade börjat med stora ambitioner om renovering. I första hand återställa ovanvåningen till original. Det var ett projekt som blev genomfört innan allt brakade samman. Däremot så blev renovering av badrum inte påbörjat. Allt material var inköpt och låg under presenningar på garageuppfarten i väntan på att arbetet skulle starta. Renovering av fasad och fönster blev utfört till hälften. Västra och norra sidan var klara, på östra sidan stod byggnadsställningarna kvar och fasaden på östra och södra sidan var fortsatt i dåligt skick. Ja faktiskt ännu sämre skick än när de köpte mig för tio år sedan. Putsen hade nu släppt på många ställen och blivit missfärgad. Taket behövde läggas om och även här hade materialet blivit inköpt och placerat på uppfarten.

Arbetet påbörjades aldrig innan han hamnade på sitt demensboende. Ytterligare en hög av material låg längre upp på gräsmattan. Det var marksten som de tänkt lägga på uppfarten. Även här så kom det aldrig igång. Så hela min uppenbarelse präglades av halvt påbörjade projekt som inte blivit slutförda. Det blev inte bättre av att några granntomter bestod av ödehus och två andra av husprojekt som bara påbörjats som sedan inte slutförts. Här hade man bara hunnit lägga grunden innan allt stannade upp. I och med att Gunnar lagts in på demensboende hade trädgården blivit helt vildvuxen. Gräset växte högt och rabatterna som en gång var så vackra var fulla med ogräs. Nu hade uppfarten fått en skraltig husbil som gäst. Den ska jag återkomma till senare. För att vara ärlig. Jag var stadd i förfall. Min stolta uppenbarelse var inte längre vad den varit. Det kändes dystert.

Det fanns ljusa stunder också i allt det eländiga. Anita som när hon flyttade in varit en försagd och undflyende kvinna hade i samband med hans sjukdom blommat ut och förvandlats till en stark och initiativrik kvinna. Något som hon behöll efter beskedet om sin sjukdom och dödsdom. Vilket var beundransvärt. Som ni känner till så vet jag mer. Innerst inne var hon stundtals djupt olycklig när hon reflekterade över sitt öde. Det var något som hon aldrig tillät bli synligt. Varken för Gunnar eller för andra vänner och bekanta. Var det rätt beslut, jag vet inte. Hennes agerande gjorde att hon blev väldigt ensam med sin sjukdom och sin utmätta tid. Ett visst stöd hade hon fått från byns präst. Det avtog i takt med att hon visade upp sin 'jag klarar mig själv attityd'. Jag tyckte att prästen och Gunnar borde sett igenom det och gett henne ett större stöd än vad hon fick. Men jag imponerades stort av vad som var möjligt med rätt inställning. Även om hon blev ensam i sin sjukdom och sin sorg över sitt öde så var jag övertygad om att det ändå var bättre än att sitta hemma och gräva ner sig.

Jag förstod att resorna hade varit hennes livsnerv under de år hon levde med cancern. Gunnar hade följt med men inte riktigt kunnat njuta av resorna. Han hade ständigt oroat sig för hennes hälsa och om hon skulle orka med. Så hade dessa unga kvinnor dykt upp för en tid sedan. De verkade ha blivit förtjusta i mig. Letat upp Gunnars bror som agerade som god man för sin demenssjuke bror. Det visade sig att han försökt sälja mig men som ni förstår av beskrivningen av både mitt nuvarande yttre och byn som sådan var det inte lätt att sälja ett hus i dagsläget. För att inte säga omöjligt. I början hade brodern betalat för att gräset skulle klippas och hålla trädgården något så när i trim. Det hade dock upphört. Det kändes väl inte värt att lägga pengar på gräsklippning när mitt yttre redan såg ut som en förvaringsplats för allsköns bråte. Jag kunde förstå honom. Däremot hade han låtit Gunnar betala kostnaderna för husets drift. Han ville inte att huset skulle bli utkylt vilket skulle förvärra mitt pågående sönderfall ännu mer.

Kvinnorna, Marlene och Inger, fick hyra huset för en försvinnande liten summa. I princip stod de för el, vatten och sopor mot att de lovade hålla efter trädgården och huset om något akut inträffade. Skulle det krävas större arbete så skulle de ta kontakt med brodern och rådgöra.

Vad jag förstod så levde de bägge kvinnorna under små omständigheter. Inger fick pengar på sina böcker samt betalades för att hålla föredrag på bibliotek i staden ibland. Marlene arbetade som keramiker, men hon fick inte in några pengar att prata om. Hennes föräldrar skickade månatligen en peng så att de skulle klara sig. Som ni förstår så fanns här ingen möjlighet att återuppta renoveringsprojekten om de inte skulle göra allt arbete själva. Det visade sig dessutom så att de inte hade något intresse av det. De flyttade in och gjorde huset till sitt eget. De höll efter gräsmattorna och snyggade till i rabatterna. Något mer gjorde de aldrig. Det var ändå trevligt att ha folk boende hos mig. Ett tomt hus är det tråkigaste som finns. Jämfört med det, så är trots allt ett nedgånget hus där det bor människor och där människor rör sig betydligt bättre.

Jag förstod så småningom att deras intresse för huset kom från Sven, pojken som rymde hemifrån för nästan femtio år sedan. Det gladde mig att veta att han hittat ett hem i Köpenhamn och att han verkade ha levt ett bra liv. När Marlene ringde tillbaka till kollektivet för att berätta att de hittat hans hus fick de besked om att han gått bort i den sjukdom han led av. Han hade berättat att han haft två hemliga gömställen i huset, ett för sin dagbok och ett för sina teckningsattiraljer. Gömställen som de letade ivrigt efter. Vad jag önskade att jag kunde förmedla mig till kvinnorna. Jag visste ju var dessa gömställen fanns. De hittade det tomma utrymmet i trappstolpen men dagboken var redan hittad och borttagen av Anders. Däremot hittade de aldrig gömstället för det påbörjade porträttet av Birgit och de pennor och ritark han gömt tillsammans med det. De var nära några gånger men hur mycket jag än försökte kunde jag inte nå fram med min kunskap om gömstället.

Det som var trevligt var att nu fylldes huset på nytt av besökare. Nu var det unga människor som kom. De fyllde huset med skratt och flams. Det var inte alls lika formellt som de tillställningar som jag var van vid sedan tidigare. De hade köpt in en grill och om vädret tillät så lagade man oftast till maten utomhus. Det flödade av både vin och olika former av sprit. De rökte en ny form av tobak som luktade sött och stickigt. Den hade jag inte upplevt förut. Många kom långväga ifrån, de flesta från Danmark och var Marlenes gamla kompisar. Nästan alltid sov besökarna över i huset och på morgonen låg det män och kvinnor överallt. Jag förstod på en del grannar att det inte var helt positivt med 'dessa galna fyllefester' som en äldre man uttryckt sig när han gått förbi och skakat ogillande på huvudet. De övriga yngre som fanns kvar i byn började allt oftare samlas i huset. Ibland kom även ungdomar från staden och deltog i festandet. Jag började få ett skamfilat rykte. Det kändes inte bra, jag som alltid varit så stolt tidigare började känna mig ledsen över det jag blivit.

Marlene och Inger hade tagit några små steg för att snygga till en aning på gården. De hade flyttat undan och samlat upp allt byggmaterial till en samlad hög på sidan om garageuppfarten. Istället för de tre olika upplag som varit där tidigare. Som jag redan nämnt skötte de om trädgården. Ja, inte som förr, de klippte gräset och hade rensat bort det mesta av ogräset från rabatterna. På baksidan av huset hade de börjat odla en ny växt som de använde till den nya tobaken som jag nämnde tidigare. Vad jag förstod så var den inte laglig att odla. Det var förmodligen därför de använde rabatterna på baksidan av huset till den, ljusskygga verksamheten.

Vad hade det blivit av min stolta uppenbarelse. Fasaden var delvis sprucken och missfärgad. Fönstren på östra och södra sidan var gistna och skulle behöva bytas. De gick inte längre att renovera hade jag hört någon säga. Det stod fortfarande en byggnadsställning på östra sidan om huset. Vissa delar av den hade kapsejsat och fallit ihop. Det låg fortfarande allsköns bråte på sidan om uppfarten. Som nu samlats ihop till en stor hög istället för tre små. Det var sten och takbeläggning som köpts in för de projekt som Gunnar planerat. Ett fönster hade gått sönder på norra sidan av huset och lagats med en masonitskiva. På uppfarten stod nu en minst sagt skraltig husbil parkerad. Rost skymtade fram under de blommor som klistrats på karossen och den var mångfärgad av olika plåtbitar som satts ihop under renoveringen. Visserligen älskade kvinnorna bilen. Den var ingen skönhet och hur länge den skulle gå att köra var mycket tveksamt. En granne hade erbjudit sig att köra den till skroten. Det hade bara retat upp Marlene så till den grad att hon skällt ut grannen med ett ordval som jag aldrig upplevt tidigare. Dessutom pratades det alltmer ogillande om de vilda fester som hölls hos mig och om den misstänkta användning av droger som också förts fram. Den nya tobaken med söt och stickig lukt var tydligen en olaglig drog.

Så tillbaka till min frågeställning, vad hade det blivit av min stolta uppenbarelse. När jag byggdes för nästan sextio år sedan var jag byns nyaste och fräckaste byggnad. Ett hus som alla såg upp till. Inte bara för att vi låg högt upp på kullen utanför vår moderna design och de fina bjudningar som anordnades av direktören till byns snabbt växande finmekaniska verkstad. Vi var under några år en central punkt i byns umgängesliv. Huset byggdes till av nästa ägare och blev än mer inbjudande för de tillställningar som fortsatte att hållas. Speciellt sedan Arne flyttade ihop med den charmanta Annika som gjorde huset på nytt till byns centrala samlingspunkt både för vuxna och yngre.

Sedan började det gå sämre. Pappersbruket lades ner, den finmekaniska verkstaden lika så, när elektronikprodukter gjorde sitt intåg. Byn började gå ner sig med allt fler tomma hus och verksamheter som la igen. Visserligen såldes huset till Gunnar, en av mina största beundrare, men som jag redan berättat så blev det som det blev med hans och Anitas sjukdomar.

Nu levde jag upp en aning tillsammans med Marlene och Inger. Men det kändes som om jag levde på lånad tid. Hur länge skulle de bo kvar och vad skulle hända därefter?

# 32

# Anders
# 1995

Det var länge sedan som jag varit på besök i byn. Jag hade sedan tio år tillbaka ett eget hem, en underbar fru och två små killar som tog upp nästan all min tid. Vi träffades nästan alltid hemma hos mig nu för tiden. Ofta var mamma med och ibland även Per. Per hade lagt fotbollsskorna på hyllan, som det heter, och var numera expertkommentator för en sportkanal. Han bodde kvar i London med sin engelska fru och deras lilla dotter.

Mamma och pappa hade blivit goda vänner på nytt sedan hans separation från Annika. Inte ett par, men goda vänner. De träffades då och då samt åkte på semester tillsammans. Under de år då Per varit aktiv fotbollsspelare hade många resor gått till London. De var bägge mycket fotbollsintresserade och London var deras favoritstad. De hade sett ett tjugotal av hans matcher i England. De levde bägge ensamma och hade inga nya partner. Både jag och Per hade flera gånger undrat om de inte skulle flytta ihop igen, de umgicks flitigt och trivdes bra tillsammans. Det såg inte ut att bli av, de verkade trivas med sitt vänskapsförhållande på distans.

När pappa flyttade från huset hade vi tillsammans bestämt oss för att leta rätt på direktörens barn för att lämna tillbaka dagboken. Vi hade alla räknat med att det inte borde vara så svårt. Vi hade huggit i sten. Bengt den äldste sonen svarade aldrig på pappas brev och mamma lyckades inte lokalisera vare sig Anna eller Birgit. Precis som vi misstänkt hade de förmodligen gift sig, fått nya efternamn och kanske lämnat staden. Fram till idag. Nu hade vi fått kontakt med Anna och hon ville komma till byn och se huset på nytt. Det var det som jag skulle prata med pappa om.

Jag hade valt att åka hit ensam. Min fru och mina barn stannade hemma. Pappas lägenhet var väl liten för ett besök av hela vår familj. Dessutom ville jag kunna prata igenom det här utan störningar från mina livliga små. Jag tyckte inte om att köra bil. Varför vet jag inte. Som alltid, blev det bussen från staden norrut mot vår gamla by. Precis som jag alltid gjort steg jag av vid hållplatsen utanför huset. Vet inte varför, det bara blev så. Nu kunde jag se vad som hänt innan jag gick till pappa nere i byn.

Anblicken av huset var en chock. Det såg ut som ett skrotupplag och jag kunde inte undgå att konstatera en uppenbar vanskötsel. Det låg massor av skrot eller vad det nu var på uppfarten. En byggnadsställning stod uppställd på östra sidan, delvis raserad, och fasaden var både sprucken och missfärgad. Ett trasigt fönster var täckt av en masonitskiva. Trädgården var vildvuxen, men någon hade klippt den alldeles nyligen. Det såg man på allt dött gräs som låg kvar i stora tussar efter klippningen. En gammal sliten husbil, täckt av stora blå blommor, stod på uppfarten. Ena framdäcket var punkterat och bilen knäade nedåt på det tomma hjulet. Man fick nästan känslan av att den skulle falla framåt. Det var liv och rörelse i och runt huset. Jag såg flera yngre personer springa runt. De höll på att arrangera någon form av fest. Jag blev stående länge och bara stirrade. En av tjejerna vinkade till mig och frågade något, jag hörde inte vad. Då samlade jag ihop mig, vinkade ursäktande mot henne, och gick ner mot byn. Här fanns mycket för pappa att berätta, det var uppenbart.

Pappa tog emot mig nere vid torget och vi gick sakta tillbaka mot hans lilla lägenhet.

"Du stannade till vid huset, eller hur?" konstaterade pappa.

"Jo, jag gjorde det. Du har en del att berätta, eller hur?"

"Vi tar det sedan" sa han och vi gick tillsammans hem till honom.

Pappa arbetade fortfarande med sin lilla verkstad, trots att det var tio år sedan han gick i pension. Han och Gustav, en gammal trotjänare, hade fortsatt även om det numera bara blev kanske tio maximalt tjugo timmar i månaden. De hade bra kontakter med några större företag som beställde prototyper till nya produkter och nya tillverkningsverktyg till sina industrier. Beställningar som aldrig upphört helt. Arbetet, numera av hobbykaraktär, gav pappa en mening och ett umgänge som höll honom vital. Det var jag övertygad om. Han såg inte ut som drygt sjuttio år utan hade lika gärna kunnat vara tio år yngre.

Pappa hade bryggt kaffe och till och med bakat fikabröd. Jag häpnade även om jag inte kommenterade det. När vi satte oss ner ville han genast höra hur vi lyckats få kontakt med Anna. Därefter lovade han berätta om huset.

Mamma hade sökt upp Annas adress men hon bodde inte kvar och nuvarande hyresgäster hade ingen aning om vem hon var. Samma besked fick hon när hon pratade med hyresvärden. Det var så många år sedan, det hade inga register och ingen som arbetade kvar minns något från den tiden.

Sömnadsateljén som Anna drev fanns inte heller kvar. Mamma hade hittat en äldre dam som brukat anlita den. Hon berättade att Anna träffat en man, gift sig och sedan flyttat från staden. Hon hade en liten dotter också. Vad hon hette numera och vart hon flyttat minns hon inte. Birgit hade hon inte lyckats hitta något om alls.

Det här kände pappa till sedan tidigare. De hade diskuterat det många gånger när de träffats, hemma hos Ulla eller hos Anders.

"Det där känner jag ju till sedan tidigare. Hur kommer det sig att ni fått kontakt med Anna nu? Kom till saken, håll mig inte på halster" sa Arne påtagligt irriterat.

"Ja, ja jag ska. För två månader sedan blev mamma kontaktad av en äldre dam i staden som visste att hon letat efter Anna. Hon hade i en tidning sett ett foto från en tillställning på ambassaden i Buenos Aires. Hon tyckte sig känna igen en kvinna som stod i bakgrunden på fotot. Hon kontaktade journalisten och kvinnan på bilden hette mycket riktigt Anna och var gift med den svenske ambassadören i Argentina. Men det var nästan trettio år sedan hon senaste såg Anna så hon kunde inte vara helt säker."

"Så vi vet inte om det är Anna? menar du."

"Jo, mamma skrev ett brev till ambassaden och frågade om fru ambassadörskan var Anna från vår by. Hon berättade att vi kommit över en dagbok som tillhört hennes bror Sven som vi gärna skulle vilja lämna tillbaka till henne. I förra veckan fick vi svar, javisst var det Anna och hon ville gärna träffa oss, om möjligt även besöka huset på nytt. Hon kommer tillbaka till Sverige om några månader när hennes man går i pension."

"Spännande"

"Jag håller med. Nu får du berätta vad som hänt med vårt stolta hus."

Arne berättade om Gunnar och hans ambitiösa renoveringsplaner. Hur han drabbats av en stroke, hur sedan hans fru fått cancer när han tillfrisknat och gått bort efter drygt fem år. Sjukdomarna hade bromsat upp deras renoveringsplaner. Därav allt byggnadsmaterial och byggnadsställningar runt huset. Allt var väldigt tragiskt. Sällan hade så många besökt kyrkan som under hennes begravning. Hon hade varit aktiv i en förening i byn och alltid varit glad och positiv trots sin sjukdom. En beundransvärd kvinna. Några månader efter begravningen så skulle Gunnar på nytt sätta igång med sina renoveringar. Sin vana trogen beställde han material först. Den här gången ny takbeläggning. Att lägga om taket var nu mer prioriterat än de projekt han redan köpt in byggnadsmaterial till. Även den här gången kom inte arbetet igång. Hans bror hade tagit med honom till läkaren och de hade konstaterat en aggressiv begynnande demens. Det gick fort utför och redan efter några månader blev han inlagd på ett demensboende i staden. Brodern hade blivit utsedd till god man och försökt sälja huset. Som läget är här i byn och som status är på huset hade de inte fått några intressenter. Brodern hade lejt ut till några ungdomar att klippa gräs men lagt ner det efter några månader. Varför klippa gräset när huset i stort såg ut som ett skrotupplag hade han sagt.

"Finns det verkligen inga som var intresserade av huset?" undrade jag.

"Nej tyvärr inte. Brodern bor ganska långt bort och har ett eget hus där. Tyvärr, det här är en döende by, vem vill investera i en sådan. För huset kräver både kärlek och pengar för att komma tillbaka till sitt gamla jag."

"Men, ungdomarna som jag såg vid huset idag. Vilka är de?"

Pappa berättade att husbilen som jag sett hade kört upp till huset för några månader sedan. Enligt Kajsa i affären hade en av tjejerna kommit in med en tavla och undrat om hon kände till byggnaden på målningen. En äldre kollega hade känt igen det även om tillbyggnaden som vi gjorde saknades och pekat ut vart de skulle köra. Efter någon vecka fick vi reda på att de hyrt huset av brodern. De betalar i princip ingenting annat än driftkostnader och har lovat hålla efter det så gott de kan.

"Så du menar att de hade med sig en målning? Det måste väl vara Sven som målat den. Vem skulle annars måla en tavla av just det huset?" frågade jag.

"Vad dum jag är, varför har jag inte tänkt på det. Givetvis kan det vara så. Jag börjar bli dement även jag. Hur kunde jag missa den kopplingen" sa pappa och skakade på huvudet.

"På tal om något annat. Har du någon kontakt med Annika?" undrade jag.

"Jo, vi pratas vid ibland. Det blir alltid diskussioner om våra respektive arbeten. Men så var det ju även när vi var gifta. Företaget och huset på kullen var det som var kittet i vår relation. Det går bra för henne. Hon är marknadschef på ett större företag uppe i Stockholm. Flickorna har bägge bildat familj och bor utanför Norrköping bägge två. De har åter fått bra kontakt med sin pappa, Fredrik, vilket gör mig glad. Den var så där ett tag."

"Roligt att höra. Jag förstår att du och mamma träffas fortfarande. Ni ska inte flytta ihop?"

"Jo vi håller kontakten. Men vi kommer inte att flytta ihop. Ni frågar ju om det varje gång vi träffas. Inse att så kommer det inte att bli. Per hörde av sig. Förstår att han blir kvar nere i England. De ska ha en liten till, om några månader. Men det visste du väl redan?"

Nästa dag gick vi upp till huset och ringde på. Tjejen som ropat till mig öppnade och undrade vad vi ville. Vi berättade att vi tidigare bott där och att vi kommit över en dagbok som troligen var skriven av ett barn till husets förste ägare.

"Det måste ha varit Sven" sa tjejen som hette Marlene och sprang och hämtade tavlan som hon fått.

Hon berättade historien om Sven som hon träffat i sitt kollektiv i Köpenhamn och hur tavlan hon fått fört de till vår by. Vi berättade om våra efterforskningar och berättade att Anna, som var Svens lillasyster, skulle komma på besök om några månader.

Vi var alla tagna av den historia vi uppdagat tillsammans och lovade hålla kontakten. Vi skulle höra av oss när besöket var aktuellt.

# 33

# Inger
# 1996

Nu hade vi huserat i det här magiska huset under ett drygt halvår. Det hade inte blivit riktigt som jag ville. Jag hade försökt och försökt, nu hade jag kommit till insikt, det här fungerade inte längre. Ja, jag hade gett upp, men jag ville inte berätta det än, inte innan vi fått besök av Svens lillasyster. Det vill jag inte missa, det vill jag inte missa för allt smör i Småland. Det återkommer jag till senare.

Det hade börjat så bra. Jag hade varit upp till öronen förälskad i Marlene. Förälskelse är alltid lite bedrägligt. Vi ser bara det vi vill se och vi undertrycker det vi borde se, men inte vill se. Jag hade flyttat ner till Köpenhamn för att få ny inspiration till mitt skrivande. Min raketkarriär som författare hade fått sig en liten törn. Jag hade varit en av de yngsta författarna någonsin som fått kontrakt med ett av de större förlagen. I rask takt hade jag producerat tre deckare som alla blivit hyfsade succéer. Trots att de sålde bra och att jag var livligt anlitad som föredragshållare på mässor och olika bokevenemang så räckte inte riktigt pengarna till. Att det skulle vara så svårt att leva som författare hade jag inte i min vildaste fantasi kunnat föreställa mig. När sedan den berömda skrivkrampen slog till så blev jag nästan desperat. Jag behövde producera minst en bok per år, helst fler för att säkerställa en stadig inkomst. Bok fyra borde komma inom kort, och jag hade ingen bra idé.

198

Jag hade fått låna en liten etta i Köpenhamn av en kompis som skulle åka på långsemester till Asien. Köpenhamn kändes som en bra miljö, närmare kontinenten och en härlig atmosfär. Här borde jag hitta tillbaka till mitt flow. Jag hade träffat Marlene på en tillställning för författare och konstnärer som jag blev inbjuden till. Hon hade tagit mig med storm. Hon var bekymmerslös, rolig, omtänksam och framförallt hade hon massor med energi. Energi som jag hoppades skulle smitta av sig på mig. Vi hade trivts bra ihop och faktiskt så hade min skrivlust kommit tillbaka. Hon var utbildad keramiker och ville leva på konstnärligt skapande. Hon var min direkta motsats. Jag hade flyttat till Köpenhamn för att få ny energi. Hon ville flytta ut på landet för att få ro och skaparkraft. Det visade sig att hon hade en gammal husbil som en kompis till henne hjälpte till att renovera. Hon hade tänkt sig åka runt i den, kanske hitta någon mysig plats att bo på ett tag. Hon frågade om jag ville hänga med? Min kompis skulle komma tillbaka från sin resa inom kort så jag var ändå tvungen att hitta någon annanstans att bo så javisst, jag skulle hänga med.

Hon verkade alltid ha pengar, även om jag aldrig såg att hon arbetade eller sålde några av sina keramikalster. Det visade sig snart att pengarna kom från hennes föräldrar. Hon verkade vara ekonomiskt oberoende, något jag bara hört talas om i tidningarna, i första hand från skvallerpressen. När jag försiktigt frågade så snäste hon bara av mig. Hennes föräldrar var täta och det var inga problem med pengar alls. Något som skulle visa sig inte stämma. Det kommer jag tillbaka till.

Jag kom ihåg hur lycklig jag var när vi åkte över bron och in till Malmö. Vi skulle hälsa på mina föräldrar, vi skulle hitta Svens hus och vi skulle hitta någonstans på landet där vi kunde skriva och skapa konst. Ett äventyr som kändes fantastiskt. Som jag med min nya insikt kanske borde ha ifrågasatt. Men som sagt jag var förälskad och allt var möjligt.

Vi hade blivit så väl mottagna av mina föräldrar. Bättre än jag vågat hoppas på. De blev också förtjusta i Marlene. Nu när jag tänker tillbaka så visst såg både mamma och pappa lite oroliga och undrande ut. Eller är det bara en efterkonstruktion. Jag kom ihåg när vi körde in i den sömniga byn och hittade huset, Svens hus som fanns på hans tavla. Visst var det risigt, med allt material som låg på uppfarten, den halvt raserade byggnadsställningen, fasaden som var i dåligt skick, gräset som var vildvuxet. Trots det kändes huset välkomnande och trevligt. När vi fick hyra det för nästan ingenting alls, mot löfte om att vi betalade för de löpande kostnaderna samt att vi skulle hålla efter huset kändes allt bra. Här skulle jag hitta ro att skriva, det kände jag direkt. Men hur skulle Marlene kunna leva på sin keramik här i en avfolkad by, ganska långt ifrån någon större stad förstod jag inte. Men hon hade ju pengar från sina föräldrar, så det skulle väl lösa sig.

Huset var fullt möblerat och vi bokade snabbt in våra egna domäner. På övervåningen fanns ett härligt sovrum med tre stora fönsterpartier åt norr och öster. En liten altan kunde vi gå ut på för att njuta av solen, på morgnar och vid lunchtid. Kvällssol hade vi inte vilket var tråkigt. Jag lade beslag på ett rum direkt till vänster när man kom upp på övervåningen. Här fanns en gästsäng och ett litet skrivbord. Det här skulle bli min skrivarstuga. Ett fönster med en utsikt över byn nedanför kullen där huset låg. Marlene stuvande om i gillestugan och gjorde om den till sin keramikverkstad. Efter några veckor så började vi bjuda över vänner och bekanta. Eller rättar sagt, det var mest Marlene som bjöd över diverse kompisar från Köpenhamn. Gänget som kom var bekymmerslösa och kom för att festa och stannade alldeles för länge, enligt mig. De förväntade sig att vi skulle stå för gratis husrum även om de bidrog lite till mat och dryck. Besökare kostar pengar och det var jag som fick lägga ut hela tiden. Marlene hade inte fått några pengar hemifrån på länge. När vi sedan fick de första räkningarna för husets driftskostnader var det på nytt jag som fick stå för utgifterna. När jag påpekade att det inte skulle fungera blev Marlene arg och sa att jag fick väl som hon be föräldrarna om pengar. Något som jag aldrig skulle nedlåta mig till. Jag hade alltid klarat mig själv och det tänkte jag göra även i fortsättningen. Husbilen fick en punktering och behövde repareras. Återigen tyckte Marlene att jag skulle stå för kostnaden. Men nu vägrade jag. Mina besparingar började ta slut och vi var tvungna att ha pengar till räkningarna som snart skulle komma. Marlene tyckte vi kunde strunta i att betala för huset, det var viktigare med bilen. Då sa min heder stopp. Vi bodde nästan gratis, då skulle vi också stå för de små kostnader som vi var överens om. Återigen surnade Marlene ihop, bilen blev stående med sin punktering på uppfarten. Jag visste att den snart skulle besiktas, gjorde vi inte det skulle vi få körförbud. Det viftade Marlene bort, hon skulle fixa punkan så fort som pengarna från föräldrarna kom. Jag skulle inte bekymra mig.

Det var nu som våra olikheter på allvar kom i dagen. Jag insåg att Marlene var en bortskämd tjej som aldrig någonsin behövt ta ansvar för sitt eget liv. Mamma och pappa hade alltid kommit och räddat henne. Vilket de inte längre gjorde. Varför visste jag inte. För mig var det helt annorlunda. Jag hade alltid klarat mig själv. För mig fanns det en heder i det. Att kapitulera som Marlene gjorde skulle jag aldrig göra. Det var nu när problemen dök upp och den initiala förälskelsen släppt som jag på allvar började fundera på om det var det här jag ville.

Dessutom började jag bli rejält trött på hennes kompisar som ständigt kom och våldgästade oss. De stökade ner, de söp och de rökte marijuana. Något jag aldrig provat och heller aldrig skulle testa. Alla besök påverkade också min skrivro som det inte blev så mycket med. Dessutom undrade jag när Marlene skulle börja med sin keramik. Troligen aldrig hade jag insett. Jag hade vid några tillfällen frågat om hon snart skulle få några pengar hemifrån. Hon hade alltid snäst av mig. Dock vågande hon inte be mig kontakta mina föräldrar igen. Min reaktion när hon sa det första gången glömde hon inte. Men att snylta på mina små inkomster och besparingar hade hon inget problem med, verkade det som.

Jag hade kommit en bra bit på min nya deckare och hade lyckats få ut ett litet förskott från mitt förlag trots att jag var lite sen. Den borde ha varit klar för flera månader sedan. Huset hade också gett mig en ny bokidé. Jag hade flera gånger tittat på tavlan som Sven målat och funderat över hur ett hus kunde gå från ett vackert nybygge till en närmast förfallen byggnad, vilket den var idag. Jag hade pratat med några äldre personer nere i byn och de hade alla berättat om ett hus som tidigare varit medelpunkten i byns sociala liv. Vackert, med vackra människor och grandiosa fester. Jag ville berätta om varför huset gick från en stolt byggnad till ett begynnande förfall. Jag hade kontaktat mitt förlag och berättat om idén. Till en början var de tveksamma, deckare var det man tjänande pengar på. Efter lite trugande hade de gett med sig. Jag fick ett blygsamt förskott och skulle skicka över en genomarbetad idé, så skulle man ta ett nytt beslut. Den här idén behöll jag för mig själv. Jag måste jobba med min research om det skulle bli bra. Trots vårt skamfilade rykte, med alla fester, så hade jag fått bra kontakt med ett antal äldre personer i byn. Den kontakten skulle jag odla för att hämta hem så mycket information om byn och huset jag bara kunde.

Jag fick reda på att Marlene planterat marijuanaplantor på baksidan av huset. Det kommer vi att tjäna en hacka på, hade hon sagt. Så nu skulle vi odla knark och sälja, var det hennes nya affärsverksamhet. Det var när jag hittade plantorna som jag bestämde mig. Nu fick det vara slut. Jag skulle ta mitt pick och pack och flytta. Så hände något som fick mig att vänta.

När vi höll på att ställa till med en av alla dessa fester, som jag själv var innerligt trött på, såg jag en man stå och titta, ja närmast stirra, på huset från busshållplatsen. När jag ropade till honom viftade han ursäktande på handen och gick ner mot byn.

Nästa dag kom han tillbaka och ringde på vår dörr. Han hade med sig en äldre man, som jag senare insåg var hans far. De hade tidigare bott här och hittat en dagbok som var skriven av en Sven, som flyttade in i huset när det var nybyggt. Vi förstod att det måste var vår Sven. Marlene sprang och hämtade tavlan och berättade historien om hur hon fått den. Samt hur den fört oss till byn och till huset. De berättade att de länge försökt komma i kontakt med Svens syskon för att lämna tillbaka dagboken men hade först nu fått kontakt med hans lillasyster. Hon skulle komma på besök om några månader och de undrade om vi kunde tänka oss att ta emot henne.

Så nu vet ni varför jag dröjde med att flytta ut. Möjligheten att få träffa Svens lillasyster vill jag inte missa. Jag skulle stå ut med Marlene, hennes snyltande på mina pengar och hennes odrägliga vänner. Att få träffa Anna, som hon hette, som flyttat in i huset när det var nybyggt var ovärderligt som kunskapskälla till min nya bokidé.

# 34

# Daniel
# 1996

Idag skulle jag få följa med min mormor, Anna, och besöka hennes hus, som hon bodde i när hon var liten. Jättespännande, hon har berättat om huset så många gånger. Mormor hade bott utomlands i många år. Morfar var ambassadör, vilket var ett jättefint arbete. De senaste åren hade de bott i Argentina, ett land långt, långt borta. Tidigare hade de bott i Ungern, ett land som inte var lika långt bort. Då hade vi hälsat på. Jag hade varit sju år den gången, nu var jag elva.

Jag hade saknat min mormor jättemycket. Hon är den snällaste som finns. Det var jättetråkigt att inte få träffa henne under tiden hon bodde i Argentina. Nu hade hon flyttat tillbaka till Sverige och skulle inte flytta utomlands något mer. Morfar hade gått i pension och nu skulle de bo kvar här i Sverige. Det tycker jag är jättebra.

Vi bor uppe i Stockholm. För att komma till mormors hus ska vi åka bil i över tre timmar. Att åka bil är tråkigt, men det är roligare nu när vi åker till ett nytt ställe. Det var bara jag och mormor som skulle åka. Morfar var upptagen med annat och mamma och pappa var på jobbet. Mormor hade lovat mig att vi skulle stanna och äta på McDonalds. De hade de godaste hamburgarna tycket jag.

Jag hade med mig min Game Boy med ett antal spel för att ha något att göra under resan. Donkey Kong var mitt favoritspel.

Först skulle vi hälsa på en farbror som hette Arne och sedan skulle vi tillsammans åka och titta på huset. Farbror Arne hade flyttat in i huset när mormor flyttade.

Vi kom in till staden, där mormor bott, efter lunch. Mormor åkte förbi och visade var hon haft sin sömmerskaverkstad och var hon bodde när hon träffade morfar. Mormor var jätteduktig på att sy och hade haft en egen verksamhet när hon var ung. Hon sydde fortfarande, men numera bara till släkt och vänner. Mamma har många klänningar och blusar som mormor sytt. Vissa hade hon gjort helt och hållet, vissa andra har hon sytt om från andra klänningar och blusar som mamma inte länge gillade.

Sedan åkte vi till byn där farbror Arne bodde. Mormor beklagade sig att hon inte kände igen sig. När hon sedan stannade upp och tittade på kartan insåg hon att man byggt en ny väg förbi byn. Vi skulle svänga av mot byn och komma in från norr och inte den gamla landsvägen som gick förbi mormors hus. Många av husen stod tomma och vissa andra hade konstiga stora fönster ut mot gatan. Mormor berättade att där hade det funnits affärer när hon var liten. De stora konstiga fönstren hade varit skyltfönster tidigare. Vi åkte förbi en stor industrilokal som stod tom. Mormor berättade att det varit ett pappersbruk men industrin hade lagt ner och nu stod lokalerna tomma. Längre fram åkte vi förbi ytterligare en mindre fabrikslokal. Den hade varit hennes pappas. Ett företag som farbror Arne tagit över när hennes pappa blev gammal. Även den var, i alla fall delvis tom, och vissa fönsterrutor var trasiga och ersatta med träskivor. Alla tomma hus, de stängda gamla affärerna, de trasiga fönstren i den gamla fabriken såg tråkigt ut. Det var så olikt Stockholm som varit full av liv, med affärer och byggnader. Jag såg att mormor blev ledsen.

"Mormor, varför är du ledsen?" frågade jag.

"Jag tycker det är tråkigt att se alla tomma hus. När jag bodde här var byn full av liv och rörelse. Inget att bry sig om. Nu letar vi upp Arne."

Jag kunde se att hon verkade nervös. Varför förstod jag inte. Det gick inte alltid förstå varför vuxna reagerade som de gjorde.

Arne bodde i en lägenhet i ett hus längre fram. När vi ringde på kom han och öppnade tillsammans med en man, som var hans son, Anders. De bjöd på fika, Vi fick kaffe, bullar och kakor samt saft till mig.

"Kommer du ihåg mig?" frågade Arne och vände sig till mormor.

"Javisst gör jag det. Jag måstet väl ha varit tolv år eller något likande första gången. Sedan flyttade jag tio år senare. Det är nästan fyrtio år sedan."

"Jo, senaste gången var väl på din pappas begravning, det var 1963, eller hur?" kommenterade Arne.

"Jo det stämmer. Jag har faktiskt aldrig varit tillbaka här i byn sedan dess. Jag gifte mig ett år senare och flyttade med min man till Stockholm."

"Jo vi har letat efter dig. Det har inte varit lätt" berättade Anders.

"Jag förstår det. Vi kvinnor byter efternamn när vi gifter oss. Sedan så har vi bott utomlands i många år. Ni känner till att min man arbetat på utrikesdepartementet, eller hur?"

"Det stämmer, det var faktiskt en av dina gamla kunder som kände igen dig på ett foto från ambassaden i Buenos Aires som gjorde att vi hittade dig och kunde ta kontakt" sa Anders.

"Nu är jag nyfiken. Ni hade hittat en dagbok" sa mormor.

Anders hämtade dagboken och berättade att han hittat den inuti stolpen till trappräcket. Han lämnade över den och mormor tog emot den varsamt. Hon bläddrade försiktigt i den.

"Du får ursäkta att vi läst i den. Det var den enda möjligheten för oss att förstå vem den tillhörde. Vad vi förstår är den skriven av din bror, Sven."

"Ursäkta mig, det här är känslosamt" sa mormor och jag såg tårar trilla ner för hennes kinder. Jag tryckte hennes hand och hon tryckte stilla tillbaka. Det kändes bra att vara här. Jag märkte att mormor uppskattade att jag var med.

Mormor berättade om hennes bror Sven. Hur han varit duktig på att teckna men att hans pappa inte gillade det. Det gick inte bra för honom i skolan. Han levde inte upp till sin fars förväntningar. När han sedan misslyckades med att ta realen hade han rymt hemifrån och sedan aldrig hört av sig.

"Har du aldrig haft kontakt med honom sedan dess?" frågade Anders med både förvåning och sorg i rösten.

"Nej, aldrig. Jag vet att han hade viss kontakt brevledes med min bror Bengt de första åren. Men jag har tappat kontakten med honom också. Han bor i USA sedan länge. Det är flera år sedan vi hördes av nu" sa mormor med sorg i rösten.

Jag har alltid önskat mig ett syskon. Helst en lillebror. Att höra hur mormor har två syskon som hon bägge tappat kontakten med kändes både konstigt och ledsamt. Hon hade aldrig pratat om Sven och bara några få gånger om Bengt. Hur kan det bli så undrade jag.

"Vi har försökt få kontakt med Bengt också, men han svarar inte på våra brev" hade Arne sagt.

"Jag har samma problem. Inget av mina brev har besvarats. Jag vet inte vad som hänt?" sa hon och skakade på huvudet. Jag såg att farbror Arne skruvade på sig en aning, sedan tog han till orda.

"Vi har en överraskning till, när vi kommer upp till huset" sa han aningen trevande.

"Jaha vadå för något?" frågade mormor.

Arne berättade att de besökt huset och att där bodde idag en ung kvinna som tidigare träffat Sven nere i Köpenhamn. Hon vill gärna träffa oss och berätta mer om det mötet.

"Oj det var överraskande. Vet hon var han finns? Vet ni om han lever?" sa mormor forcerat.

"Tyvärr vi vet inget mer, vi kanske ska gå upp till huset så får du höra själv vad hon kan berätta. De väntar oss om en halv timme. Vi måste varna dig. Huset är inte alls som du minns det, det är i dåligt skick, till och med jättedåligt skick."

"Tack för varningen, tråkigt att höra. Kan vi gå nu direkt, jag är så nyfiken."

Vi gick tillsammans ut från byn och sakta uppför mot huset som skymtade på kullen. Intrycket nerifrån byn bestod. Det var många tomma hus med övervuxna trädgårdar längs vägen. När vi kom upp på kullen stannade vi till. Mormor förfasade sig över att huset var slitet, över all bråte som låg i trädgården och över den slitna bilen som stod på uppfarten.

"Tack för att ni varnade mig, det här var värre än jag kunde föreställa mig" sa mormor och så gick vi runt den stora häcken med träd in på garageuppfarten.

Två yngre tanter tog emot oss.

På nytt blev vi bjudna på fika. Kaffe och torra kakor den här gången. Inte hembakt som hos farbror Arne.

Marlene, den ena tanten berättade om hur hon varit bekant med Sven nere i Köpenhamn och hur hon fått en av alla hans tavlor som föreställde huset. Hur de åkt till Sverige och letat upp det och sedan fått förmånen att hyra det för en billig penning.

"Vet du var jag kan nå honom?" undrade mormor.

"Tyvärr, han gick bort i AIDS för några månader sedan" sa Marlene och la försiktigt sin hand över mormors.

"Jaha, då var det aldrig meningen att vi skulle ses igen. Jag är glad att höra att han levt ett bra liv med många vänner nere i Köpenhamn. Kan vi gå runt en sväng i huset?"

"Javisst. Sven berättade att han gömt undan lite ritmateriel och en pågående målning i ett gömställe. Vi har inte hittat det, vet du var det finns någonstans?" undrade Inger.

"Kanske, det fanns ett antal små gömmor här och där. Vi kan väl se om vi hittar det."

Mormor stannade till vid pianot som stod mot väggen ut mot trädgården. Hon försökte spela men det var rysligt ostämt. Hon gick uppför trappan till övervåningen och vi andra följde tyst efter. På övervåningen berättade Arne att han byggt om för att skapa ett sovrum till. Att sedan Gunnar som köpt huset av honom återställt det till original. Anders tog av knoppen på trappstolpen och berättade att det var här han hittat dagboken.

Sedan gick vi ner till källaren och här lossade mormor på en ögla i en träpanel. Tog sedan bort panelen och visade upp ett gömställe. Mycket riktigt så låg det här både penslar, färg och pennor samt ett ark med en målning av en kvinna.

Mormor tog emot bilden och tittade länge på den.

"Vi samlades här nere när pappa inte var hemma och ritade och målade. Sven var vår lärare och både jag och Birgit var intresserade elever. Sedan övertalade Sven Birgit att sitta för honom. Han ville måla hennes porträtt. Men vi fick aldrig se målningen. För han var aldrig nöjd och ville inte visa upp den innan den var klar."

När vi gått runt satte vi oss på nytt ner i finrummet. Inger tyckte att mormor skulle ta med sig Svens målning av huset samt målningen av Birgit. Viket hon accepterade, efter lite trugande, tror jag det heter. Sedan lämnade vi huset och gick tillsammans tillbaka ner till byn.

"Jag är så glad att vi hittade dig och att vi fick lämna tillbaka dagboken och att du fick målningen från din bror" sa Anders och hans pappa nickade samstämmigt när vi tog farväl.

Ett sådant hus vill jag ha när jag blir stor. Ett hus med många rum och gömställen, tänkte jag när jag somnade den kvällen.

# 35

# Huset
# 2000

Nu har jag blivit ett ödehus. Det känns otrevligt att säga så men det fanns ingen annan beskrivning som stämde in på mig nu. Marlene och Inger lämnade mig strax efter att Anna, Arne och Anders varit på besök. Det var nu fyra år sedan. Sedan dess har ingen bott här. Inte helt sant, en viss Matte kommer hit ibland. Men han bor inte i huset, inte på riktigt. Jag ska återkomma till det senare.

Trädgården är nu vildvuxen och det växer unga träd intill fasaden. Tas de inte bort kommer grenarna så småningom tränga in genom fönster och väggar. Byggnadsmaterialet som Gunnar köpte in ligger kvar på uppfarten och Marlenes bil lämnade de kvar. Den är nu helt inbäddad i högt gräs. Några ungdomar kom hit och monterade bort hjulen och tog delar av motorn med sig. Så nu står den på fälgarna direkt på marken, motorhuven är öppen och gapar oförskämt ut mot vägen. Så från att ha varit byns centrum så är jag nu byns skamfläck, eller i alla fall en av byns skamfläckar.

Byggnadsställningen på östra sidan finns kvar. Den är inte i skick att användas längre. Den ska man inte gå ut på om man är rädd om sin hälsa. Fönstret som gick sönder under en av tjejernas vilda fester har fortfarande en masonitskiva förspikad. Taket har börjat läcka in vatten. Här har Matte gjort en insats och spänt upp en presenning över taket som håller vattnet borta. Han tog en av de som tidigare låg över byggnadsmaterialet. Den skämmer med sin gröna plastiga yta även om den också håller vattnet borta som kommer in via taket. Däremot så blev byggmaterialet som tidigare låg under den synligt för alla. En syn som förstärkte intrycket av skrotupplag, som jag hört att man beskrivit mig som. Det är den enda insatsen han gjort för mig. Fasaden är sprucken och missfärgad. I stort är det bedrövligt för att vara riktigt ärlig. Vad hade det blivit av mig, jag som en gång var byns stolthet och ett centrum för hela byns sociala liv. Det kändes inte roligt alls. Men vad kunde jag göra.

Besöket av Arne, Anna och Anders hade varit trevligt. Det var, som människorna säger, ett ljuvt återseende. Nu har jag inga ögon så återseende är ju inte riktigt rätt, återkännande kanske passar bättre. Jag hade känt av Annas värme och kärlek när hon gick runt i huset. Hon kände fortfarande varmt för mig. Jag märkte hennes sorg när hon försökte klinka på pianot som nu var svårt slitet och ostämt. Både Arne och Anders hade med sorg konstaterat mitt sönderfall. De hade önskat mig ett bättre öde, det var det ingen tvekan om.

Jag kom ihåg hur Anna hade sprungit runt i sin fina klänning inför min första inflyttningsfest. Hon var ett yrväder och en frisk fläkt. Arne och hans familj hade försökt och stundtals tagit väl hand om mig. Hans första fru hade möblerat upp mig i stil med mitt byggnadsår. Hans andra hade varit ett socialt lejon som charmade alla och alltid var i centrum för alla tillställningar. Festerna hon anordnade var oförglömliga. Gunnar hade haft stora ambitioner och påbörjat många renoveringsprojekt. All sjukdom som han och hans fru drabbats av hade satt käppar i hjulen och skyndat på min pågående nedgång.

Marlene och Ingers period hos mig blev kort och intensiv. När de flyttade in kändes det bra, jämfört med vad som varit. Ett tomt hus är det tråkigaste som finns. När Gunnar lagts in på sjukhus hade huset på nytt börjat förfalla. Nu skulle kvinnorna ta hand om mig. Hur var oklart och nu med facit i hand hände inte så mycket alls i den vägen. De klippte gräset och såg till att trädgården inte växte igen. Men något annat gjorde de inte.

De hade varit så förälskade när de kom. I alla fall hade Inger varit upp till öronen förälskad i Marlene. Det var uppenbart. Marlene däremot var mer självcentrerad och pragmatisk. För henne var Inger en resurs som hon kunde utnyttja. Vilket hon gjorde skoningslöst. Marlene hade alltid haft full ekonomisk support från sina föräldrar och aldrig behövt ta ansvar för sitt eget liv. Nu hade det ändrats även om hon gentemot Inger hävdade att hennes föräldrar fortsatt skulle hjälpa till. Det hade de alltid gjort. Jag hade hört ett antal av Marlenes samtal hem. Vad jag förstod skulle hon inte få några pengar alls längre. De hade ändrat sig och krävde att hon skulle ta ett arbete och försörja sig själv. Men hon förstod inte, eller ville inte förstå. Hon tog för givet att de skulle krypa till korset och skicka pengar så småningom. Det hade de alltid gjort tidigare. I väntan på att så skulle ske hade hon inga skrupler med att snylta på Ingers intäkter och besparingar.

De hyrde mig till en närmast oförskämt låg kostnad. Alla räkningar för uppvärmning, el, vatten och sopor gick direkt till Gunnar. De betalades med autogiro från hans sjukpension. Hans bror hade räknat ut en summa för dessa som han kommit överens med tjejerna att de skulle betala in till hans konto. Även här var det pengar från Ingers inkomster och besparingar som stod för dessa. I alla fall sedan pengarna från Marlenes föräldrar slutat komma.

Det gick inte så lång tid innan Inger började ifrågasätta varför hon skulle stå för alla kostnader. Marlene hade i ett litet gräl tyckt att hon skulle be om pengar från sina föräldrar precis som Marlene gjorde. Nu kom det inga längre några pengar från Marlenes föräldrar så kommentaren var i sig konstig. Här visade sig den stora skillnaden mellan kvinnorna. För Inger var det en hederssak att klara sig själv, Hon skulle aldrig be sina föräldrar om pengar vilket hon förklarat i beska ordalag. Det var i det ögonblicket som det bildades en spricka mellan tjejerna. En spricka som skulle komma att växa.

Marlene skulle ju leva på sina keramikalster. Hon hade satt upp sin drejskiva och brännugn nere i gillestugan. Det blev några skålar men hon tröttnade snart. Hon hade lämnat sina verktyg kvar i huset när hon flyttade. Så nu hade jag en drejskiva och en brännugn stående i gillestugan som dessutom var ganska nedsölad med lera. Inte direkt något som höjde intrycket inne i huset. Hon gjorde aldrig några försök att sälja det hon gjort. Ibland misstänkte jag att hon inte begrep att det behövdes. Hon var så bortskämd så hon förstod inte att man måste anstränga sig om man skulle få in några pengar. Inger hade försökt få henne att hålla kurser, det skulle väl kunna ge lite inkomster. Hon var minsann en skapande konstnär, hon var ingen trivial utbildare hade hon svarat.

Så var det alla dessa fester. Marlene bjöd in kompisar från Köpenhamn. De kom med egen sprit och bidrog en aning till kostnader för mat. Men de skapade också ett dåligt rykte på byn. Ungdomar lockades till de vilda festerna. Jag insåg att de här festerna, även de, tärde på Ingers inkomster och besparingar.

Inger hade kommit igång med sitt skrivande. Hon var på sluttampen med sin deckare och hade fått ett förskott i väntan på att den skulle bli klar. Hon hade även en idé, att skriva en bok om mig och de som bott i huset. Även här hade hon fått ett litet förskott. En idé som jag gillade. Jag hade själv funderat på hur jag hade gått från stans häftigaste hus till byns skamfläck. Jag hoppades att hon skulle skriva den boken. Hade jag kunnat läsa hade jag gärna läst den.

Marlene hade efter långt trugande fått en liten peng hemifrån. Men det var sista gången hade hennes mamma sagt. Att Marlene kunde betala räkningarna under två månader skapade ett litet lugn mellan tjejerna. Så upptäckte Inger marijuanaplantorna på baksidan av huset. Hon hade ryckt upp dem och slängt de på komposten. Följt av ytterligare ett gräl. Det var nu som Inger bestämde sig för att flytta. Att hon stod för de flesta kostnader och att man nu börjat odla marijuana hade varit droppen som fått bägaren att rinna över. Men så dök Anders upp och berättade om det kommande besöket från Anna vilket sköt upp uppbrottet.

Bara två dagar efter Anna och Daniels besök packade Inger ihop sina grejor och flyttade. Marlene var kvar några månader men betalade inte för husets driftskostnad. När Gunnars bror märkte att de inte betalade kom han på besök och krävde att Marlene skulle flytta. En knapp vecka därefter lämnade även hon och huset blev på nytt tomt.

Sedan dess hade trädgården vuxit vilt. Gräset hade blivit högt och unga träd växte obehindrat i närheten av fasaden. Husets driftskostnader betalades fortsatt, via Autogiro, vilket gjorde att huset värmdes upp och vatten fanns tillgängligt.

Efter några månader hade Matte kommit. Han var hemlös och insåg att huset var tomt och uppvärmt. Han hade tagit sig in via ett av alla trasiga fönster. Han hade insett att värmen var på och att det fanns en fungerande kyl och spis samt rinnande vatten.

Han vågande aldrig tända på kvällen eller på något annat sätt låta någon veta att han var där. Han var rädd att om det blev känt så skulle han bli utkastad. Så han var en försiktig besökare. Därav min kommentar om att han inte bodde här på riktigt. Dagtid fanns han ute hos några övriga hemlösa nere i byn. Gick till Frälsningsarmén för matransoner och tog ut sitt lilla bidrag från socialen. Ibland gjorde han någon kamrat sällskap i något prång eller på något härbärge. Oftast kom han hit till huset och sov. Hans olyckskamrater frågade ofta var han sov på nätterna. Men han berättade aldrig för någon om sitt tillhåll. Han var livrädd för att det skulle bli känt vilket troligen skulle resultera i att han förlorade mig.

Fönstret som gått sönder och täppts till av en masonitskiva reparerade han. Skivan bytta han ut mot en ny. När han upptäckte att det droppade in vatten från en läcka i taket ställde han först dit en hink han hittade, som han tömde regelbundet. Senare tog han bort en av presenningarna från byggmaterialen och satte upp den på taket. Han hade arbetat med det en natt, varit livrädd för att någon skulle se vad han gjorde. Men det hade gått bra. Vad han visste hade ingen sett honom och att det nu satt en presenning över taket var inget som någon reagerade på. Gunnars bror kom aldrig förbi. Han hade insett att huset inte skulle gå att sälja. Att hans bror skulle betala driftkostnaderna för huset från sin sjukpension var en liten försäkring för att garantera att jag inte förföll ännu mer än vad det redan gjort. Så jag fick väl vara tacksam för det lilla. Att huset fortsatt var uppvärmt var ändå en liten åtgärd som mildrade min misskötsel. Hur länge till, det visste jag inte.

# 36

# Matte
## 2007

Nu har jag varit hemlös i nästan femton år. Hur gick det till, hur kan det vara så många år sedan? Jag kunde inte riktigt förstå, när jag nu reflekterade över mitt liv. För trettio år sedan hade jag ett fast arbete på pappersbruket, en lägenhet nere i byn, en vacker fru och två små barn. Vi hade precis köpt en tomt uppe vid funkishuset på höjden och belånat allt vi ägde för att bygga oss ett eget vackert hus. Så kom katastrofen, pappersbruket lades ner och över en natt var jag arbetslös och vi satt med stora skulder. Ja, min fru blev arbetslös i samma veva, vi hade bägge arbetat på samma arbetsplats. Vi försökte hitta ett nytt arbete i byn. Det enda som var möjligt var att flytta, vilket jag vägrade. Varför förstår jag inte så här i efterhand, men så blev det. Jag hade alltid bott i byn och var för stelbent för att tänka mig att flytta. Det kändes som en mänsklig rättighet att få bo kvar där jag var uppväxt. Återigen så här i efterhand kan jag inte förstå hur jag resonerade. Min fru var mer pragmatisk, tog ut skilsmässa, tog med sig barnen och flyttade. Jag började dricka och fick via socialen en lägenhet nere i byn. När det stod klart att jag missbrukade slutade även barnen komma på besök.

På dagarna träffade jag mina olycksbröder nere vid torget. Vi satt och ölade och tyckte synd om oss själva. Vi var en dyster samling spillror från ett samhälle som blomstrat när både pappersbruket och den finmekaniska verkstaden gett en stabil och trygg sysselsättning i området.

Fast jag var inte riktigt ärlig när jag sa att jag var hemlös. Sedan knappt tio år tillbaka hade jag på sätt och vis ett hem. Jag ska strax berätta mer.

Mitt missbruk blev bara värre och för ungefär femton år sedan blev jag vräkt från min lägenhet. Då blev jag hemlös på riktigt. Jag sov utomhus under årets varma månader, och på Frälsis härbärge under de kalla. För tio år sedan fick jag en ny bostad. Ja, inte fick, snarare tog jag mig en ny bostad. Funkishuset på kullen hade blivit övergivet efter att två unga kvinnor bott där en kort tid. Det hade varit många vilda fester och huset hade fått ett skamfilat rykte. Ölgänget hade varit där och anslutit till en fest och jag blev förtjust i byggnaden, trots att den var rejält på dekis. Jag visste att Gunnar som ägde huset var inlagd på ett demensboende i staden. Ryktet sa att där skulle han förbli. Tragiskt men det gav mig en idé. Jag tog mig in via en masonitskiva som var spikad framför ett fönster i nedre våningen en kväll. Väl inne konstaterade jag att värmen var på och det fanns både spis och kylskåp som fungerade. Här skulle jag kunna bo om jag bara gjorde det utan att synas. Jag var tvungen att vara försiktig. Blev det känt att jag sov över här skulle jag snabbt bli utslängd, det förstod jag.

I ett skåp hittade jag husnycklar och jag lånade en av nycklarna som jag tänkte använda. Nyckeln gömde jag bakom en sten intill brevlådan. Jag litade inte på att jag skulle kunna hålla ordning på en nyckel om jag tog den med mig. Den skulle jag garanterat lägga bort i något av mina fyllerus. Så att ha den enkelt tillgänglig uppe vid huset var praktiskt.

Jag insåg också att skulle det här fungera fick jag inte berätta om mitt fynd för någon alls. Allra minst för någon av mina olycksbröder. Så jag lade upp en plan. Jag sov på härbärge någon gång i veckan för att inte skapa misstankar. När mina kompisar frågade vad jag hittat för nytt sovställe var jag undvikande och svarade aldrig. De vande sig vid att jag dök upp på härbärget någon gång ibland och slutade fråga vad jag gjorde de andra. Jag

217

förstod senare att de trodde jag hade en ny kvinna som jag sov hos. Vilken befängd idé, vem skulle vilja släppa in mig i sitt hus och sin säng. Jag underblåste ryktet lite försiktigt. Det gav mig den fasad som skulle undvika nyfiket nosande.

Så nu hade jag ett hem, eller vad man nu ska kalla det. Jag träffade mina kompisar nere vid torget varje dag, satt som vanligt och ölade och ömkade oss själva. När det närmade sig kvällen smet jag iväg upp till mitt nya hem. Huset var verkligen ett ödehus, trots att värme, vatten och elektricitet inte var avslagna. Jag vågade aldrig slå på belysningen utan jag gick omkring i huset noga med att inte synas i något fönster om någon mot förmodan skulle titta dit.

Efter ett tag inredde jag mig en sovalkov nere i källaren. Jag tejpade för ett fönster vilket gjorde att jag vågade tända när jag kom hem. I kylskåpet förvarade jag nu på senare tid, mjölk och frukostmat. Jag använde spisen och kaffebryggaren för att laga frukost. Lunch och middag åt jag nere på härbärget för att inte väcka misstankar.

Jag började också så sakta utforska huset. Nere i gillestugan fanns en drejskiva och en brännugn. En av tjejerna som bott i huset innan jag flyttade in hade varit keramiker. Det fanns en tvättstuga med en fungerande tvättmaskin och ett torkskåp. De första åren vågade jag inte använda dessa utan tvättade mina kläder nere på härbärget. Allt för att inte väcka onödig uppmärksamhet. De senaste åren hade jag struntat i det och börjat använda maskinerna, om än sparsamt. Innanför tvättstugan och bakom garaget fanns en liten verkstad. Välförsedd med diverse maskiner och verktyg.

På entréplan fanns ett fullt möblerat finrum med både stereo och tv. Radion använde jag, men jag var försiktig med att hålla en låg volym så det inte skulle höras ut till gatan. Tv:n vågade jag inte använda de första åren. Jag var rädd att den skulle avslöja mig. För några år sedan drog jag en lång antennkabel från uttaget i finrummet ner till mitt krypin i källaren och flyttade med mig tv:n dit. På ovanvåningen fanns tre sovrum och ett badrum. Badrummet använde jag, men aldrig med tänt lyse.

Som ni förstår gjorde jag mig allt mer hemmastadd i mitt nya hem som jag tillskansat mig. Jag var alltid orolig för att jag skulle upptäckas. Vad skulle hända om Gunnars bror kom på besök. Det var rädslan för det som gjorde att jag de första åren inte använde kylskåpet, inte flyttade tv:n. Var noga med att städa bort min närvaro om någon skulle komma på besök. När flera år passerat utan att någon synts till började jag utnyttja huset allt mer och vågade lämna kvar vissa persedlar över dagen.

Trädgården hade under de här åren blivit helt övervuxen. Gräset växte vilt och unga träd hade slagit rot intill fasaden. Den rostiga skåpbilen var helt igenväxt. En kväll hade jag vaknat av buller utifrån uppfarten. När jag försiktigt kikade ut såg jag ett antal ungdomar som slaktade skåpbilen och lämnade den utan däck och med motorhuven öppen. I trädgården vågade jag inte göra något. Skulle jag klippa gräset eller ta ner några träd skulle det vara uppenbart att någon vistades i huset. Den risken skulle jag inte ta.

Jag hade tvingats till några insatser för husets bästa. Masonitskivan som täckte det trasiga fönstret hade murknat och skulle inte stå emot väder och vind mycket längre så den bytte jag ut. Men var noga med att se till att det utifrån såg ut som förut. Taket hade börjat läcka in vatten och jag ställde ut hinkar för att samla upp det så att golvet inte skulle bli förstört. Efter stormen Gudrun så blev det med ens mycket värre. Hinkarna räckte inte alls till. Det var då jag gjorde min mest våghalsiga insats. Jag tog bort en av presenningarna som täckte byggnadsmaterialet och satte upp den över den del av taket som läckte. Jag hade varit väldigt rädd att jag skulle bli upptäckt när jag utförde min manöver en sen kväll men det hade gått bra. Jag hörde senare nere i byn att man trodde att Gunnars bror varit uppe vid huset och säkrat taket. Att man skulle upptäcka presenningen var självklart och man trodde precis det jag ville att man skulle tro. Att Gunnars bror gjort en liten insats. Vad som skulle hända om brodern kom på besök vågade jag inte tänka på. Han kanske skulle tro att några grannar förbarmat sig och hjälpt honom. Det hoppades jag i alla fall.

219

I ett av rummen på entréplan fanns en massa böcker. För några år sedan hade jag börjat intressera mig för att läsa. Jag betade sakta men säkert igenom boksamlingen. Tog med mig böcker ner till min sovalkov och läste på kvällarna. Jag har de senaste åren läst mer böcker än jag någonsin gjort. Det hade aldrig intresserat mig tidigare. Det blev ett uppvaknande. Böcker blev till en tillflykt som jag uppskattade mer än de tv-serier som jag slötittade på nere i min sovalkov. I samband med att jag började läsa började jag också dra ner på mitt drickande. Jag vet inte om det hängde ihop, men var jag för onykter så flöt bokstäverna ihop och jag fick inget sammanhang av det jag läste. Så det hade nog bidragit till att jag dragit ner på mitt supande. Jag hade inte blivit nykter, men jag drack inte alls lika mycket som tidigare. Det innebar också att jag börjat kunna lägga undan lite av de bidrag jag fick från socialen. Mitt bankkonto hade sakta men säkert börjat fyllas på. Så sakta var jag på väg upp ur min misär. Något som jag insåg att huset bidragit till. Huset var på väg att bli min räddning.

Men det började torna upp sig orosmoln. Tv:n hade slutat fungera för två år sedan. Så jag flyttade upp den från min sovalkov upp till finrummet igen. En trasig tv hade jag ingen användning för nere i mitt krypin. När jag försiktigt frågande runt fick jag veta att utsändningarna digitaliserats och att man behövde en ny tv för att se dem. Mina kompisar hade frågat varför jag var så intresserad av det. Det fanns ju tv på härbärge. Jag svarade flytande att jag frågade för en väns räkning.

"Jaha, hon igen. Det är väl hon som fått dig att dra ner på sponken också kan jag tro " sa en av kompisarna tyket.

Återigen räddas jag av ryktet om min nya kvinna. Att det ryktet fortfarande florerade var helt otroligt. Att jag kunnat ha en hemlig kvinnlig bekant i alla dessa år utan att det blivit känt vem hon var, var helt osannolikt. Jag tänkte inte påpeka det orimliga. Trodde de på henne fick de fortsätta göra det. Jag insåg att de kanske, ville tro på henne. De ville så gärna tro att någon kunde bryta sig loss ur misären och hitta en kvinna och partner. Det var kanske därför de aldrig ifrågasatte det orimliga.

Orosmoln två var att kylen la av för ett år sedan. Nu hade jag inte längre någonstans att förvara mjölk och frukost. Samt det sista inträffade igår. Elektriciteten hade stängts av. Återigen frågade jag runt försiktigt och fick reda på att Gunnar gått bort, 80 år gammal. När räkningarna inte längre betalades stängde man av elektriciteten. Vattnet skulle förmodligen stängas av det med inom kort. Nu skulle jag inte längre kunna bo kvar, utan uppvärmning skulle det inte gå. Jag fick ställa in mig på att flytta.

Jag gick en sista sväng i huset. Min presenning hade inte riktigt lyckats hålla fukten borta. I finrummet och köket hade det pappspända taket lossnat och det hängde ner i stora sjok. Vissa av fönsterkarmarna var rejält murkna. Kylen gapade tom efter sin kollaps. Golvet i stora sovrummet uppe hade blivit fuktskadat och behövde bytas det med. På utsidan fanns nu unga träd som stod nära fasaden på södersidan och det fanns en uppenbar risk att grenarna till slut skulle tränga in genom fönsterrutorna. Gräset var rejält vildvuxet och allt byggmaterial var inbäddat i högt gräs det med.

Så trots mina små försök att hålla efter huset hade förfallet fortsatt. Nu när värmen stängts av skulle det förmodligen gå ännu fortare. Tragiskt, huset hade trots allt blivit en vändning, eller till och med en räddning, för mig. Jag var nu nästan nykter och jag hade bestämt mig att flytta in till staden för att få ordning på mitt liv.

Det var med sorg som jag lämnade huset för sista gången.

# 37

# Viktor
# 2010

Nästa år skulle bli det sista året på grundskolan här i byn. Sedan skulle jag antingen pendla in till staden eller hyra ett övernattningsrum för mina vidare studier på gymnasiet. Vår lilla by var skittråkig. Här fanns ingenting att göra. Om man inte spelade fotboll. Per som växt upp i byn och sedan blev fotbollsproffs i England var en legend. Hans rykte hade hållit liv i byns fotbollslag. Kunde han så kan väl jag, tänkte många av mina kompisar. Så de valde att spela fotboll och hoppades bli fotbollsproffs som Per. Det var få som kunde ta sig upp till den nivån inom fotboll, ja inom vilket idrott som helst. Så spelade man inte fotboll fick man hitta på något annat. Vi var ett mindre gäng killar som hängde ihop. Fotboll eller idrott var inte våran grej alls. Ofta träffades vi hemma hos någon kompis och spelade dataspel. Felix hade en PS3 så han var det givna valet. Ingen av oss andra hade en lika bra spelkonsol. Men även det blev tråkigt, det blev samma sak hela tiden.

Det som hägrade var min 15-åriga födelsedag. Pappa hade lovat mig en EPA-traktor. Hampus skulle få en ungefär samtidigt. Det skulle bli ett lyft. Med två EPA-traktorer skulle vi få helt nya möjligheter. Just nu så var enda alternativet att hänga hos Felix och spela dataspel.

Ikväll hade vi ändå bestämt oss för att göra något annat. Vi skulle besöka spökhuset uppe på kullen. Vi, kanske inte riktigt stämde, det var mest jag som hade drivit på och till slut fått med mig mina kompisar. Hoppades jag i alla fall. Ikväll skulle jag få veta om det verkligen blev av. Spökhuset var ett gammalt hus längst upp på kullen strax söder om byn på den gamla vägen mot staden. Huset hade stått öde i drygt tio år. De som bott i huset senast hade varit två yngre tjejer som hade hyrt det en kortare tid. De hade också lämnat efter sig en husbil när de flyttade. Enligt ryktet fanns det andra spännande grejor kvar där inne.

Ni kanske undrar varför det kallades spökhuset? Namnet hade det fått direkt efter millenniumskiftet, hade min storebror berättat. Det gick rykte om att man sett någon röra sig inne i huset sent på kvällarna. Ibland tillsammans med en ljuskägla från en ficklampa. Vissa påstod även att de hört musik som spelade på svag volym. Det var mest bara rykten, inget var bekräftat. Men hemliga besökare, musik, ficklampsken förstärkte intrycket av att det verkligen var ett spökhus.

Vi hade träffats hemma hos mig direkt efter skolan. Grova kängor och oömma kläder samt ficklampor hade vi kommit överens om att ta med oss. Hampus hade tagit med sig en videokamera som han fått i födelsedagspresent. Han tänkte att vi skulle filma vårt besök. Det fanns en krypande outtalad spänning i luften.

"Hur ska vi ta oss in i huset?" undrade Hampus.

"Det ska finnas en nyckel gömd bakom brevlådan ute vid vägen. Det har min storebror berättat. Han påstod att det var en uteliggare som gömt den där. Brorsan trodde att det var han som synts till i huset ibland. Att det var han som låg bakom ryktet om spökhuset. Hittar vi den så är det inga problem. Hittar vi den inte kommer vi på ett annat sätt."

"Är det inte farligt?" frågade Felix uppenbart ängsligt.

"Vad skulle vara farligt? Ingen har sett någon inne i huset på flera år. Ingen har hört något från huset heller. Huset är tomt, det kan jag garantera."

"Om det inte är det då?" gnydde Felix.

"Är du skraj, vill du inte hänga med?" frågade jag lätt irriterad.

Vi hade varit överens om det här i flera veckor nu. Jag skulle besöka huset oavsett om jag fick med mig mina kompisar eller inte. Jag tittade runt på grabbarna och jag kunde se en tydlig ängslan hos alla. De skulle kanske banga ur och spela PS3 trots allt. Men så nickade Hampus, därefter Niklas. Efter en liten stund kom en bekräftande nick även från Felix. Skönt, nu skulle det bli av.

Det skulle inte vara bra om någon såg oss smyga iväg upp mot huset. Risken var att vårt äventyr skulle bli avbrutet av någon överbeskyddande vuxen. Det ville vi inte. Vi tog oss försiktigt ut från byn utan att bli upptäckta. När vi närmade oss kullens topp kunde vi gå utan att smyga. Häruppe var det endast ett hus som var bebott och vi visste att gubben åkt iväg på fotboll nere i staden. Det var en av anledningarna till att vi valt just denna kväll. Jag var stolt över hur bra vi förberett oss. Vi skulle kunna genomföra det här utan att bli upptäckta.

När vi kom upp på kullen kunde vi se ner mot spökhuset. På östra sidan ut mot stora vägen stod en kollapsad byggnadsställning. På taket fanns en söndervittrad presenning, som fladdrade i vinden, och som en gång i tiden täckt delar av taket. Trädgården var helt igenväxt. Ute på garageuppfarten stod det gamla skelettet av en husbil kvar med gapande motorhuv. Diverse byggnadsmaterial låg i högar bland det högväxta gräset. Det växte träd nära inpå fasaden och från en av dessa hade en gren tagit sig in via ett fönster in i huset. Ytterligare några fönsterrutor var trasiga. Troligen pangade av ungdomar för flera år sedan. Märkligt hur påbörjad förstörelse verkar rättfärdiga fortsatt vandalisering. Det hade med åren blivit väldigt ödsligt i området. När vägen ner till staden drogs om så blev området kring den här gamla vägen allt mindre populär. De som bodde kvar i byn hade flyttat ner mot centrum och närmare den nya genomfartsleden ner till staden.

Vi fick leta en stund runt brevlådan innan vi hittade nyckeln. Den var rostig och skamfilad. Det var inte säkert att den skulle fungera. Vi beslöt oss för att försöka med köksdörren först. Den var på sidan om huset och syntes inte från landsvägen på samma sätt som den stora entrén. Jag hade tagit med mig en burk rostlösare, vilket visade sig vara ett bra drag. Efter ett antal försök så fick vi in nyckeln och låset gick upp. Vi gick in i den lilla hallen, stängde dörren. Gick upp för en halvtrappa och in i köket. Golvet var täckt av damm, muslort och fågelbajs. Fåglar hade väl tagit sig in via någon av de trasiga fönsterrutorna. I köket fanns ett gammalt matbord och fyra gistna stolar. Ett kylskåp gapade tomt med en dörr på trekvart. Ett gammalt knäckebrödspaket låg på en bänk. Innehållet var noga uppätet, det såg man på all muslort som låg intill. Taket hade fått fuktskador och sjok av takpapp hängde ner.

In till vänster fanns ett litet rum med en gammal säng där mössen festat loss på madrassen. Ett skrivbord och en liten stol stod vid fönstret ut mot trädgården.

Från köket fanns en serveringslucka, och bredvid den en dörr, in till ett matrum. Här fanns ett stort matbord med sex stolar kvar som var i förvånansvärt bra skick. Fönsterrutan i dörren ut till altanen hade tidigare täckts av en masonitskiva som nu lossnat och låg på golvet. Golvet hade blivit rejält fuktskadat. Matsalen gick via en portal vidare in till något som måste ha varit ett finrum. Här fanns en gammal tjock-tv, en gammal stereo och en sliten soffgrupp i skinn. Skinnet hade torkat sönder och var sprucket. Dessutom fanns ett piano som stod mot väggen ut mot garageuppfarten.

Hampus gick fram och försökte spela men det var rysligt ostämt. Vissa tangenter gick heller inte trycka ner utan hade hakat upp sig. Även här var taket fuktskadat och takpapp hängde ner i stora sjok. Från finrummet kom man in i ytterligare ett rum. Där fanns en braskamin, en liten soffa vid fönstret och några bokhyllor med böcker. Gardinerna satt kvar, gardinstången hade lossnat till vänster och låg ner över den lilla soffgruppen. En trädgren hade trängt in genom fönsterrutan.

Vår lilla grupp blev stående stilla i rummet framför kaminen.

"Inga spännande fynd, eller hur?" konstaterade Felix uppgivet.

"Nej, men visst är det tragiskt. Man ser att det här en gång varit ett vackert hem, eller hur? Vad är det som har hänt?"

"Enligt min farmor ska det här huset byggts av fabrikören till en liten mekanisk industri. Både den och pappersbruket packade ihop ungefär samtidigt. Enligt henne var det då som vår by gick från att varit rolig och livlig till att bli den dötråkiga by den är idag. Svårt att tro att byn varit rolig faktiskt" sa Hampus.

"Hon har rätt, din farmor. Det här huset måste ha varit ett spännande hus när byn var som hon sa rolig och livlig. Tror ni inte det?"

"Farmor påstod att hon varit här uppe på ett antal fester. Svårt att förstå när man ser hur det ser ut idag. Dessutom förstår jag inte att farmor skulle varit på fester. Även det känns helt overkligt."

Från rummet gick en vacker trappa upp mot övervåningen. Ja den var faktiskt fortfarande vacker. Allt annat verkade vara fördärvat men trappan liksom lyset upp. Den verkade som om den stått emot allt som i övrigt nästan helt raserat huset. Den började med två trappsteg inne i rummet, gick sedan med en högersväng upp mot övervåningen. På övervåningen fanns tre sovrum och ett badrum. I övrigt samma typ av skador som på nedervåningen. Muslort, fågelbajs och stora fuktfläckar i taket. Ett badrum i äldre modell. Smutsigt vatten i toalettstolen som blivit svårt missfärgad.

När vi gick ner till källaren möttes vi av ett bord med en snurrskiva och en ugn. Hampus trodde det var maskiner för att skapa keramik. Han hade sett något liknande under en resa med sina föräldrar. Innanför en tvättstuga fanns en liten verkstad med många verktyg som var uppsatta på olika tavlor. Rostiga och anlupna. Innanför den ett tomt garage.

Vi hittade inget spännande. Det som stack ut var drejskivan och keramikugnen. Hampus trodde att de hette så. Vi hittade ett hörn i källaren där någon gjorts sig en sovplats för länge sedan. Troligen den hemlöse som min bror berättat om. I övrigt rester av något som en gång varit ett vackert hem. Mina kompisar kunde inte inse det jag såg, det visste jag. Jag kunde måla upp för mitt inre hur huset en gång sett ut, med vackra människor, kanske även Hampus festande farmor, vem vet?

"Tråkigt, nu går vi hem. Det här var inget annat än ett tomt förfallet hus. Värdelöst" sa Niklas. Som uppenbart var uttråkad och inte alls kunde se det jag såg.

Jag kunde tjusas av historien. Jag kunde föreställa mig hur det sett ut i sina glansdagar, som de vuxna sa. Jag såg att Hampus och Felix också såg uttråkade ut och höll med Niklas. Hem och spela PS3 med andra ord.

# 38

# Daniel
# 2014

De senaste åren hade varit omtumlande. Jag och Elin hade väntat vårt första barn. Endast några månader innan den planerade tillkomsten gick min kära mormor, Anna, bort. Det hade varit ett hastigt sjukdomsförlopp. Hon gick bort alldeles för tidigt, inte ens 80 år. Vi var förkrossade i vår sorg samtidigt som vi såg fram emot det nya liv som skulle komma. Vår nya lilla flicka döpte vi till Anna, efter min kära mormor. Det kändes fint att på det sättet föra minnet av henne vidare.

Mormors begravning hade varit stillsam och vacker. Det hade varit framförallt vänner och bekanta från utrikesdepartementet och deras vistelse utomlands som kom. Vi hade försökt få tag i vänner och bekanta från hennes ungdom men inte varit speciellt lyckosamma. Birgit som varit piga hos familjen hade vi äntligen fått kontakt med. Mormor hade letat efter henne sedan vårt besök i huset för sjutton år sedan. Utan att lyckas. Nu hade hon kontaktat oss när hon såg notisen i tidningen om att Anna gått bort. Hon kom tillsammans med sina barn. Porträttet som Anna fick vid vårt besök i huset kunde vi nu äntligen lämna över. Birgit var märkbart rörd när hon fick målningen i sin hand.

Jag hade tagit examen som civilingenjör vid Chalmers i Göteborg för fem år sedan. Därefter hade jag gjort kometkarriär, inom en stor amerikansk koncern, inom energisektorn. Så sa alla omkring mig i alla fall. Därefter hade jag fått ytterligare ett stort uppdrag. Bra mycket större än vad mina knappt trettio år motiverade. Jag var väldigt stolt, samtidigt kände jag hela tiden en liten nervös knut i magen. Skulle jag kunna leva upp till de ökade förväntningarna. Företaget var amerikanskt och vi var än så länge relativt små i Sverige. Vi hade endast en liten utvecklingsavdelning. Jag hade tillsammans med några studiekompisar gjort ett examensarbete som fått stor uppmärksamhet. Ett gehör som innebar att det stora företaget anställde oss direkt efter examen. Nu skulle vi etablera produktion i Sverige och jag var ansvarig för att genomföra den. Produktionen byggde på det examensarbetet som vi vidareutvecklat. Förhoppningarna kring det vi utvecklat var stort, nästan övermäktigt. Ledningen var övertygade om att det här var framtiden. En satsning som skulle kunna ge sysselsättning för många hundra personer, kanske ännu fler, om allt gick som vi trodde.

Så numera var jag mer av en administratör. Företagsledare sa mina vänner men det tyckte jag lät förmätet. Administratör passade mig bättre. Utvecklingsarbetet hade jag lämnat över till mina studiekamrater. Dessutom hade vi anställt ytterligare några tekniker så utvecklingsgruppen var nu nästan femton personer. Ni kanske undrar hur ett så stort ansvar kunde läggas på någon så oerfaren som jag var. Det undrade jag med. I början hade jag nästan varje dag undrat om de skulle komma på mig. Att jag var för oerfaren och byta ut mig. Så hade inte skett och när månaderna gick så växte jag in i det stora förtroende jag visades. Jag blev trygg med mitt uppdrag och med det kompetensstöd jag fick från koncernens Europakontor i London.

Vi ville etablera produktion så snart som möjligt. För att lyckas med det skulle vi hitta några befintliga lokaler som vi kunde ta över med kort varsel. Dessutom måste det finnas möjligheter att bygga ut med nya lokaler inom två till tre år för att skala upp till en verksamhet om upp emot femhundra anställda. Dessutom måste det finnas möjlighet att inom några år skapa boende och infrastruktur för all personal. Med infrastruktur avsåg vi både resande, skolor och butiker, men det förstår ni säkert.

Som ni inser var det ett omfattande pussel som skulle läggas. Jag hade tagit hjälp av några konsulter för att sondera lämpliga orter för etableringen. Det visade sig snart att de stora städerna i Sverige inte var lämpliga. Att hitta befintliga produktionslokaler som vi kunde ta över snabbt var inte så lätt som vi trodde. När man sedan lade till kravet på att kunna bygga nytt och expandera produktionen som vi planerat föll allt fler orter bort. Vi hade nu kommit fram till en lista på tio orter som vi skulle föra ingående diskussioner med. De var alla mindre orter som låg inom en timmes pendlingsavstånd från någon större stad. Mindre samhällen som alla tidigare varit centrum för någon form av industri som nu inte längre var aktiv. I dessa fanns produktionslokaler som inte länge användes, som vi kanske skulle kunna ta över. Här fanns mark tillgänglig för utbyggnad. Här fanns ofta en lite högre arbetslöshet vilket borgade för tillgänglig arbetskraft på kort sikt. Här fanns dessutom ofta lediga lägenheter eller andra boenden vilket skulle kunna attrahera arbetssökande.

De kommuner vi besökte var både tveksamma till och samtidigt attraherade av vår satsning. Skulle man våga hoppas på att vi skulle lyckas? Vågade man låta bli? Lyckades vi skulle vi skapa ett uppsving för kommunen som de förmodligen skulle ha svårt att uppnå på annat sätt.

De konsulter jag tagit hjälp av hade genomfört de initiala diskussionerna. Jag hade valt att inte vara med utan väntade in att vi fick en kortare lista. Ett antal kommuner hade tackat nej. Vissa hade en historia av tidigare misslyckade industrisatsningar och vågade inte satsa igen. Andra hade svårt att erbjuda den tomtmark som vi önskade för framtida expansion. I ytterligare några fall kunde vi inte få tillgång till tomma lokaler för initial produktion. Så just nu var vi nere i en lista på tre orter. Jag beslöt mig att ta med en av mina chefer från London för de diskussionerna. Återigen var jag rädd att min ringa ålder skulle skapa ett misstroende kring vår satsning och den risken ville jag inte ta. Nu var vi inne på sluttampen och jag tänkte inte misslyckas. En av dessa skulle vi välja, det var jag övertygad om.

När vi satt i ett förmöte med våra tre potentiella orter upptäckte jag att en av dessa var min mormors barndomsort. Kunde det stämma? Hur kunde jag ha missat det? Jag hade varit så fokuserad på våra kriterier och rapporterna från konsulterna så jag hade inte reagerat på ortsnamnet. Inte förrän nu. Det var arton år sedan jag följde med min mormor och besökte, farbror Arne tror jag han hette, och sedan huset på kullen. Jag kom fortfarande ihåg framförallt huset. Trots att jag bara varit tolv år hade jag blivit förtjust i det. Det var vackert, med stora ytor, högt i tak och spännande planlösning. Men väldigt slitet, det kom jag också ihåg. Inte något en normal tolvåring skulle reagera på, det var jag övertygad om. Jag hade alltid varit intresserad av arkitektur redan som ung. Mina föräldrar hade tagit med mig på många resor i Europa och Sverige. Vi besökte massor av kyrkor och andra vackra byggnader. Det var då som mitt intresse för arkitektur grundats.

Jag undrade om farbror Arne fortfarande fanns kvar i livet. Han kunde ju veta mer om byn som kunde vara av intresse. Jag kom ihåg att jag skulle kontakta Birgit också, hon kunde också veta mer. Jag kontaktade Anders och fick reda på att Arne inte längre fanns kvar i livet. Han hade gått bort strax efter sin 90-årsdag. Men jag fick telefonnumret till hans första fru, Ulla. Hon berättade om den finmekaniska verkstaden som mormors pappa skapat och som sedan Arne tagit över. Hon berättade om hur de tillsammans sökt efter Anna och Bengt. Bengt hade de aldrig lyckats få kontakt med. Anna hade de hittat via en gammal kund till henne som sett henne i en nyhetsartikel från Argentina. Jag tog även kontakt med Birgit, hon berättade mest om familjen hon arbetat i och hade inte så mycket att berätta om byn som sådan, som jag inte redan visste.

Jag berättade inte för mina kollegor om min koppling till byn. Det kändes inte viktigt. Det var dessutom för privat att dela med mig av. Jag styrde upp våra kommunbesök så att mormors by blev den sista vi besökte.

Vi hade haft två bra besök med två kommuner. Bägge levde i stort upp till våra krav. Det fanns lokaler som vi kunde hyra och få tillgång till nästan omgående. Det fanns tomtmark som vi kunde få köpa för en låg penning för vår planerade framtida expansion. Däremot var infrastrukturen avseende transporter inte optimala. Men det skulle fungera.

Nu rullade vi in i mormors by som sista stopp på vår utvärderingsresa. Byn var precis som jag kom ihåg den. Sömnig med många tomma hus. Den gamla pappersfabriken låg bra till och såg ut att vara i hyfsat skick. Kommunen hade sitt huvudkontor i en annan by, men vi hade ställt krav på att få ha mötet här på plats.

Precis som hos de andra två kommunerna blev vi väldigt väl mottagna. Vi skulle kunna hyra det gamla pappersbruket nästan omgående och börja installera oss där inom en månad. De erbjöd oss ett förmånligt hyresavtal för tomtmark som vi kunde använda för framtida expansion. Det hade de övriga kommunerna också gjort. Det som vägde över till byns förmån var transportlogistiken. En ny väg hade anlagts runt samhället för ett antal år sedan. Det var smidigt och enkelt att komma ut på den nya genomfartsleden och via den snabbt nå järnvägsknuten inne i staden. Dessutom möjliggjorde den nya vägen enkel pendling in till staden på bara drygt 30 minuter. Det fanns flera hyreshus med lediga lägenheter. Dessutom ett antal tomma villor som var i hyfsat bra skick, tillgängliga för hugade spekulanter.

När vi summerade efter mötet var vi alla ganska överens om att det här var den mest intressanta orten för vår etablering. Vi skulle gå igenom allt ytterligare en gång på hemmaplan och sedan måste givetvis allt säkras med avtal och överenskommelser.

Jag ursäktade mig och sa att jag hade ett privat ärende att uträtta. Vilket möttes av stor förvåning. Jag kände att jag var tvungen att berätta om min, lite avlägsna, koppling till orten. Jag tog en promenad uppför backen som jag gått tillsammans med mormor, farbror Arne och Anders för länge sedan. Det var svårt att komma ihåg hur det varit då. Jag upplevde att det om möjligt var än mer slitet och ödsligt här upp mot huset. När jag kom fram blev jag stående stilla. Jag var helt bestört. Huset var ett ödehus. Det stolta men slitna hus jag kom ihåg gick bara att vagt känna igen. Trädgården var överväxt. Den gamla husbilen stod kvar, inga hjul och med gapande motorhuv. Byggnadsmaterialet som jag kom ihåg från mitt besök låg även det kvar. Fasaden var sprucken och stora sjok av puts hade fallit av. Träd hade fått växa vilt intill fasaden och på ett ställe till och med tagit sig in i huset med sina grenar. Många fönster var trasiga, vissa övertäckta med masonit, många andra gapade bara tomma. Jag hade varit delvis inställd på att det skulle försämrats sedan sist, men att det skulle vara så här illa hade jag inte förväntat mig. Skulle det gå att rädda det här fina huset? Troligen inte men jag visste att om vi gick vidare med etablering av produktionen här i byn så ville jag försöka.

# 39

# Bengt
# 2015

Jag var nu åter på svensk mark. Det var nästan sextio år sedan sist. Senast jag varit hemma hade varit på min mors begravning. Visst hade jag tänkt åka hem med jämna mellanrum men det hade inte blivit av. Sven hade jag haft viss kontakt med brevledes, den dog ut strax efter mammas begravning. Jag försökte kontakta min far, flera gånger, man han svarade aldrig på mina brev, så jag gav upp. Han ansåg väl att jag övergivit honom. Vilket jag kanske också gjort. Anna hade jag aldrig haft någon bra kontakt med ens när jag bodde hemma. Det hade mest varit hon och Sven som varit nära varandra. Gjorde det mig till en dålig människa. Ja, kanske. Jag hade varit pappas pojke och höll mig för mig själv. Eller rättare sagt, min far höll mig ifrån mina syskon. Han hade så tydligt visat att han föraktade det som Sven höll på med och jag hade, trots vissa lama protester, alltid varit mån om att vara min pappa till lags. I alla fall fram till att jag inte gick vidare till hans företag. Eftersom Anna och Sven hängde ihop och pappa lade beslag på mig när jag var hemma från mina studier så kom jag ifrån mina syskon.

Ett annat problem var avsaknaden av semester i USA, eller nästan i alla fall. Vi hade bara två veckor ledigt per år. Ville man visa framfötterna för sina chefer skulle man dessutom helst inte utnyttja ledigheten. Nu på ålderns höst insåg jag att det här bara varit undanflykter. Visst hade jag kunnat ta ledigt och komma hem om jag verkligen hade velat det. Uppenbarligen hade jag inte det.

Jag hade varit lyckosam i mitt yrkesliv och startade en egen verksamhet när jag var drygt trettiofem år. Ett framgångsrikt företag men också en verksamhet som tog all min tid. När jag varit anställd hade jag varit irriterad på att jag bara fick två veckors semester. Hemma i Sverige hade man numera fem veckor hade jag läst. Nu när jag var min egen, hade jag aldrig tid att ta ledigt alls. Jag levde för mitt företag, det tog upp all min tid. Jag hade haft några få förhållanden men inga som höll mer än några månader. De ville ha mer uppmärksamhet än vad jag gav dem, vilket jag så här i efterhand förstod. Jag hade inga barn. För mig blev mitt företag mitt liv, men nästan också ett gift. Ett gift som genomsyrat mitt liv och som gjort mig helt ensam. Jag hade arbetat fulltid fram till min 88-års dag. Då hade jag fått ett uppköpsbud som jag inte kunde tacka nej till. Så efter att ha arbetat dag och natt långt längre än de flesta satt jag helt plötsligt alldeles ensam och hade inget att göra. Vad hade jag egentligen åstadkommit. Jag hade byggt upp en framgångsrik verksamhet. Jag hade blivit förmögen, mer nu när jag sålt av den. Men nu då? Min pappa hade också prioriterat sin firma, men han hade också fokuserat på mig och min bror. Han hade velat skapa oss en framtid. Så han hade haft mer än bara företaget. Nu hade det inte blivit som han ville. Sven hade rymt hemifrån och jag hade inte gått vidare i hans fotspår som han velat. Visserligen hade jag blivit ingenjör. När jag flyttade till USA hade livsgnistan gått ur honom. Vad skulle han nu fokusera på? Han hade anställt en ung ingenjör, Arne vill jag minnas att han hette. Jag misstänkte att han blev vad direktören hoppats att jag och Sven skulle ha blivit. Han hade förmodligen flyttat sitt fokus till Arne, det var jag säker på. Nu var jag i samma sits som honom. Nästan samma i alla fall, jag hade dock inga arvingar att fokusera på. Jag hade massor med pengar, men till vilken nytta. Vad hade mitt liv resulterat i? vad hade meningen med allt varit?

Så jag bestämde mig för att åka hem till Sverige. Jag skulle leta upp mina syskon om de fanns kvar i livet. Försöka hitta några gamla vänner också. Ett problem var att vid 88 års ålder var det långt ifrån säkert att jag skulle hitta vare sig släkt eller vänner i livet. Men jag skulle försöka. Det här fick bli mitt sista projekt.

Var skulle jag börja? Jag hade en gammal brevadress till Sven i Köpenhamn, jag hade en gammal adress till Anna i staden. Fanns de kvar där? Hade Anna fortfarande vårt efternamn eller hade hon gift sig. Jag skämdes när jag insåg att jag inget visste om mina syskon. Levde de, hade de barn, hade de barnbarn? Inte uteslutet men jag visste inte, och det gjorde mig helt plötsligt väldigt ledsen.

Jag skulle börja med att söka upp vår gamla by. Vad hade hänt med pappas verkstad? Vad hade hänt med vårt vackra hus? Kanske skulle jag där hitta några trådar som jag kunde nysta vidare kring.

När jag kom till staden där jag studerat åkte jag först runt och tittade på skolan och adressen där jag bott under studietiden. Det var sig likt även om centrum fått ett antal nya byggnader. Därefter hyrde jag en bil och körde norrut mot byn. Det var en ny väg som jag inte kände igen. Den gamla vägen som gick förbi vårat hus var inte längre den som GPS:en prioriterade. Man hade byggt en genomfartsled förbi vårt samhälle. Jag svängde av mot byn och kom in i den från norr. Den verkade både sömnig och aktiv på samma gång. Många hus var tomma och många affärer var stängda. Men det pågick aktivitet nere vid det gamla pappersbruket och vid fars gamla verkstad. Det var uppenbart att man höll på att bygga upp något, något nytt. Att pappersbruket inte längre var i bruk och att pappas gamla verkstad inte var aktiv var uppenbart. Undrar vad som hänt? Jag fick fråga runt. Men först skulle jag titta på vårt gamla hus.

Jag parkerade bilen nere vid affären och gick backen upp mot kullen. När jag kom upp fick jag samma intryck som nere i byn. Även här höll man på att skapa något nytt. Eller kanske inte skapa något nytt utan snarare återställa huset till vad det en gång varit. Av all bråte på uppfarten förstod jag att huset måste varit rejält nedgånget och att man nu startat upp en genomgripande renovering. Jag blev stående och stirrade ner mot huset, omgivet av byggnadsställning med intensivt arbete pågående runt hela byggnaden. Även här undrade jag vad som hänt? Både tidigare och vad som var på gång nu?

Efter en stund såg jag en yngre man och en liten flicka titta upp mot mig och vinka. Jag vinkade försiktigt tillbaka varpå mannen böjde sig ner mot flickan som sedan sprang upp mot mig. Helt plötsligt var jag tillbaka i tiden. Tillbaka till 1938 när vi flyttade in i huset. Flickan som kom springande var så lik min lillasyster Anna så jag tappade nästan andan.

"Hej, pappa undrar om du vill komma ner och hälsa på?"

"Javisst om det inte är några problem, vad heter du lilla vän?" frågade jag.

"Anna, jag heter Anna. Vad heter du?"

"Bengt, jag heter Bengt" sa jag men jag kände att rösten inte riktigt bar. Jag var alldeles tagen. Hon såg ut som min lillasyster och hon visade sig heta Anna. Det var nästan för mycket och jag märkte att mina ögon tårades.

En yngre man kom fram och presenterade sig som Daniel. De hade sett att jag tittat intresserat på huset och undrade om de kunde hjälpa mig på något sätt.

Jag berättade att jag bott där som liten och att jag nu var tillbaka för första gången på sextio år.

"Vad hette du sa du?" frågade Daniel.

"Bengt"

"Min mormor bodde i huset som ung. Hon hade en storebror, som jag tror hette Bengt, som flyttade till USA. Jag tycker mig höra en viss amerikansk brytning. Är du Annas storebror?"

"Ja, det är jag" viskade jag fram och kunde inte längre hålla tillbaka tårarna, som flödade nerför kinderna.

"Varför är farbrorn ledsen?" undrade Anna.

"Jag tror inte han är ledsen. Jag tror han är glad. Man kan gråta även när man är glad. Vill du komma in så kan vi sätta oss ner och prata. Jag tror vi bägge har mycket att dela med oss av."

Väl inne mötte en ung vacker kvinna upp och presenterade sig som Elin, Daniels fru. Daniel berättade att jag var den förlorade brodern till Anna som bott i USA hela sitt liv. Jag fick berättat att både Sven och Anna inte längre fanns i livet. Sven hade bott hela sitt liv i Köpenhamn och insjuknat och avlidit i AIDS. Anna hade varit gift med en ambassadör och bott utomlands i olika länder nästan hela sitt liv. Vad de visste hade Sven inga barn och Anna hade två, Daniels mamma och en son som bägge bodde i Stockholm. Sonen i Stockholm hade två barn men inga barnbarn ännu. Daniel hade en syster som precis blivit mamma till en liten kille. Så det var den släkt som var min.

Daniel berättade att byn och det här huset varit på dekis i många år. När pappersbruket och den finmekaniska verkstaden lades ner började byn avfolkas, affärer stängas och allt fler hus stå tomma. Det här huset på kullen hade stått tomt i nästan tjugo år och varit i mycket dåligt skick. Daniel berättade hur han följt med sin mormor till huset när han var tolv år och blivit förtjust trots att det redan då börjat bli slitet. Nu var det på gång med nya investeringar i byn. Pappersbruket skulle byggas om till en produktionsenhet för ett energiföretag som Daniel var vd för. Den gamla finmekaniska verkstaden skulle de bygga om till ett kontor för samma verksamhet. När det blev bestämt hade Daniel köpt det här huset och börjat renovera det.

Daniel gick runt och visade upp vad han gjort. Det var sig fortfarande ganska likt. Rummen var desamma, däremot hade jag aldrig sett den utbyggnad av vardagsrummet som Arne gjorde när han köpte huset. Det hade skapat en helt annan rymd i vardagsrumsdelen.

"Min lillasyster hade ett piano som stod här intill biblioteket" sa jag.

"Det finns kvar men är hos en instrumentmakare för renovering. Vi hoppas den kommer tillbaka om ett par veckor" svarade Daniel.

"Det var roligt, har den verkligen varit kvar här i huset under alla år?"

"Ja, visst är det. Lilla Anna vill lära sig spela."

Det som jag kände igen var trappan som verkade ha överlevt i alla år. Den var vackert åldrad med fint slitage på ekplankorna och ledstången som krökte sig upp mot övervåningen. Anmärkningsvärt att den klarat sig så bra. I biblioteket hade de murat upp en ny öppen spis. Den såg inte riktigt ut som den från min barndom. Han var glad att de satsat på en öppen spis och inte bara en kamin. På övervåningen var det sig likt. Rummet som han och Sven delat såg ut precis som förr. Badrummet var dock helt omgjort och nyrenoverat. När vi kom till trappan på nytt böjde jag mig fram och visade att trappknoppen kunde tas av. Här hade Sven gömt en dagbok hade han berättat. Anna tittade storögt på det hemliga gömstället. Daniel berättade att Arnes son Anders hade hittat dagboken och sedan letat länge efter Anna innan de hittade henne. Han visste redan om gömstället, det hade de visat honom när han varit på besök när han var tolv år.

Daniel berättade att de satsat stort på att göra huset miljövänligt. Väggarna var isolerade, treglas isolerfönster, en bergvärmepump värmde huset. Solpaneler bidrog med el under årets ljusa månader.

"Vi ska ha en inflyttningsfest i början av nästa år. Är du kvar här i Sverige så är du hjärtligt välkommen. Då får du träffa resten av din släkt också. Jag tror alla kommer" sa Daniel när de tog farväl av mig.

Skulle jag vara kvar? Absolut, jag skulle inte flytta tillbaka till USA. Nu hade jag hittat ett sammanhang, min släkt. Det skulle vara så otroligt mycket bättre än ensamhet i USA.

# 40

# Huset
# 2016

Jag höll på att återskapas. Efter år av misär där jag gått från slitet gammalt hus, till ödehus, och slutligen till spökhus. De sista tjugo åren hade inte varit roliga. Mestadels hade jag stått öde. Bara ibland hade jag haft besök eller kunnat uppfatta vad folk tyckte om mig när de gick förbi. Det var inget trevligt det jag uppfattade. 'Vilken sophög', 'ett skrotupplag', 'borde rivas', 'bortom räddning', 'en skamfläck' var bara några av de åsikter jag uppfattat.

Nu hade en omfattande renovering startat. En renovering som snart skulle vara klar. Precis som 1938 skulle det bli en stor invigningsfest. Det såg jag fram emot.

Under de senaste 16 åren hade jag i stort sett inte haft några gäster alls. Matte hade varit en, även om han vistades hos mig i smyg. Det hade varit trevligt med sällskap. Han hade även han gått från ren misär till att, i alla fall, delvis återskapas. Han hade upptäckt böckerna i biblioteket och börjat läsa. I början av hans vistelse gjorde han ingenting alls. Han låg mest och sov ruset av sig. Sedan vågade han flytta ner tv:n till sitt lilla krypin ner i källaren. Där låg han sedan och tittade på diverse serier. Jag kunde märka att han inte hade någon större behållning av det han tittade på. Begreppet dumburken som jag hört stämde nog så bra in på det utbyte han fick av den. Sedan upptäckte han som jag sa böckerna och började läsa. Han plöjde igenom nästan alla böcker

240

som fanns under sina sista år här i huset. Under den tiden genomgick han en förändring. Han började reflektera över det han läste. Han gick ner till biblioteket och lånade böcker för att förkovra sig mer i något han läst, eller gillat. Han drack inte alls lika mycket. Han upplevde att han inte kunde ta till sig böckerna lika bra om han var onykter. Jag såg hur han sakta, sakta, precis som jag gör nu, återskapades. Till en ny människa. Till en nästan nykter människa. Till en människa som ville uträtta något och inte bara gräva ner sig i sin egen olycka.

Kan jag ta åt mig äran av den förvandling Matte gick igenom. Kanske inte, men det fanns heller ingen annan som bidragit. Hans möjlighet att få komma bort från sina suparbröder och i lugn och ro här i huset ägna sig åt det han ville utan störningar var avgörande. Samt givetvis att här fanns böcker. Jag vet i alla fall att han tänkte goda tankar om mig när han lämnade huset för knapp tio år sedan. I hans ögon var det jag, huset, som räddat honom. Jag vet inte vad det blev av honom, jag hoppas att det gick bra när han bestämt sig för att få ordning på sitt liv. Att jag eventuellt bidragit gladde mig.

Ett annat besök som jag minns var när Viktor och hans tre kamrater besökte mig en sen kväll. Spännande att notera hur olika grabbarna var. De var ju bara barn, om än på väg mot vuxenlivet. Viktor verkade lite mera mogen än de andra. Han såg i mig min forna storhet och kunde föreställa sig livet här i huset när jag var på topp, trots misären. När här var fina fester och när jag var det sociala centrum i byn som jag varit för länge sedan. De andra grabbarna var bara besvikna på att de inte hittat något roligt och ville bara hem till sitt älskade dataspel. Jag tänkte ofta på Viktor och hur en så ung pojke kunde se det han såg. Att han hade det intresset och den inlevelsen som det krävde. Jag hoppades att det gick honom väl i livet.

En annan besökare som jag ofta tänkte på var Inger. Hennes idé om att skriva en bok om mig, en bok om huset på kullen, genom ära och misär. Hoppas att den blev av, men jag visste inte. Jag kunde bara hoppas. Hennes väninna Marlene hade jag inte mycket till övers för. Hon hade varit en bortskämd jänta som snyltat först på sina föräldrar och sedan på Inger. Jag hade inte höga tankar om henne. Men för all del, jag hoppades att det skulle gå väl även för henne.

Den stora förändringen var när Daniel bestämde sig för att köpa upp huset och renovera det. Hans koncern hade slutgiltigt bestämt sig för att etablera sin produktion här i byn. Det gamla pappersbruket skulle göras i ordning för deras initiala produktionslinje. Direktörens gamla mekaniska verkstad skulle göras om till kontor för företaget.

Beslutet hade inneburit en vändning för hela byn. Redan nu hade två av de tomma husen tvärs över gatan fått nya ägare och man höll på att planera att starta upp bygget på en av de avstyckade tomterna, som tidigare hört till huset. Det andades optimism. Nere i byn sjöd det av liv, precis som här. Ombyggnationen av pappersbruket och den gamla mekaniska verkstaden var i full gång och skulle vara klara inom kort.

Givetvis fanns det även de som klagade. De som alltid klagade när något ändrades. 'Skulle den här satsningen hålla', 'vågade man lita på de där amerikanarna', 'det kommer nog att gå åt helvete'. Jag tänkte att inget kunde vara enklare än att hitta invändningar och orsaker till att det inte skulle gå bra. Som tur var fanns det fler som var optimistiska. Tur var väl det, annars så skulle inget hända.

Bengts besök hade varit magiskt. Det var så länge sedan han bodde här, och det kändes så bra att han hittat hit. Jag minns honom som en ambitiös pojke. Starkt bunden till sin far som helt plötsligt bröt sig loss och försvann till USA. Direktörens sorg över att han reste bort hade varit större än Svens försvinnande vid sin realexamen. Det var så stora förhoppningar knutna till Bengt, som arvtagare till verkstaden. Han hade tagit sin examen med strålande betyg. Han hade varit duktig i idrott. Han hade varit allt som direktören önskat sig. Jag vet att det var direktörens förringande av Sven och Anna som till slut fått Bengt att även han flytta hemifrån. Ja, men inte på samma sätt. Men i praktiken så rymde även han. När jag hörde hans berättelse om sitt liv i USA insåg jag att han aldrig kastat loss oket från sin far. Även om han bröt sig loss, när han flyttade till USA, ville han fortfarande visa sig duktig för sin pappa. Trots att han inte hade kontakt med honom och nu inte längre fanns kvar i livet. Han behövde hela tiden prestera, han ville så gärna visa att han var duktig. Tyvärr så fanns det ingen i USA som kunde ge honom den bekräftelsen. Därför fortsatte han maniskt att hela tiden arbeta. Hela tiden sträva efter ett ännu bättre resultat. Det var den enda bekräftelse han kunde få.

När han sedan sålde företaget så insåg han att framgångarna inte var något värda. Vem skulle han dela framgångarna med? Vad hade syftet varit med hela hans liv? En djup tragisk berättelse, trots hans stora framgångar. Att han beslutat sig för att komma hem hade varit helt rätt. Här hade han funnit sina släktingar och hittat ett sammanhang som han kunde knyta an till. Jag var så glad för honom.

Jag uppskattade att de återskapat mig så nära mitt original som möjligt. Rumsindelningen var densamma. Några få synbara skillnader. Finrummet hade blivit utbyggt när Arne köpte huset. Den fanns kvar och var enligt alla en ändring som höjt sällskapsdelen till nya höjder som man sa. På ovanvåningen hade man byggt en stor terrass med utgång från sovrummen som vätte ut mot den stora gatan. Ett smidesräcke löpte runt terrassen som inbjöd till både vila och sällskap.

Köket var moderniserat. En modern spis med induktionshäll. Mikrovågsugn inbyggd i skåpen. Fullstor kyl och frys, sida vid sida. I källaren fanns en modern tvättmaskin och torktumlare samt en vinkyl. Drejskivan och keramikugnen hade de sålt på blocket. Här var istället ett hemmagym installerat. En stor maskin med massor av finesser för alla möjliga, ja även omöjliga, övningar. Biblioteket var återställt. Här fanns en nymurad öppen spis, bokhyllor, en soffgrupp och en stor tv-skärm ansluten till ett fibernät. Vad jag förstod så användes fibern både för tv och musik och anslutning av husets datorer till Internet. All belysning var av typen Smart, det kunde styras både via rösten och avancerade algoritmer. Till exempel kände den av när någon kom ner i biblioteket och beroende på tid på dygnet spelades lämplig musik automatiskt. Det var nästan så modernt att det inte passade mig.

Alla golv hade behövt läggas om. Fukten som krupit in från det läckande taket hade förstört golven så till den grad att de inte gick att rädda. Alla väggar var nytapetserade, taken nya och nymålade. Man hade lyckats rädda de två väggmålningarna i trappan upp till övervåningen. Väggarna var välisolerade, fönstren var av isolertyp, det fanns golvvärme i badrummet och den lilla toaletten. En värmepanna ansluten till jordvärme stod för uppvärmningen. På taket monterades solceller som skulle skapa egen energi. I alla fall under årets ljusa månader. Ett helautomatiserat system reglerade värmen i huset, där man tog hänsyn till väder och vind och givetvis sol.

Så jag hade återskapats till en hypermodern variant av ett hus, med originalritning från 1938. Jag var både modern och retro. På nytt skulle jag bli byns stolthet, det kände jag starkt.

Garageuppfarten hade blivit stenlagd. De stenar som Gunnar köpte in för detta projekt hade nu efter många år blivit verklighet. Tyvärr var man tvungen att slänga allt annat byggmaterial han köpt på sig. Trädgården var upprensad från ogräs och den gamla husbilen var transporterad till skroten. Rabatter och gräsmatta skulle anläggas på nytt. Eller återskapas på nytt. Men precis som 1938 fick det vänta till våren. Då för åttio år sedan hade läget varit detsamma, Huset var klart och snart redo för inflyttningsfest. Trädgården fick vänta till våren och sommarens ankomst.

Det var så mycket som påminde om 1938. Direktören och Daniel var både lika och olika. De var bägge framgångsrika företagsledare som skapat sig ett fantastiskt vackert hem. De var stolta över det hus som strax skulle invigas. Men de var också olika. För direktören hade hans anseende och hans status varit en av hans största drivkrafter. Daniel var inte alls sådan som person. Han kallade sig fortfarande administratör trots att han var vd för energibolaget som höll på att omskapa hela samhället. Han var omtänksam och helt ointresserad av status och smicker. Det som var viktigt för honom var hans fru och hans lilla Anna.

Samt att hans anställda mådde bra. Han var djupt tacksam för att ödet hjälpt honom ta hand om hans mormors gamla barndomshem. Att han fått återskapa mig till mitt nya jag. Ni hör vad jag säger. Han var tacksam för att han fått möjligheten, det var inte omgivningen som skulle vara tacksam för det han uträttat.

Även Anna hade på sätt och vis återskapats. Bengt hade varit djupt tagen när hon kom springande mot honom och när hon sedan sa att hon hette Anna. Hon var en aktiv liten flicka som påminde mig om den Anna som flyttat in när jag byggdes, första gången. Precis som då var det nu dags för inflyttningsfest.

# 41

## Anna
## 2016

Idag skulle vi ha inflyttningsfest. Det hade varit ett fasligt stök under hela dagen. I finrummet hade massor av mat och dryck dukats upp. Här fanns mängder av gott och efterrätter som såg jättegoda ut. Jag hade sprungit runt och tittat med stora ögon på allt överflöd samtidigt som jag såg till att inte vara i vägen för mamma och alla andra som hjälpte till. På eftermiddagen hade jag beordrats upp till mitt rum för att klä om.

Man kommer upp till övervåningen från en bred trappa från mitten av biblioteket med sin stora öppna spis. Trappan gick i en böj upp till hallen på övervåningen. Precis i böjen av trappan fanns en bra plats att sitta och titta ner på alla som kom in eller gick runt i biblioteket. Om ingen tittade upp skulle jag inte bli upptäckt. Så fort som jag fått på mig min klänning satte jag mig på min lilla utkikspost. Jag hann precis sätta mig ner när de första gästerna dök upp. Men där fick jag inte sitta länge innan mamma upptäckte mig.

"Sitt inte där och skäm ut oss. Kom ner och hälsa på våra gäster" sa hon vänligt och vinkade ner mig.

# Författarens kommentarer och tack

Genom åren har jag och min älskade Mia, åkt på många små vägar kors och tvärs i Sverige. Här har vi noterat många gamla hus. Vissa välskötta och renoverade och vissa andra misskötta, förfallna samt vissa som är helt övergivna och har blivit ödehus.

Vi har varje gång vi passerat någon av dessa byggnader undrat hur historien bakom huset sett ut. Hur såg det ut när det var nybyggt. Vad har hänt som skapat det hus det är idag. Vad är det som gör att vissa hus underhålls, andra missköts och vissa blir ödehus och överges.

Det här är en roman som följer ett hus under 80 år. Jag har skapat en historia som ger en bakgrund till hur ett hus förändras över tid. Hur det går från stolt nybygge till ett ödehus samt till slut återskapas till nästan nyskick. Vi följer huset och alla som vistats, bott eller besökt huset från 1938 fram till 2016.

Som vanligt har jag ett stort stöd från min älskade Mia som agerat som både bollplank och lektör. Hennes arbete har gjort boken så mycket bättre. Dessutom ett stort tack till mina vänner Lennart Lövdin och Anders Lundmark som läst och lämnat förslag till förbättringar.